PURE

ピュア

風 fuu

Contents

PURE

1　天敵との遭遇

「くやしい。くやしい。くやしーいっ」

ヒステリックに喚《わめ》く藤堂蘭子《とうどうらんこ》を前にして、早瀬川愛美《はやせがわまなみ》は、できることなら他人のふりがしたかった。

遊園地内のファーストフードの店内に女三人座っているが、日曜日ということもあって店の中は空いた椅子がないほど混み合っている。周囲が騒々しいとはいえ、蘭子のヒステリックな叫びは、周りの注目を否応なしに集めているに違いないわけで……

「たいした男を連れてたわけでもないくせに。あのクソ女！」

友の罵声の恥ずかしさに、愛美は唇を噛み締め、頬を真っ赤に染めた。

愛美の隣に座っている、一風変わった性格の桂崎百代《かつらざきももよ》は、愉快そうににやにやしているばかりだ。

愛美は視線を巡らし、親友のはしたない言葉に対する周囲の反応を窺《うかが》った。

すぐ近くにいるアベックが、こちらをちらちら見ながら笑い合っていた。アベックの女性のほうと目を合わせそうになった彼女は慌てて視線を戻し、意味もなく黒縁眼鏡の位置を直した。

「蘭ちゃん、周りに人がいることを忘れないでほしいんだけどぉ」

愛美は顔を赤らめつつ、頭から湯気を立てんばかりにカッカとしている蘭子を、彼女にできうる限り咎《とが》める口調でたしなめた。

「ほんと、見苦しいよ」

あっけらかんとした顔で声を潜めもせずに百代が言った。当然、蘭子の顔は怒りに歪んだ。

「なんですってぇ～」

名前のように、あでやかで華のある綺麗な顔は台無しだ。

自分の美しさを鼻にかけるきらいがある蘭子の鼻先に、鏡をつきつけてやりたいものだと、愛美はため息をつきながら思った。

「とにかく、あんなやつらに負けてなるものですか。こうなったら、もうなにがなんでも彼氏を作るわよっ！」

怒りに震える声で蘭子が宣言するように吼《ほ》え、愛美と百代は思わず目を見交わし合った。

強情さにかけては誰にも引けを取らない蘭子だ。こうと決めたらとことんやるだろう。

しかし、この傲慢で自己中の塊である蘭子と付き合おうという殊勝な男性など、果たしているものだろうか？

「まあ、頑張ってみたら……どうかな」

愛美は気軽に励ました。どうせ、ひとごと……と。

「もちろん、あんたたちも彼氏を作るのよ」

「はひ」

とんでもない蘭子の発言に、驚きが過ぎた愛美の口からは、しゃっくりのような音が飛び出た。

愛美は蘭子をまじまじと見つめた。

「あの三馬鹿トリオですら男がいるんだもの、わたくしたちが本気になれば、至極簡単なことよ」

傲然と言い放った蘭子は腕組みをし、見下すように目を細めて愛美と百代を睨んできた。

「わたし一人じゃ、トリプルデートなんてできないことがわからないの」

愛美は顔を引きつらせた。蘭子はどこからか男の人を適当に見繕ってきて、強制的に彼女たちに押しつけるつもりじゃないだろうか……

こんなことになったのも、蘭子を敵視している奥谷静穂《おくたにしずほ》を頭とする仲間三人のせいだ。三人はことあるごとに彼女たちに絡んでくるのだ。

蘭子はその性格が祟って敵を作りやすい。なかでも静穂は、蘭子に対して憎悪に燃えていると言ってもいいぐらいだった。

静穂は家柄もよく容貌も秀でているのだが、どうしたって蘭子に負けている。愛美にすれば、そんなことはどうでもいいことだろうと思うのだが、静穂のプライドはそれを許さないらしかった。

そしてつい先程、この遊園地内で静穂一派が彼氏を連れているのにばったり出くわしたのだ。もちろん、それが偶然とは誰ひとり信じていない。

「遊園地に女だけで遊びにくるなんてかわいそうに、もてない女にはなりたくないわ、わたくし」

優越を声にも顔にもおおっぴらに滲ませて、すれ違いざま、静穂は聞こえよがしにのたまった。

そんな侮辱に、この蘭子がおとなしく黙っているわけがなく……

愛美は蘭子に反論しようとして口を開きかけたが、そのまま閉じた。

いままでの経験からいって、頭に血が上った状態の蘭子を諭すなんて無駄なことだ。どんな論争も平行線を辿るだけ……

ここは蘭子を落ち着かせるために、話を合わせておくのが一番いいと愛美は結論を出し、百代に向けてこっそり目配せした。何を考えているのかわからない百代だが、頭の回転は速いのだ。

「ま、そだね」

愛美の考えをうまく察知してくれたのか、百代は間を置かず頷いた。彼女はこの事態が面白いらしく、楽しげに目玉をくるくるさせている。

自分の意見が親友ふたりから支持されたことで、蘭子の機嫌は途端に良くなった。

「そうと決まれば、まずはリストを作らなきゃね」

リスト？

眉を寄せた愛美と百代のほうへ、蘭子はぐっと身を乗り出してきた。


翌日の午後、三人は学校から車で十五分のところにある百代の家にいた。

百代は思考も発言も変わっている子で、彼女の趣味も同じようにとても風変わりだ。当然というか、この部屋にも普通のものがない。

グロテスクといえるようなぬいぐるみを、可愛いと叫びながら抱き締める彼女の私服もその類を出ないし、当然というか、棚に並ぶＤＶＤや本も、おどろおどろしいものばかりが並んでいる。その背表紙にすら愛美が視線を向けられないようなものが……ずらりと。

百代や蘭子と愛美が友達になったのは、ここ半年のことだ。愛美の父の徳治《とくじ》が、蘭子たちの通う名門私立高校の、大学部の陶芸の教授として雇ってもらえることになり、それに応じて三年になると同時に、愛美は編入してきたのだ。

芸術家肌というのか、愛美の父は笑い顔などたまにしか見たことがないほど無愛想な人間だ。それに自分の思いを偽って、ひとの機嫌を取るなんて逆立ちしたってできるひとではない。もしかすると、それが祟って以前勤めていた大学は首になったのかもしれない。

ここへ来るまで、陶芸の窯のある山の中の家で、父の陶芸品を糧にして、親子ふたり暮らしていたが、いまは学校の近くにあるいくぶん老朽化したアパートに移り住んでいる。

ここでの生活が嫌いということはないが、山の中の暮らしは愛美にとってお気に入りの世界だ。たっぷりの自然と木と語らえる静寂。そして窯から立ち上る煙と、独特の匂い。

工房には、父が他者を入れることを嫌ってあまり入らせてもらえないのだが、工房の外で、もらった土をこねては、実用に使う皿や鉢などを愛美は創らせてもらっている。

自分で土をこねてできあがった皿を手にしたときのジーンとする静かな感動は、父を理解できたと思える特別な瞬間だ。

「候補者は出揃ったわ」

蘭子はすでに勝ちを収めたかのように、自分の書きあげたリストを高々と掲げて叫んだ。

切り取ったレポート用紙を前にシャーペンを握り、愛美は真面目に考え込んでいるふりをしていた。真向かいに座っている蘭子は、テストのときとは比べ物にならないくらい真剣な顔で見直しをし始めた。

愛美の右隣にいる百代の紙を見ると、これが驚いたことに、びっしりと書き込まれている。

立ち上がった蘭子が、愛美と百代、双方の紙を点検するように上から見下ろしてきたのに気づき、愛美は慌てて真っ白な紙を隠そうとしたが、間に合わなかった。

「愛美ったらやる気あるの。白紙のまんまじゃないの。誰でもいいから早く書きなさい！」

ガミガミと噛みつくように怒鳴られ、むっとした愛美が言い返す前に、蘭子は標的を百代に変えた。

「百代。あんたってば、学校中の男子生徒の名前全部書いてんじゃないの？　真剣にやりなさい、真剣に」

真剣なのはやはり蘭子だけのようだと、愛美は胸を撫で下ろした。

「だってさ」

百代は面白くなさそうに呟いた。

「言い訳はいいわ」

ぴしゃりと言った蘭子は百代をねめつけた。

「とにかく、百代の彼氏候補から選ぶわよ。この中から、まず三人ぐらいにまで絞らなきゃね」

そう言って考え込んだ蘭子は、ぽんと手を打ち、指で紙面をさした。

「百代、この中から、いますぐでも、キスしてもいいと思う男だけ残しなさい」

「は……キス？」

百代はぽかんとして繰り返し、きゅっと眉を寄せた。

「誰ともいやよ」

「なら、手を握られてもいいかなと思う人でもいいわ」

そう言われた百代は、紙をじっと見つめ、ほとんどの名前を二重線であっさり消した。

それでも数人の名が残ったようだった。一人は同じクラスの石井慶介《いしいけいすけ》。もう一人は彼女のいとこだと言う。

「あんたの幼馴染の石井ねぇ～。……あいつじゃ……ねぇ」

愛美は石井の顔を思い浮かべた。人の良さそうな垂れ目の男子だ。

「……冴えないんじゃないかしら。三馬鹿との対決には……こう、もっと、ねぇ」

蘭子は顔を斜に向けて、満ち足りなさのこもったため息をついた。その表情から、石井が百代の恋人候補から消されたのがわかった。

「まあいいわ。それじゃあ、お次は……愛美ね」

蘭子はそう口にしつつ、愛美の手にしている白紙の紙を鋭く見つめてきた。

「わたしは……その」

もごもご言いつつ、愛美は蘭子の目に触れないよう、紙をテーブルの下に隠した。

「と、とにかく、蘭ちゃんの後でいいわ。まだひとりも書いてないし……」

ありがたいことに、蘭子は目を細めつつも、愛美の提案に素直に従ってくれた。

蘭子の候補者の名を上から順に辿っていく途中で、愛美は頭が痛くなった。一緒に見ていた百代は、ヒクヒクと口元を歪めている。ほとんどが年上で、高校生などひとりもいない。それどころか有名タレントの名や、超人気アイドルにずいぶん年上の俳優の名前まで書き込んであった。

確かにこの中のひとりをゲットできたら、間違いなく静穂の鼻は明かしてやれるだろうが……

愛美はリストの一番最後に書かれた名前が、すでに線で消されているのに気づいた。

「これは誰なの？」

ちょっとした興味を引かれて、愛美は蘭子に尋ねてみた。

ご機嫌な笑顔で、ランクづけのために番号や丸や二重丸の記号を名前の前に書き込んでいた蘭子だったが、愛美の問いに焦りを浮かべ、消された名前をさらに真っ黒に塗りつぶしてしまった。

「問題外！　見栄えはなかなかなんだけど。性格のほうが……ね」

「性格？　いったい誰なの？」

「とんでもなく尊大で、高飛車なのよ。呆れかえるぐらい傲慢で謙虚のけの字も知らないやつよ」

蘭子の説明に、愛美は笑いを堪《こら》えた。その説明に、蘭子その人を思い浮かべずにいられようか……。

「ぷっ、ぶははは……」

愛美と同じ思考を辿ったのか、派手に吹き出した百代は、お腹に手を当て、海老のように背中を折って苦しげに笑いこけた。

「何がおかしいのよ。変な娘《こ》ね」

笑いの理由にまったく思い至れないらしく、蘭子は怪訝な顔で百代を睨んだ。そのせいで、さらに百代の笑いは増長されたわけで、愛美は自分の笑いを散らす為に腿をぎゅっと抓《つね》った。

愛美と百代は、最終的に蘭子のお眼鏡に叶った男子を候補者として無理やりあてがわれた。文句を言いたいのは山々だが、言ったところで蘭子は歯牙にもかけないだろう。

「それじゃ、おやつにしましょう」

蘭子は思いどおりにことが進んだことにご満悦なようで、銀色の入れ物からプリンを取り出して、三人それぞれの前に置いた。プリンのカップを目にした愛美は、無意識に笑みを浮かべていた。

実はこのプリン、ただのプリンではなく、華の樹堂の超贅沢プリンなのだ。

蘭子は小さなクーラーボックスに入れて、このプリンを持ってきた。なぜ彼女が今日という日に、このプリンを持参してきたかという理由はわかっている。このプリンが、愛美の理性をちょっぴり狂わせることを知っているからだ。愛美の鼻先にこのプリンをぶら下げれば、どんなことも承諾させられると、たかを括《くく》っている。だが哀しいことに、その考えは外れていないわけで……

愛美はため息をつきながら、プリンをすくってゆっくりと口に運んだ。

口中に、広がるしあわせ……

「愛美ってば」

百代の笑い声が聞こえ、愛美は閉じていた目を開けて、気まずく目の前のふたりを見つめた。

蘭子は得々《とくとく》とした笑みを浮かべている。その癇《かん》に障る笑みに反発したくなったものの、もうひとつプリンを差し出され、愛美は条件反射で笑みを浮かべた。

2　とんでもない電話

熱しやすく冷めやすい蘭子のこと、彼氏獲得作戦熱も自然と冷めるだろうと思っていたのだが、残念なことに、蘭子の熱は冷めるどころか加熱してゆくばかりだった。

それもこれも今回の騒ぎを引き起こした張本人の静穂たちが、ことあるごとに蘭子にちょっかいをかけてくるからなのだ。

彼氏がいないことをあざけったり、不憫そうな目で同情を込めた慰めの言葉をわざとらしく耳に入れたり……。そして静穂は、憤怒で真っ赤になった蘭子を見て満足そうに去ってゆく。

おまけに厄介事がもうひとつ。蘭子の天敵である櫻井比呂也《さくらいひろや》が、取材と銘打って、蘭子の神経を逆なでしてくるのだ。櫻井の書く記事は狙いが確かで面白く、とても人気があるのだが、記事にされた本人にとっては愉快ではいられない内容のものばかり。

櫻井と蘭子のふたりは、これまでも寄ると触ると火花を散らしていたが、今は一方的に櫻井が蘭子をやり込めている形になっていた。

静穂も櫻井も、いくらなんでもやりすぎだった。愛美ですら腹に据えかねてきたくらいで……。らしくなく腹を立てている愛美とは対照的に、蘭子は無口になっていった。そんな中にあって、百代だけはいつもとなんら変わりなく、現状を見守っている感じだった。

そんなある日、蘭子が晴れ晴れとした顔で登校してきた。彼女は一日中ご機嫌で、静穂の皮肉も櫻井も、まったく相手にしない。いつもの攻撃が功を奏しないことに、櫻井は苛立ちを隠しきれない様子で、愛美がひとりのところを捕まえて、蘭子の変貌の理由を聞きたがった。

櫻井に腹を立てていた愛美は、もちろん彼をそっけなくあしらった。彼女の態度に櫻井がむっとしたのを見て、愛美はいくらか胸がすっとした。

この日三人は、放課後を待って、また百代の家に上がりこんだ。

「わたし、ついにやったの。やったのよー！」

蘭子は嬉々として叫んだ。

今日一日の蘭子の様子に、予想していたことだったが、やはり驚いた。

「誰？」

百代の問いに、蘭子は勝ち誇った顔で、まったく知らない名前をあげた。某有名国立大の二年だという。

「本当に付き合うの？」

呆れた顔で百代が聞いた。

「もっちろんよ」

「蘭ちゃん、そのひとのこと好きなの？」

愛美はかなり不安な気持ちで尋ねた。

蘭子は人指し指を振り、ちっちっと舌を鳴らした。

「そんなことは問題じゃないのよ。賢さとルックス、それだけ揃ってればいいの」

愛美は思わず天を仰いだ。さすがの百代も顔を曇らせている。

「やっぱり、高校生のわたしたちには同じ年齢くらいの……」

「何言ってるの！」

愛美は言い終わらぬうちに蘭子に噛みつかれてひるんだ。

「やつの彼氏も大学生なのよ。高校生の彼氏なんかじゃ到底勝てっこないじゃないの」

恋愛に対して、勝つだの負けるだのと口にしている蘭子が、愛美は不安でならない。

「さあ、これであいつを見返すのも時間の問題」

勝利を手にしたマウンド上のエースのように両腕を高々と上げ、蘭子はあけっぴろげに微笑んだ。

「さあ、次はどっち？」

蘭子はふたりに向き直り、楽しげに叫んだ。


残念というべきか、喜ばしいというべきか、蘭子と彼の仲は一週間とたたぬうちに亀裂が入り、二週間を迎える前に崩壊した。自己中な蘭子であれば、十日持っただけでも奇跡に近いと愛美には思えた。相手が見切りをつけたのか、蘭子の言葉どおり彼女が飽きたのか真相はわからなかった。そして次の朝、ひと悶着あった。蘭子の破局を面白おかしい記事にして、櫻井がばら撒いたのだ。

「櫻井ったら、くやしい。くやしい。くやしーっ」

喚《わめ》きたい気持ちは理解できないでもない。なので、愛美は蘭子を思う存分喚かせておくことにした。

結局は、口の軽い蘭子の身から出たさびなのだ。のろけてばかりいた彼女が、突然口をつぐめば破局が匂う。

蘭子は正直が取り柄で嘘がつけない。勘の鋭い櫻井にずばりと聞かれて口ごもったのでは……

気が済むまで喚いたためか、蘭子はしばし静かになったが、握り締めた拳をブルブルと震わせ始めた。そして……

「ルックスのいい男なんていくらでもいるわ。櫻井、見てらっしゃい！」

蘭子は大声で叫びながら、天に向けて拳を突きあげた。

攻撃の対象が……いつの間にか変わっていた。


開くたびにキーッという金属が擦れた音がする玄関のドアを開け、愛美は買い物袋を提《さ》げて我が家に入った。建物は古いが、部屋は三部屋あるし、愛美にも自分専用の部屋がある。

冷蔵庫の中に食料品をしまった愛美は、着替えのために私室に入った。

彼女の部屋はごくさっぱりとしている。人の目には、女の子の部屋とは映らないに違いない。和室だからベッドもないし、あるのは机と椅子。そして、ちょっとしたボックスの棚だけだ。本は好きだが、買わずに読みたい本は図書館で借りている。いまこの部屋にある五冊の本も、図書館の本だった。

服は既製品を買うよりも、安い生地や無地のＴシャツなどを買ってきて、自分の好きにリフォームして着ている。それらの服は、蘭子や、個性的というかちょっとおかしなデザインの服ばかり着ている百代にも気に入られ、この半年の間に、ふたりにも幾枚か作ってあげたりもしていた。この間の遊園地にも、色違いでお揃いの、愛美お手製のＴシャツをみんなで着て行った。

ふたりからはそのお返しにと、アクセサリーや化粧品や服などをもらったりしているが、それらは愛美の身にそぐわぬものばかりで、ふたりには悪かったが押入れのダンボールの中に収めたままになっていた。

けれど、蘭子と百代には本当に感謝していた。彼女たちが友達になってくれて、愛美はあの学園で浮いた存在ではなくなったのだ。

いまは違う意味で浮いているのかもしれないが、いまの彼女は……ひとりぼっちではない。

先に話しかけてきたのは百代だった。そして、百代の無二の親友の蘭子が、自動的についてきた。

ふたりとも平凡な愛美と違い、個性の塊で、一緒にいて飽きることがない。

まあ、たまには蘭子に翻弄《ほんろう》されて、ドタバタしなければならなくなるときもあるが、それも実のところ楽しかったりする。普通ならありえない体験もさせてもらえるし……

蘭子のとんでもない御殿のような屋敷に初めてお邪魔したときは、肝がつぶれるかというくらいの衝撃を受けたし、いまでも、上品な物腰の蘭子の両親と対面すると、愛美は声と足が震える。

エプロンを着けて台所に立った愛美は、テキパキと夕食の支度を始めた。

料理を作る作業は大好きだ。包丁とまな板が立てる音、鍋から立つ湯気、部屋に満ちる美味しそうな香り……。この時間は、まるで自分の手のひらが魔力を持っているように感じる。

台所での仕事を終えた愛美は、自分の部屋から本を取ってきて、居間に座り込んで読み始めた。

父親が戻ってきたのは、それから一時間ほど経った頃だった。いつもと同じように言葉少ない父と食事を食べ、愛美は片づけを終えた。

風呂から上がってきた父と交代で風呂に入ろうとした愛美に、珍しく父は声をかけてきた。

「進学のことなんだが……」

どうやら、その問いを、父はずっと胸に温めていたらしい。父のことだから、いつどうやって娘に切り出そうかと悩んでいたのかもしれない。けれど、すでに一度、進学のことは話しあったのだ。

こちらに引っ越してきてから、陶芸が好きなら父の学部に入って本格的に学べばいいと父に言われたが、愛美は色々考えた末に、就職が有利になりそうな事務を身につけられる専門学校に進むと決めた。

陶芸はとても好きだが、娘が自分の教え子になるというのは、父にとっても他の教え子にとっても、あまりいいことではないだろうと思えたし、陶芸を学ぶための大学の学費は、愛美がぎょっとするほど高額なはずなのだ。

「もう一度、考え直してはどうだ」

「でも……もう決めたし」

父の顔が曇ったのを見て愛美は戸惑ったが、専門学校への願書も出してしまっている。

いまさら……

「恵依子《えいこ》が……望んでるような気がするんだ」

「え？」

……母さんが？

「このところ、何か落ち着かないんだ」

そう言うと、父は胸の中のものを吐き出そうとするように息を吐いた。

亡くなった母が、陶芸を学ぶ事を望んでいるという父の言葉は、ひどく愛美の心を揺さぶった。

確かに生前の母は、愛美が創る焼き物を大切そうに手にしては、大袈裟なほど褒めてくれたものだった。

「とにかく、考えてみてくれ」

「お父さんは……わたしに陶芸を学んでほしいの？」

愛美は父と視線を合わせた。父の瞳に、動揺が浮かんだように見えた。

「お前は土と相性がいい」

徳治の視線は茶ダンスに向けられた。そこには愛美の手作りの器や皿が並んでいる。

「でもお父さん、やりづらくない？　娘が入ってきたんじゃ……」

「それも考えたんだが……。娘ということは、内密にしておけばいい」

徳治はそれだけ言うと、自分の部屋に入っていった。

話は終わったのだろうと、愛美は風呂場に向かおうとした。

「愛美」

呼びかけられて振り向いた愛美に、父は大きな茶色の封書を差し出してきた。

「願書だ」

驚きつつ愛美が受け取ると、徳治はもう何も言わずに自分の部屋に引き上げた。

封書を手に、愛美は笑いが込み上げてきた。父とこんなに長い会話をしたのは、久しぶりではないだろうか？

学園に編入してふた月ほどたった頃、ひどく口ごもりながら「友達はできたのか？」と、ぶっきら棒に父が聞いてきたことがあったのを愛美は思い出した。ふたり友達ができたと伝えると、そっけなく「よかったな」と言ってくれた。あのときは珍しいこともあるものだとしか思わなかったが……

語らない父だからと、彼女からあまり話すこともなかった。

父は愛美を気にかけてくれていたのに……きっと、ずっと……

唇を噛んで反省していた愛美は、胸にじわりとした喜びを感じて笑みを浮かべた。

電話のベルの音に愛美は顔を上げ、歩み寄って受話器を持ち上げた。

「はい。早瀬川です」

「はーい、ごきげんよう」

賑《にぎ》やかな蘭子の声が耳に響いた。よほど良いことがあったのか、ずいぶんと機嫌がいい。

「どうしたの？　何かあった？」

「今度の週末、土曜日だけど空けといて頂戴」

完全に命令口調だった。何があっても譲らないわよと、その声は言っている。

嫌な予感がした。

「何をするの？」

「パーティーよ」

「はい？」

馴染みのない言葉に、愛美は眉をひそめて聞き返した。

「パーティーよ。その単語の意味は知ってるでしょ？」

それは……知っている。が……

「我が家が主催するパーティーがあるのよ、それに参加するの」

「誰が？」

「愛美、あなた寝てたんじゃなくて。あんたと百代よ、決まってるじゃない」

父親が部屋から静かに出てきて、愛美の会話は自然に止まった。

徳治は台所のほうへと向かってゆき、その姿はドアの向こうに消えた。

「聞いてんの？」

受話器から聞こえる蘭子のガミガミ声に、愛美は意識を戻した。

「ご、ごめん。お父さんがすぐ近くにきたもんだから……」

「もおっ、携帯なら家族に気を使うこともないのに。家の電話しかないなんて、不便でしょうがないでしょう？　携帯くらいのもの、どうして持たせてもらわないのよ」

そんなことを言われても……

「別に、不便じゃないし」

「不便に決まってるわよ！」

噛み付くような大声が耳にビーンと響き、愛美はパッと受話器を耳から遠ざけた。

あー、びっくりした。耳の奥がまだジンジンする。

「あんたは持ったことないから、この便利さがわからないのよ」

まあ、そうなのかもしれないが……

「ともかく、ドレスはわたしが用意しとくから」

「ドレス？」

「そう。靴もバッグもあるから、あんたはいつものように、いつもの格好で、百代と一緒にここにくればいいの。簡単でしょ？」

「簡単……？」

いまいち意味を理解できず、愛美は意味もなく蘭子の口にした言葉を繰り返した。

「そう。簡単なことよ。来るわね？」

「あ……あの」

「何よ、まだ何か聞きたいことでもあるの？」

「何のために、わたしと百ちゃんは、そのパーティーに参加するの？」

呆れたように鼻を鳴らす音が聞こえた。

「決まってるじゃない。そこらには転がっていない、ハイレベルな男を手に入れるためよ。頑張ってよ。それじゃあね」

ブツンと電話は切れ、愛美は呆然として受話器を見つめ続けた。

3 杖をひとふり

「少しは落ち着きなさい。愛美」

蘭子にいくらたしなめられても、愛美は部屋の中を歩き回ることをやめられなかった。

一時間後には、藤堂家が主催するパーティーへ出かけることになっているというのに、とても落ち着いてなどいられない。緊張して胃が引きつりそうなのに……

いまこの場には蘭子の姉の橙子《とうこ》もいて、落ち着きのない愛美を見て、やさしい笑みを浮かべている。

髪をセットしてもらっている百代と、愛美は鏡越しに目を合わせた。彼女もまた愛美を見て愉快そうに笑っている。

愛美はみんなの背後から、そっと鏡を覗き見て顔をしかめた。そこには眼鏡をかけて気を張りつめた、青白い顔の見るからに冴えない女が映っている。

蘭子にパーティーに適したドレスを借りることになっているから、身なりだけはおかしくないようにできるだろうが……

来るつもりはなかったのに……

蘭子の剣幕……そしてほんのちょっぴりの好奇心が頭をもたげ、のこのことやってきてしまった自分を愛美は呪いたかった。

上流階級とか庶民とか、そんな言葉になど、これまでなんの思いも抱いていなかったし、人間なんてみな同じという考えだったのに……

愛美は自分が一般庶民なのを、つくづくと思い知らされた。

百代の髪のセットと化粧が済み、大変身を遂げた友を称賛の面持ちで見つめたあと、愛美は覚悟を決めて鏡の前に座り込んだ。

彼女の三つ編みの髪がほどかれ、美容師が櫛で梳き始めた。

「素晴らしい髪をお持ちですね」

お世辞なのか、やさしい心配りか、美容師が感嘆したような声を洩らした。

「でしょう。愛美の髪って、ほんとつやつやできれいなの。手触りも最高よ」

蘭子はまるで自分の自慢のように言う。その褒め言葉はくすぐったすぎて、愛美は恥ずかしさに頬を赤らめた。褒められるという立場に慣れていないせいで、どうにもいたたまれない。

「アップにしたりしないで、このまま垂らしたらどうかしら？」

美容師が蘭子の指示どおりまとめ上げようとするのを見て、橙子が遠慮がちに口を挟んだ。

「うーん。それもいいでしょうけど……。やっぱり、今日のところはぐんと大人っぽく仕上げてほしいの。じゃないと、大人な男たちの目に妹としか映らないかもしれないわ。それじゃあ、今夜の意味がなくなっちゃうもの」

そんな意味など、なくなったほうが良いのだが……

蘭子の意見が通り、愛美の髪は幾筋か髪を垂らした見事なアップに仕上げられ、小さな白い花を模した髪飾りが、頭のあちこちにたくさんつけられた。

髪型は文句のつけようもなかったが、黒縁の眼鏡をかけているのがアンバランスで、滑稽にしか見えない。

蘭子と橙子の華やかさ、そして愛らしい百代と自分を比較し、愛美はズンと気落ちした。

髪をセットし終わると、すっと眼鏡が外された。

「あら」

美容師が、めんくらったような小さな叫びをあげた。

愛美は右と左に瞳を動かし、いったい何が驚きの原因となったのか探したがわからなかった。

鏡に映るぼんやりとした愛美の顔に、ぼやけた色がつけられていった。

思いやりのあるみんなは、パーティーに乗り気でない愛美の意気をあげようという気遣いか、できあがった愛美の顔を見て興奮した叫びをあげた。

「愛美の目って、こうして化粧すると、さらに大きく見えるわね」

蘭子が新発見というように笑い声に混ぜながら言った。

「愛美さんは、体格の割りに、お顔がちっちゃくていらっしゃるから」

「ああそうね。それで目の大きいのが、なおさら目立つのね」

橙子の言葉に、百代は納得したように言う。

蘭子の用意してくれたドレスに袖を通すときだけは、愛美もドキドキしながら笑みをこぼした。

こんなドレスを着ることなど、この先なかなかありそうもない。

百代のドレスは、これしかありえないだろうというくらいぴったりのピンクのフリフリで、百代を童話の中のお姫様に仕立てている。

蘭子はというと、黒っぽい銀色の身体のラインをくっきりと際立たせるドレスで、同じ銀色の大輪の薔薇を髪に飾った彼女は、とても十八歳とは思えないセクシーさだった。

百代と愛美のできあがりを見て、蘭子は自分のドレスの選択はやはり間違っていなかったと、やたら嬉しそうだった。

愛美のドレスは濃いクリーム色で、襟元をくるりと囲むように、やわらかな素材で作られた可愛らしい小花が散らしてあった。控えめなフリルが効果的につけられ、そのフリルにはほんの少しラメが散りばめられ控えめに輝いている。可愛らしく、それでいてとてもエレガントなドレスだった。

ただし、やたら胸元が開いていた。

着替えを終えた愛美を一瞥した全員の視線が、彼女の胸元に注がれたらしかった。

眼鏡を取り上げられて返してもらえない愛美には、はっきりと確認できなかったが……

「愛美のその胸は、マシンガンくらいの威力があるわ」

百代からからかうように言われた愛美は眉をしかめた。

「マ、マシンガン？　……ねぇ、胸のところが開きすぎじゃない？」

「何言ってるの。わたしのも、姉様のだって同じくらい開いてるわよ」

叱るように言った後、蘭子は愛美の胸に顔を寄せるようにして、じーっと見つめてきた。

「それにしても、愛美のおっぱいのふくらみは、手にとって食べたくなるくらい美味しそうじゃないの」

そんなとんでもない発言をし、蘭子は愉快そうにケラケラ笑った。

「蘭」

横にいた蘭子の姉が、妹を小声でたしなめた。

愛美は自分の胸を見下ろし、不安感でいっぱいになった。

「ね、ねえ……わたし、やっぱりやめておくわ。ここで本でも読みながら、暇つぶししてるほうがいいの。お願い、三人で行って……」

小さな白いバッグの金色の細い鎖を、引きちぎりそうなほど堅く握り締めた愛美は、駄目とわかっていても、最後にもう一度懇願せずにはいられなかった。

「いまさら何言うのよ。支度もできてんのに、行かないなんて許さないわよ！」

唾を飛ばす勢いで怒鳴りつけるばかりで、蘭子はまるで取り合ってくれない。

緊張してよれよれの胃が、蘭子の怒号パンチを食らってずきんと痛んだ。

「別世界を見るチャンスだよ。愛美行こうよ。あんたが行かなきゃ、わたしがつまんないよ」

そう愛美をなだめるように言う百代は、もちろん浮いたりしない。

カールした柔らかな後れ毛がふわりと額にかかった百代は、砂糖菓子みたいに甘くて、とても可愛い。パーティー会場でも、ずいぶんと人目を引くことだろう。

美人の蘭子と橙子の姉妹に至っては、パーティーの華になること間違いなしのあでやかさだ。

ここに、年老いたやさしい魔女が現れて、杖をひとふり、魔法の力で百代のように、蘭子や橙子のように、輝く姿に変身させてくれたなら……

けれど、魔女も魔法も存在しない……

おとぎ話は……おとぎ話でしかないのだ……

4　別世界への招き

パーティー会場に向かう愛美は、慣れないヒールのせいでよろめきそうになって蘭子の腕をぎゅっと掴んだ。

「大丈夫？　ちょっとヒールが高すぎた？」

「だから言ったのに……」

支度が終わっても蘭子は眼鏡を返してくれなかった。

ぼおっとかすんだ世界にいては不安でしょうがないのに。

「ね、眼鏡はどこなの。お願いだから返して」

愛美は必死で焦点を合わせながら蘭子に懇願した。

「そんなもの、置いてきたわよ」

切って捨てるような言葉に、愛美は唖然として蘭子を見つめた。

「そ、そんな……」

彼女は半泣きになった。

「持ってゆくって言ったじゃないの。どうしてもって言うなら、返してくれるって……」

「いいからいいから、そのままが素敵よ。自信をお持ちなさい。わたしの次くらいには、きれいよ」

愛美はどっと疲れを感じた。

「それ聞いて、わたし、喜ぶべきなの？」

「もちろんよ」

当然というような蘭子の言葉に、愛美の疲れは二倍に膨れ上がった。

「百代はどこ？」

「えっ？」

一瞬沈黙が広がった。

百代は彼女のすぐ後ろについて来ていたはずだったのだが……

愛美は周囲に視線を走らせて、すぐに諦めた。いまの視界で、何を探そうとしても無駄だ。

「あっ、いたわ」

「どこに？」

「ずーっと後ろ。……まったくもう。やたらきょろきょろして……」

蘭子はイライラと足を踏み鳴らした。

「まるで、おのぼりさんみたいじゃないの。すぐにやめさせなきゃ」

愛美が止める間もなく、蘭子はあっという間に愛美から離れていった。

川の流れに引っかかったゴミみたいに、ぽつんと捨て置かれ、心細いったらなかった。

人波の邪魔になりながらも、しばらくの間はそのまま佇んでいたが、通り過ぎてゆくひとたちの迷惑そうな視線が自分に向けられているようで、愛美はいたたまれなくなった。

決心した彼女は、ひとにぶつかって無様に転ぶことのないように、用心しいしい一歩一歩、壁のほうへと寄っていった。

壁を目前にした彼女の肩にひとの肩が当たった。衝撃はたいしたことはなかったのだが、不安定なヒールのせいで、愛美は思ったより大きくよろめいた。咄嗟に壁の方向に手を伸ばしたが、手のひらに触れたのは固い壁ではなかった。

他人の身体に触れたことに驚いた彼女は、急いで手を引き、そのせいで大きく前に倒れ込んだ。

衝撃とともに、愛美は目の前のひとにぶつかった。相手はさっと両腕を広げ、彼女の身体を支えてくれた。おかげで床にひっくり返るという災難は免れた。

「ご、ごめんなさい」

お詫びとお礼を言おうとおずおずと見上げてゆく間に、彼女がぶつかったのはディナースーツを着ている男性だとわかった。

愛美は血の気が失せて青ざめ、相手の首から上に目を向ける勇気がなく、視線をUターンさせて俯いた。

ど、どうしよう。……別世界のひとだ。

「いえ……」

相手は短い言葉を発しただけで、それ以上何も言わない。

あまりのばつの悪さに彼女は真っ赤になった。

「不破《ふわ》。お前も来たのか？」

背後から来たらしい男性が、彼女がぶつかった相手に親しげに声をかけた。

彼女が壁と間違えた男性は不破という名らしい。

愛美はそーっと後ろを窺《うかが》った。同じくディナースーツを着た男性だ。

「来ないわけにいかなくなってね」

どうやらこの不破というひとも、嫌々やって来たらしい。

共感のようなものが湧いて、愛美は小首を傾げて微笑んだ。

それにしても、素敵な声だった。愛美はその声だけで不破という名の男性に好感を持った。そしてそんな自分の思いを笑った。

相手は愛美に好意など感じていないだろう。迷惑なら感じただろうが……

ハイヒールの高さによろけてぶつかってくる女など、迷惑以外の何ものでもないに違いない。

会話は続いていた。いまさら言葉をかけて謝ることもできないと悟り、彼女はその場からそっと離れた。すでに彼の意識から愛美は消えているだろう。

十歩ほど歩いたところで、愛美は一度だけ後方を振り返った。

これだけ離れると、愛美の視力では、二人の男性は影法師程度にしかわからない。蘭子と百代が彼女を見つけて戻って来てくれるまで、この場にいるしかない。

愛美は無意識に、肩にかかる一筋の髪に指をからめた。

いつもなら、緊張したときなど、おさげの三つ編みを握り締めるとほっとするのだが、これっぽっちの髪ではたいして頼りにならなかった。


「積極的に男性にアプローチしろなんて言わないから、ふたりとも気楽にパーティーを楽しみなさい。今日のシェフはまあまあ腕もいいらしいって評判だから、きっと美味しいわよ」

彼氏獲得のために、とんでもないことを強要されるのではないかと戦々恐々としていた愛美は、その蘭子の言葉にかなり驚いた。

眼鏡を持ってこなかったことに、罪の意識を感じているのだろうか？

蘭子のほうは主催者の家の娘だからか、愛美や百代と一緒にはいられないようだった。

それに、蘭子だけは、参加した目的を何が何でも果たすつもりだろう。

ここは藤堂家の別邸とのことで、パーティー会場はかなり広かった。真ん中の一番大きな部屋がイベントのために使用されるようで、壁際にそれなりの人数の楽団がいて、いまは軽快な音楽を奏でていた。その会場の両隣となるふたつ部屋も開放されていて、そこには様々な料理が用意されていた。きらびやかに着飾った参加者たちは、自由にその三つの部屋を動き回って楽しんでいる。

どんな場でも緊張知らずな百代は、テーブルの上の豪勢な料理をさっそくパクついた。

料理は確かに美味しかった。百代という心強い友のおかげで、始めの緊張も薄れ、愛美は百代と一緒に楽しみながらあちこちのテーブルを回った。

5　悪漢と勇者

「愛美、わたし、おトイレに行ってくるから、これ持ってて」

小さくカッティングされたケーキを頬張っているところに、百代が皿を差し出してきて、受け取ったものの愛美は慌てた。

「わ、わたしも一緒に行く」

ただでさえ視界があやふやなのだ。こんな場所にひとりきりにされたくない。

どうもこの会場に集まった男性たちは、この場にいる女性全員に、公平に声をかけなければならないという使命に燃えているようなのだ。

適当に相槌を打ち、手に負えなくなると、ふたりしてそそくさとその場を離れるというやり方で回避してきたが、ひとりではその自信もない。

「駄目だよ。食べかけのお皿、持ってけないもん」

百代からぴしゃりと言われ、愛美はひるんだ。

「だ、だって」

「すーぐ戻るってぇ」

百代は安心させるように軽く愛美の肩を叩くと、両手に皿を持った彼女を置き去りにして、一番近いドアへと小走りに駆けていってしまった。

「こんにちは」

背後からの突然の声はひどく親しげで、愛美はぎょっとして振り返った。

まるで、愛美がひとりになるのを待ってでもいたかのようなタイミングだった。

まったく見も知らぬ男性が、声と同じ親しげな笑みを浮かべて、驚くほど至近距離に立っていた。

近距離には困惑したが、そのおかげというか、相手の顔はそれなりに確認できた。

「はじめまして……かな？」

何か素直に返事を返せない裏のありそうな笑みで、愛美の全身は固く強張った。

そんな愛美の反応を敏感に悟ったのか、相手は親しげな笑みを巧みにひっこめた。その様は、ひどくずるがしこく見えた。

彼女は強張った足を無理に動かし、やっとの思いで半歩後ずさった。

「私は芝下《しばした》といいます。君は？　どこのご令嬢？」

質問に戸惑う愛美が両手にしている皿を、芝下と名乗る男性は、一枚ずつ取り上げてテーブルに置いた。

「わたし……れ、令嬢なんかじゃありませんけど……」

動揺いっぱいに、うわずりながら愛美は答えた。

その無様な返事に、芝下という男性は笑ったようだった。

「ふん。君、名前は？」

答えるのが当たり前というような傲慢な問いかけだった。もちろん正直に答えるつもりなどない。

困っている愛美に、芝下は手にしている液体が入ったグラスを差し出してきて、有無を言わさず握らせた。受け取りたくはなかったが、受け取らざるを得ない強引さに愛美は怯えた。

この場からいますぐ逃げ出したいのに、身が竦《すく》んで動けない。

「喉が渇いてるんじゃないかい？　冷たくて美味しいよ、ともかく一口飲んでごらんよ」

無理強いするように勧められ、逃げ場がなくなってゆくようで恐ろしくてならなかった。

「あの、わ、わたし、あの、行くところがあるので……」

声が隠しようもなく震え、相手が笑いを噛み殺したのに気づいて、頬が熱くなった。

「行くところ？　どこ？　一緒について行ってあげるよ」

ねっとりとしたいやらしい響きの声に、彼女は全身、ぞわっと総毛立った。

動かない足に恐怖が這い登ってきて、愛美は必死に顔を横に振った。

「お、お構いなく」

どう頑張ってもうわずる自分の声に、愛美は泣きたくなった。

相手はそう簡単に引き下がる様子はなく、男性を振り切れないことに、さらなる恐れが湧きあがる。

百代が戻ってきてくれさえすれば……

「遠慮はいらないよ。どこに行きたいんだい？」

相手がすっと手を伸ばしてきて、愛美の手首を掴んだ。

彼女はぞっとして目を見開き、「いや」と、小さな悲鳴を上げた。

「芝下」

押さえ込んだような低い声がした。

こ、この声……

彼女は助けを求めて声に振り向いた。

「その手を、放せ」

その低い声には、相手を圧するような響きがあった。

ありがたいことに手首はすぐに自由になり、ほっとした反動で愛美は涙ぐみそうになった。

「不破の坊ちゃん、ずいぶんと忙しそうだったが、もうやってきたのか。残念」

坊ちゃんという呼び名に、不破という男性から怒りが燃え上がったような気がした。

芝下という男性は、肩を竦《すく》めると、あっさり立ち去っていった。

芝下を見送ってでもいるのか、不破は少しの間黙り込んでいた。

お礼を言わなければと思ったが、いまさらながらに心臓がドキドキして胸が苦しく、愛美は静めるのに難儀した。

「大丈夫ですか？」

不破というひとは、とても礼儀正しいようだった。

芝下と同じに見知らぬひとなのに、先ほどのような恐怖などまったく感じなかった。

それにこのひとは、さっき愛美がぶつかったひと……

あのときに言えなかったお詫びとお礼が言える。

愛美は緊張を解いて頷くと、心の底からほっとして、笑みを浮かべた。

「ありがとうございました」

「……いえ」

とても短い言葉なのに、彼が口にするとひどく凛々しく聞こえた。

顔はまだはっきりと見ていないが、声だけに酔うということは現実にあるようだった。

「先ほども……あの、ぶつかってしまってすみませんでした」

「気づいてもらえていたのですね」

彼の声には、嬉しげな響きがあった。

「あ、はい。いまの方が、不破っておっしゃったので、そうかなと思って……お詫びも言わないままで、ほんとにすみませんでした」

「でも、ぶつかったというほどではない。私の身体にちょっと触れた程度で……」

愛美は恥ずかしさにかられ、気まずげに唇を噛み締めた。

そして百代の姿を探して、そっと周りを見回した。

百代ってば、まだ戻ってこないのだろうか？

「どなたか……探していらっしゃるのですか？」

「ええ、友達が……そろそろ戻ってくるはずなんです」

愛美は顔をしかめて、百代が消えたドアのあたりを窺《うかが》った。

「百ちゃんったら、どうして戻ってこないのかしら……」

ため息をつきながら、愛美は知らず呟いた。

「お友達が戻っていらっしゃるまで、ご一緒させていただいてよろしいですか？」

「え？」

「ご迷惑ですか？」

愛美は戸惑い、なかなか言葉を返せなかった。

相手は辛抱強く、愛美の返事を待っているようだ。

「で、でも、わたしといても……た、退屈だと思いますし……」

「では、退屈だと感じたら、お互いに好きなときに別れるということでどうでしょう？」

言葉に少し笑いがあった。冗談として捉えて良いようだった。

愛美は瞬きして、その男性をちらっと見上げた。

ルックスは……すごくいいみたい。と瞬間考えた自分に気づいて、愛美は頬を赤らめた。

どうやら、知らぬ間に、かなり蘭子の感化を受けているらしい……

自分らしくない思考にどぎまぎし、彼女は先ほどからずっと手にしていたグラスの液体をくいっと一口で飲み干した。

甘くてとろりとして美味しかった。けれど、喉を伝ってゆく間に、かなりの熱を帯びてきて彼女は驚いた。

「あ、はぁー。こ、これ何?」

不破が愛美のグラスを取り上げた。

「ブランデーのようですね。大丈夫ですか?」

「な、なんか、すっごく、……い、異常に、あ、暑いです」

潜めた笑い声が響き、不破に笑われた愛美は、しゅんと萎《しお》れた。

「少し、外の風に当たりに行きますか?」

外?

思考回路が、少しばかり曖昧になってきたような気がした。それに、身体の重心も取りづらい。

「あ、えっと……」

彼の提案を耳に入れてから思考が受け入れるのに、少々手間取った。

ふらふらする頭と発熱し始めた頬に、外気はきっと気持ちが良いだろう。風も吹いているかもしれない。

外に出るという案は、まったくもって素晴らしい案だと、愛美は感心した。

「はい。そうします」

愛美は素直に頭を下げて歩き出し、どうも少しばかりよろめいたようだった。

さっと彼の腕が目の前に差し出され、彼女はありがたくそれに寄りかかった。

愛美は不破の導く方向へと、彼の腕にもたれたまま歩き出した。

6　夢の中は薔薇色

ぼうっとした思考と、ぼうっと霞んだ視界の中で、何か違和感を感じた。

その違和感が警告のようなものを発しているように思えて、愛美は立ち止まった。

「どうしました？」

純粋に不思議そうな問いかけ……

危険や怖れるものは、その声にはなかった。

愛美は顔を上げて彼に向けて微笑んだ。

「なんでも」

「そう」

不破が微笑み返してきた。

やさしげで気が遠くなりそうなほど魅力的で、まるで夢の中の王子様のようなキラキラと輝く笑みだった。だが、彼の姿は視線を向けるたびに増えたり減ったりする。

双子のように見えたり、ときによっては三人以上にも見えるのだ。

二重三重に見える彼の顔と、はっきりしない彼の表情がもどかしく、愛美は視界が安定するまで、幾度も目を凝らして彼をじっと見つめた。

彼の瞳をきっちりと捉えてほっとした愛美は、夢心地で微笑んだ。

意識はさらにぼおっと霞み、彼女は夢の王子様に見惚れた。

外はとても気持ちよかった。屋敷の中庭はきれいに手入れがされ、薄暗さが増した空間は、うまく配置された明かりに照らされて、薔薇の美しさが際立っていた。

ふたりは広い庭をそぞろ歩きしながら少しずつ会話をした。けれど、ブランデーに酔ってゆるんだ愛美の頭脳はまともに働いてくれず、会話は途切れ途切れのものになった。

それでも彼は飽きる様子も呆れる様子もなく、愛美に頼れる腕を貸してくれていた。

会話が書物のことに及ぶと、ゆるんだ頭ながらも興味の対象であるからか、話は弾んだようだった。

ようだったというのは、会話が彼女の記憶にまったく残ってゆかないからだ。

明日になったら、これらすべてを思い出せるのだろうか？　愛美は眉を寄せて考え込んだ。

「まだ、お名前を聞いていませんでしたね」

その問いに、愛美は小首を傾げた。

「なまえ？」

王子様が頷いた。

「私の名は不破優誠《ゆうせい》です」

「ふわゆうせい？」

「ええ、名は、優しいに誠と書くんです。それで、貴方の名は？」

「えっと……名前？」

王子様は真剣な顔で頷いた。

どうやら愛美の名前が、彼にとってとても重要らしい。

愛美は考え込んで、自分の名前を思い出そうと懸命になった。

しかし、やはり何かが記憶を掘り起こす邪魔をしている……

「……は……早瀬……」

そこまで口にした愛美の頬に、何かがふわりと触れた。

驚いて目を向けると、白い薔薇だった。

彼女がいま着ているドレスと同じような濃いクリーム色をしている。

「わあっ」

愛美は感嘆の声を上げた。夢の中にぴったりの美しさだ。

「綺麗……」

呟いたこの瞬間、酔いの回った愛美の思考から不破は消えていた。

彼女は薔薇を慈しむように指先でそっと触れ、香りを嗅ごうと薔薇の花に顔を近づけた。

そんな愛美の頬に、突然、彼の指が触れた。

「えっ」

彼女は驚いて小さく叫んだ。

触れた指はすっと頬から顎へと移動し、愛美は気づかぬうちに顔を上げていた。

ふたりの唇が重なっていた。

何もかもが自然で……脅威だった。


愛美の思考は、数秒間、無駄にぐるぐる回転した。

触れ合っている唇の感触……

驚きがエロチックな甘さに溶けてゆき、愛美は深まるくちづけに溺れていった。

我に返ったとき、愛美は彼の胸に顔を埋めていた。

男性の腕に抱かれている、非現実的な自分……

その現状を認められないまま、愛美は彼の胸からそっと顔を離した。

「あの、わたし……」

「何？」

不破は、愛美を抱き締めているのは、自然なことというような表情をしている。

「……け、化粧室に……」

腕がひどくゆっくりと外された。

不破の顔を見上げる勇気もなく、そのまま背を向けようとした愛美は、彼に手首を掴まれた。

「ここで待っていますから」

耳元に甘く囁《ささや》かれ、愛美は囁かれた頭の半分がジンと痺れたような感覚に陥った。

両頬を手のひらで包まれ、愛美の唇に彼の唇が重なる。

拒否するのが当然なのに、どうしても拒めない。

ブランデーのせいというより、彼の放つ強力な魔力のように、愛美には思えた。

再び自由になった彼女は、館のほうを見定め、少しよろめきながら小走りに駆け出した。

彼女の髪についていた白い小花の髪飾りのひとつが、はらりと地面に舞い落ちたことに、彼女は気づかなかった。

7　儚《はかな》く消えた夢

パーティー会場に戻った愛美は、すぐに百代に声をかけられた。

「愛美ってば、いったいどこにいたのよぉ？」

今しがたの突発的な出来事は、いまだ愛美の中で処理できずにいた。

何をどう言っていいのか混乱し、何も言えないでいる愛美の手を、百代は引っ張りながら会場の出口へと連れてゆく。

それまで気づかなかったが、会場の中央にはグランドピアノが置かれ、前もって蘭子から聞いていたように、橙子がピアノの優雅な旋律を奏でていた。

壁際の楽団も、演奏を引き立てるように音を合わせ、ピアノを弾く橙子は会場中の注目を集めていた。

ピアノの好きないつもの愛美なら、うっとりと聴き惚れるところだが……

「帰る時間なのに、愛美が見つからないから、どうしようと思ってたんだよ」

「帰る……？　いま、何時？」

「もうすぐ八時だよ。ここの玄関前に蘭子が車を待たせてくれてるの。それに乗って帰ってって……」

八時……！

それでは、愛美は彼と、一時間以上も一緒にいたことになる。だが、とてもそんなに長く一緒にいたとは、信じがたかった。

「蘭子は、まだ、ここにいなくちゃならないんだって……なんかこれから……よくわかんないけどあるみたいでさ」

大きな拍手が沸き起こり、百代が足を止めた。ピアノの演奏が終わったのだ。

橙子が自分を囲っている客に向けて、洗練された身のこなしで、優雅に膝を折って挨拶をしている。

淑女というのは、彼女のようなひとをいうのだろう。

「橙子さん、素敵過ぎだね。やっぱ、あの艶やかさは感嘆もんだよ」

そう言われても視界が充分でない今の愛美には、橙子を確かめようもない。

進行役を務めている男性が、マイクを持って橙子から少し離れた場所に立ち、称賛の言葉と、ねぎらいの言葉を続けて述べた。

そこに少々小太りの婦人が、人波から抜け出して橙子に近づいていった。

進行役のひとの対応からすると、藤堂家の親戚らしく思われた。

「まあまあ、素晴らしい演奏だったわ。橙子さん」

マイクの必要もなく、その婦人の声は会場内に響き渡った。

橙子は返事を返したようだが、こちらは物柔らかな声で、出口付近にいる愛美のところまでは聞こえてこなかった。

「不破家とのご縁談も、もうまとまる直前とお聞きしていましてよ」

途端に、会場内は大きくざわめいた。

「やはりあの噂、本当でしたのね」

愛美のすぐ近くにいた、小さな集団のひとりが興奮したように言った。

「ええ。そのようだわ。不破家のご子息優誠様と、藤堂家のご長女の橙子様がご結婚となれば、ますます藤堂家は安泰ですわね」

「快く思わない者もいるでしょうけど……」

その会話は、潜めたくすくす笑いに転じた。

愛美は百代に何も言わず、ふらふらと出口から外に出た。

不破優誠……

王子様は、彼女に同じ名前で名乗らなかっただろうか？

私の名は不破優誠です……と。優しいに、誠と書くのだと……


車の後部座席で愛美は無意識に指を動かし、アップにされた髪を梳き、いつもの三つ編みに結っていた。そんな愛美の前に、百代が眼鏡を差し出してきた。

「これ預かってたの。どうしても必要になったら、渡しなさいって、蘭子が……」

受け取った眼鏡を、愛美はしばらくじっと見つめた。

「どうしたの、愛美？　あそこでなんかあった？」

「どうして？」

「だって……涙、こぼしてるから……」

百代に指摘されて、愛美は指先で頬に触れ、自分が泣いていることに気づいた。

彼女は慌てて眼鏡をかけた。視界はすっきりと晴れたが、愛美の胸は混乱し、激しく渦巻き続けた。

舞踏会は終わったのだ……

あらゆる魔法も解けた……

胸にあるのは後悔なのか、不破に対する思慕なのか、愛美にはわからなかった。

けれど、ひとつだけ確かなことがあった。

あの夢の中には、二度と戻れない……

夢は泡と消えたのだ。

8　頭の中のもやもや

「今なんて？」

「申し込みがあったって言ったのよ。百代には三人、愛美には五人。その中から一番良いのを選んでおいたわ」

まるで、買い物に行って、大根でも選んできたような軽い口ぶりだった。

昨日のパーティーから一夜明けて、いまは午後の三時だった。

蘭子が集合をかけてきて、運転手つきの車でふたりを迎えに来て、こうして三人揃って喫茶店にいる。

「どうして蘭子のところに申し込みがくるのよ？」

蘭子のおごりのチョコレートパフェを頬張りながら、さっぱりわけがわからないというように、首を捻りながら百代が聞いた。

愛美の前にはフルーツパフェが置かれている。

ウエイトレスが運んできたばかりで、いましも食べようと愛美がスプーンを手にしたところで、蘭子が爆弾に匹敵する、いまの発言をしたのだ。

「めぼしい殿方に、わたしが前もって宣伝しておいたからに決まってるじゃない」

「宣伝？」

愛美と百代は声を合わせて叫んだ。

「わたしが自分のことばかりにかまけていたとでも思ったの？　目標はトリプルデートと始めから決まっているのに」

「蘭子も？」

驚きを混ぜて百代が聞いた。

「当たり前じゃない。ちゃんと掴まえたわ」

百代と愛美は目を丸くした。これが一番驚いた。

「わたしの相手は、大学四年で、まずまずの家柄、マスクも合格点。性格はおとなしくて使いやすそうな感じなの」

「使いやすい？　なんじゃそりゃー」

百代が喚《わめ》いた。

愛美は言葉がなくて黙り込んでいた。

彼女自身は、あの日のパーティーでのことを、なぜか、ほとんど覚えていなかった。

ヒールの高さに何度もよろけそうになったこと。百代と一緒に美味しいものをいっぱい食べたこと。

そして……車の中で眠ってしまった愛美を、百代が起こしてくれたときには、家の前だったのだ。

百代の説明によると、愛美は間違えてお酒を飲んだらしく、吐く息がアルコール臭かったらしい。

いったいいつそんなものを飲んだのか、まったく覚えはなかった。

家に帰りついた愛美は、お風呂に入ってすぐに眠ったのだが……

その夜は、これまで見たことがないほど、リアルな夢を見た。

夢の中に、夢の中ならではの素敵過ぎる男性が現れて、彼女に……彼女に……

「愛美？　どうしたのよ。あなたほっぺたが真っ赤よ」

蘭子に指摘された愛美は、ぎょっとして両頬を手のひらで隠した。

「何を赤くなってるのよ?」

「な、なにも」

愛美はフルフルと首を横に振った。

「まあいいわ。それで、初トリプルデートの段取りだけど……」

「ト、トリプル……トリプルデート?」

愛美はうわずりながら口にした。

「蘭子、本気なの?」

百代が呆れたように言う。

「当たり前でしょう。なんのためにここまで苦労して段取りしたと思ってるのよ。でも、ふたりきりのデートってわけじゃないんだから、安心なさい」

「わたしは、いいわ。知らないひととデートなんて……そ、そんなこと……」

愛美の言葉を、蘭子が手を上げて制した。

「まったく知らないわけじゃないわよ。会ってるんだから」

「会ってる?」

「向こうは、パーティーで、あんたたちと話して気に入ったから、申し込んできたのよ。どいつのことかわからなくても、ちゃんと会ってはいるわよ。……そうそう」

蘭子はひどく意味深な視線を愛美に向けてきた。

「な、何？」

愛美はパニックに駆られながら問い返した。

「愛美の相手のひと、あなたの落し物を預かってるって言ってたわ」

「落し物？　わたし、別に……何も落としてないけど」

「髪飾りよ。あなた小さな花の髪飾りいっぱいつけてたでしょ？　それを拾ったらしいわ。わたしに返してって言ったら、本人に直接渡したいって。背が高くて、とってもハンサムなひとよ。名前はねぇ……」

「ねっ、ねっ、わたしのほうは？　どんなひとなの？」

「百代の？」

蘭子は百代の急くような反応が嬉しかったらしく、即座に顔を向けた。

「もちろん、ハンサムよ。そうでなくちゃ選ばないわよ」

「黒が似合いそうなひと？」

やたら期待をこめた眼差しで、百代は蘭子に聞いた。

「黒？」

「だって、黒がぴったり似合うひとでないと、わたしとの波長が合わないでしょう？」

蘭子はしばらく無言で百代を見つめた。そしてやっと、口を開いた。

「まあ、そうね。……黒も似合いそうよ」

百代がまだ何か言いかけたのを、蘭子は素早く身振りで止めた。

「あとは会ってのお楽しみってことにしましょ」

「そうね。楽しみは多いほうがいいわ。それで、どこに行くの？」

百代の瞳は、俄然キラキラと輝き始めた。

彼女の思考は、スイッチひとつの単純さで、デート受け入れ態勢に切り替わったらしかった。

「遊園地と言いたいところだけど、まずは喫茶店で互いのお相手と顔を合わせるってことで、日時を決めておいたわ」

「喫茶店？　どこの？」

百代の問いに、蘭子は隠しようもないほどの喜びを顔全体に滲ませた。

「とある男が、とある喫茶店で、アルバイトをしているという情報を得ているのよ」

「とある男？」

思わずおうむ返しに聞き返した愛美は、蘭子が気味の悪い笑みを浮かべたのを見てぎょっとした。

「櫻井よ」

「櫻井君？」

「ええそう。まずはあいつの目玉に、とくと思い知らせてやるのよ」

「そういうことね」

軽く相槌を打った百代は、スプーンに山盛りのチョコレートパフェをぱくんと口に入れた。

「あいつが記事にしてくれれば、静穂の鼻もいっぺんに明かしてやれるのだけど……。櫻井がわたしに有利な記事を書くはずはないから……、あとは学園内に、さりげなく噂を流すことにするのでもいいわね」

蘭子ときたら、舌なめずりをする猫のような表情になっている。

「考えてるわね」

口をもぐもぐさせながら、百代はひどく感心したように言った。

「まあねぇ」

蘭子は鼻高々だ。

「テストのときも、それくらい頭使ったら、赤点ぎりぎりなんて点数取らずにすむのにね」

百代は眩しいほど明るく言った。

「余計なこと言わないで！」

蘭子の叫びとともに、百代の頭が小突かれた。

「あ、あの。百ちゃん？」

痛そうな顔をして蘭子を睨んでいる百代に、愛美は急いで口を挟んだ。

ずっと抱えている気がかりがあるのだ。

「なあに？」

「わたし、おかしなことがあるんだけど……」

百代は視線を合わせているのに、その問いに問い返すことも、頷くこともせず黙っている。それが妙に意味ありげに見えて、愛美は問いを続けるのがなんだか怖くなった。

知らないほうがいいことを知ってしまいそうな……

「おかしなことって？」

百代の代わりに、蘭子が先を促してきた。

いまのとんでもないトリプルデートのことは、もちろんひどく気になる。けれど、頭の中にある普通でないものは、そんなものより、もっとずっと愛美を悩ませているのだ。

「あの。頭の中で……ね」

愛美は自分のおでこに手を当てて、蘭子を見つめ、それから百代に疑うような目を向けた。

「なにかがあってね、それが邪魔してるの」

自分でも意味のわからないことを言っているようにしか聞こえず、愛美は泣きたくなった。

けれど確かに、愛美の頭の中に、はっきりしない何かはあって、それが物凄く気になってならないのだ。

「ああ。それ」

百代はあっさり肯定した。愛美は百代を疑っていたくせに、仰天した。

「や、やっぱり、こ、これって、百ちゃんの仕業なの？」

そんな気がしたのだ。愛美自身は何も知らないのに、別次元の愛美は知っているという、ひどく奇妙な感覚……

「仕業？」

百代は愛美の言葉の選択に不興顔をし、唇を突き出した。

「あの夜、愛美酔ってたし、でも、お化粧してたの落とさないで寝たら、せっかくの綺麗な肌が大変なことになるじゃん？　意識があやふやでも、クレンジングだけは忘れたりしないようにって、まあ、やったのよ」

「クレンジング？　やった？　やったって何を？」

「クレンジングよ、忘れなかったでしょ？」

強調するように言われ、愛美は思わず呻《うめ》いた。

そのことを言っているのではないのに……

確かに、クレンジングは使ったようだ。翌日お風呂場に、空になったクレンジングの容器が残っていた。

「いったいどういうこと？」

眉間を寄せた蘭子が口を挟んできた。

「おまじないしただけよ。忘れないように……。てか、まあ、暗示みたいなもん？」

「暗示って、催眠術ってこと？　百代、あんた催眠術なんてできたの？」

蘭子はどうしてか、責めるように言った。

「そんな感じのってことだよ。おまじない程度のもん。で、愛美は忘れずにクレンジングして……だから、お役ごめんになったわけよ。愛美が気にしてるそいつは、たぶんその名残りみたいなものじゃないかなぁ～」

おまじないか暗示か催眠術か知らないが、それをやらかした張本人のくせに、百代は考え込みながらあやふやに言う。

愛美は納得もできなければ、ほんの少しの安心も得られなかった。

「気にしないでほっとけば、そのうち消えるよ」

百代はそんな言葉で、愛美のパニックをあっさりと切り捨てた。

「も、百ちゃん」

不安を適当に処分されそうな雰囲気に、愛美は百代に縋るように両手を突き出した。

「だから、気にするほどたいしたもんじゃないってば！」

百代はうざったそうな顔つきと態度になり、いくぶん怒鳴るように言った。

「面白いじゃないの」

蘭子が愛美をぐいっと押しのけて前に出てきた。

「百代にそんな面白いことができるとは知らなかったわ。わたしにもやってみてよ」

「いま、蘭子にそれは必要ないわ」

こともなげにそういうと、百代はまたパフェに向き合った。

「ねえ愛美、正確に表現して、どんな感じなの？」

標的を愛美に変えた蘭子の瞳は、好奇心にめらめらと燃えている。

「そのうち消えるってば」

「百ちゃん、ほんとにそれを待つしかないの？」

ひどくどうでもいいように、百代は大雑把にこくこくと頷いた。

「で、でも……」

「ふたりとも早く食べたほうがいいよ。アイスが溶け始めてる」

相手をするのがうっとうしくなったらしく、百代は寄ってきた野良犬を追い払うような仕草で、愛美に向けてめんどくさそうに手を振った。

9　トリプル初デート

「言うの忘れてたけど……」

愛美の髪を梳きながら、蘭子がふと思い出したというように言い、彼女はどきりとした。

蘭子の口から出る言葉は、ここ最近ろくなものじゃない。

今日は蘭子の仕組んだトリプルデートの日。午前中、藤堂の屋敷で、百代と愛美を変身させ、一時に約束の場所で待ち合わせをし、目的の喫茶店に出かける手筈となっているらしかった。

「あなたたち、二十一ってことになってるから」

「二十一、なにそれ?」

自分で化粧している百代は、アイシャドーを塗る手を止めずに聞いてきた。

「年齢よ」

「どうして?」

愛美は驚いて聞き返した。

「百代の相手の方は、確か……大学院に通っているひとだったし、愛美のお相手なんて社会人なのよ。ちょっとばかり、まあ、年が離れてるの。せめて成人超えてないと、相手にされないでしょ？」

「そんな誤魔化しするなんて、わたし嫌だわ」

百代が眉間に皺を寄せて抗議した。

「真剣にお付き合いするつもりないんだもの。構わないわよ」

「そ、そういうのって……蘭ちゃん、よくないわ」

愛美も黙っていられずに、百代の抗議に加わった。

「愛美、あなた、真剣に付き合うつもり、あったの？」

驚いたように蘭子から言われ、愛美は口ごもった。

「そ、そりゃあないけど」

「でしょう。はい、できたわ」

蘭子は櫛を鏡台に置き、愛美の髪を手のひらに載せて、その感触を楽しんでいる。

「それと」

「まだなにかあるの？」

「名前、百代は、桂もも、愛美は、早瀬まなってことになってるから」

「はぁー？」

唇に色をつけていた百代が、さらに気に食わないというように唸《うな》りをあげた。

「いいわね。それじゃあ、あとは愛美お化粧よ。こっち向いて」

「ね、こんなことやめない。やめるなら今しかないと思うの」

蘭子は必死に説得しようとしている愛美の言葉など無視し、眼鏡を取り上げると、さっそく化粧水を含ませたコットンを顔に叩きつけてきた。

「そんなに引っ込み思案でどうするの。なんでも体験よ。体験がひとを創るのよ」

説得力のある言葉だが、蘭子の口から出ると、説得力の欠片も感じられない。だが、ここまできて、蘭子が素直に取りやめるはずはないだろう。

どうやら愛美は、覚悟を決めるしかないようだった。

おまけに、頭の中のもやもやはまだ取りついていて、消える気配はないのだ。

このふたりと友達になってよかったのだろうか？　という、自分に対する問いがふと浮かび、愛美はそれを即座に退けた。

このふたりのせいで、たとえどんな火の粉が飛んでこようとも、彼女はふたりが大好きなのだ。

待ち合わせの場所は、なぜか駅前だった。蘭子が言うには、デートの待ち合わせの定番だからだそうだ。

百代は、すでに不平を言うのをやめてしまい、愛美も開き直るしかなかった。

彼女ひとりがいまさら何を言っても、無駄なことだ。

三人が駅前に着くと、すでに蘭子のお相手の男性は待っていた。彼は輝くばかりの蘭子の容姿に、すでにめろめろのようだった。

次に来た男性は、彼女たちを見つけると、ゆっくりと近づいてきた。その男性が、まず百代の前に立って挨拶したことから、彼が百代の相手だと説明がなくてもわかった。

彼は黒っぽい服を身につけていて、百代はその服装だけは、すぐさま受け入れたらしかった。

愛美の相手となるひとは、時間が過ぎてもなかなかやって来なかった。

「遅いわね。時間にルーズなひとではないのだけど……」

「誰なんですか？」

蘭子の相手が、どうでもよさそうに聞いてきた。彼は遅れてくる人物が誰でも興味はなく、ただ、蘭子との会話のきっかけにしたかっただけのようだった。

「保志宮《ほしみや》さんよ、ご存知でしょ」

「保志宮？　保志宮……まさか、保志宮輝柾《てるまさ》氏ではないですよね？」

「彼よ」

あっさりと認めた蘭子とは対照的に、蘭子の相手は驚愕の色を浮かべている。

「あ、あの方が、こんな場所におみえになるんですか？」

「こんな場所？」

蘭子の目が、不快げにきらりと光った。

「あなただってやって来たじゃないの。わたしもやって来たのだけど？」

どんな文句があると言わんばかりに、蘭子は嫌味を込めてとげとげしく相手に言った。

「え、あ、いや、た、ただですね……」

相手はひどく怯え、震え上がった。愛美はだんだん彼が気の毒になってきた。

「あ、あの方は、こういう形でデートなどなさる方ではないなと……」

蘭子に鋭く睨まれつつ、彼はもごもごと言い訳の言葉を押し出し、途中で黙り込んだ。

「いらしたようだわ」

蘭子の言葉に、皆、蘭子の視線の方向へと頭を巡らした。

人目を引く風貌の背の高い男性が、颯爽とした足取りでこちらに歩いてくる。

他を圧するような物腰で、とても存在感があるひとだった。そのひとは、蘭子を先に見つけ、彼女に向けて笑みを見せた。

蘭子の言葉どおり、とてもハンサムなひとだった。パーティーで会話をしたはずと蘭子は言っていたが、これだけ存在感のあるひとだというのに、愛美は彼を覚えていなかった。

もしかして、いま着ている服装が、こざっぱりとした飾り気のない私服だからなのだろうか？

パーティー会場では、彼もスーツだったはずだから……

「遅くなってしまい、申し訳ありません」

「言い訳なさらなかったのは、高く買いますわ」

保志宮というひとは、やわらかな笑みを浮かべて蘭子に頷き、百代に視線を回し、最後に愛美に視線を向けてきたが、微かに首を傾げる仕草をした。

その仕草に愛美は申し訳なさが湧いた。きっと彼は、いまの愛美の姿にガッカリしたのに違いない。

顔合わせのような紹介を終えると、蘭子は全員の先頭に立って、目的の喫茶店に向けて歩き出した。

蘭子の相手は、嬉々として彼女の横に並んだ。

「イメージがずいぶん違うので、すぐには気づきませんでしたよ」

歩き出してすぐ、保志宮が小声で愛美に言った。ふたりはみんなの最後尾についている。

それはそうだろう。あの夜の愛美と、今の愛美は、同一人物とは思えないくらい違う。

服もクリーム色の豪華なドレスなどではない。それでも、蘭子が以前にくれたベージュのワンピースを着て、髪を垂らした愛美は、いつもとは比較にならない。

もしかすると、少しはエレガントに見えるのかもしれない。たとえ、この黒縁の眼鏡をかけていても……

「ですが、その眼鏡は、とても可愛らしい」

そのかなり強引と思える褒め言葉に、愛美は返事をしなかった。あまりに不自然で、なんと言葉を返せばいいのかわからなかったのだ。

保志宮はそんな愛美を見て何を感じたのか、軽い笑みを浮かべている。

大人の男性だ……

このひとと愛美では、まったく釣り合いが取れていない……

パーティーのときの愛美ならば……まだ見た目だけは、釣り合ったのかもしれないが……

こんなところまで、付き合わせてしまったことに、愛美は申し訳なさが湧いてならなかった。

「すみません」

保志宮と並んで歩きながら、愛美はそっと謝罪を口にしつつ頭を下げた。

彼は眉を上げて愛美を見返してきた。

「どうして謝るんですか？」

「貴方を、がっかりさせてしまいましたから」

「そんなことは、まったくありませんよ」

感じの良い笑顔で首を振る保志宮に、愛美は好感を持った。

「やさしい方ですね」

保志宮に向けて微笑むと、彼も小さな笑みを返してきた。

「不思議なひとだな。貴方は」

愛美はその言葉に面食らった。

不思議……？

「わたしが……？」

きょとんとして首を傾げた愛美を見て、保志宮は微笑んだ。

「蘭子さんとは、お友達なんだそうですね」

「はい。仲良くさせていただいています」

「どこで知り合ったんですか？　彼女とは歳が違うでしょう。どこかのクラブか何かで仲良くなったんですか？」

どうやらこのひとは、蘭子の本当の歳を知っているらしかった。

だが彼の言葉からして、愛美が二十一だという年齢を疑っているようでもないし、詮索とかでもないようだった。単に問いかけているだけらしい。

それでも、嘘の苦手な愛美には、うまい言葉が思い浮かばない。

「保志宮さん、愛美。着いたわよ」

ありがたいことに、蘭子がいいタイミングで声をかけてきてくれた。

「はーい」

愛美は飛びつくように返事をし、蘭子の側に駆け寄っていった。

「いい感じみたいじゃないの。ほんとの恋人同士のように見えたわ」

そんな呑気なことを言っている場合ではないのだ。

「蘭ちゃん、やっぱりわたし……」

蘭子はさっと愛美の唇に向けて指をさし、彼女を黙らせた。すぐ後ろに保志宮がやってきたらしかった。

店内へと入った愛美は、すぐに櫻井に気づいた。彼は感情のない顔で蘭子を見つめていたが、すぐに店の奥へと引っ込んだ。

どうやら蘭子の目的のひとつは、あっさりと達成されたらしい。

六人はテーブルを囲って座ったが、気心がしれていない者が多いせいで、落ち着かない雰囲気が漂った。

愛美の前に保志宮、その隣が蘭子の相手、そして蘭子。愛美の左隣は百代で、その横に百代の相手の蔵元《くらもと》が並んで座った。

蘭子の相手は、自分の隣に座っている保志宮の存在がネックになっているらしく、ひどく緊張した面持ちで固くなっている。

百代の相手は、もともと寡黙《かもく》なのか、自己紹介をしたあとは、あまり口を開いているようではなかった。百代はというと、そんな相手には無関心な様子で、どうやらこのカップルの成立はありえないように見えた。

困った蘭子ときたら、バイトをしている櫻井ばかり気にして、自分の勝利の味をもっと貪欲に味わおうとしている。

愛美は目の前に悠然として座っている保志宮を改めて見つめ、おかしさが込み上げてきた。こんなに素敵な大人の男性が、愛美などに付き合いを申し込んできたとは、受け入れがたい。

きっと、これは何かの間違いなのだ。

盛り上がらない会話をしていたところに、櫻井が注文した品を運んできた。

蘭子の注文したカフェラテを目の前に置いた櫻井に、蘭子はつんと澄ました顔で、横柄に「ありがとう」と言った。

櫻井が怒りにぐっと歯を噛み締めたのがわかり、愛美はハラハラした。櫻井はやり込められて、負けていられる性分ではない。

こんなことをするから、自分が窮地に立つのだと、どうして蘭子はわからないのだろう。

蘭子は自分の相手に少し寄り添うようなふりまでして、仲の良さをアピールしている。そのアピールに、蘭子の相手は単純に喜び、笑顔を見せている。

不憫すぎて、目が痛かった。

「それで、保志宮さん、愛美の落とした髪飾りは？　持って来てくださったの？」

シンと静まっていた場を気にしてか、蘭子がそう言ったとき、蘭子の頭にザーッと水が降り注いだ。

蘭子の相手もとばっちりを受け、「わっ」と叫んで、蘭子を押しのけるようにして飛びのいた。

彼は隣に座っていた保志宮にドンとぶつかったが、保志宮はさほど驚いた様子もなく、たいした反応もしなかった。

蘭子のほうに顔を向けた愛美は、片手に空のポットを持った櫻井が、うっすら笑みを浮かべているのを目撃した。

「お客様、すみませんでした。手を滑らせてしまいました」

やたら申し訳なさそうに櫻井が言った。

「なっ、なにするのよ。櫻井！」

あまりの出来事に声が出ないでいた蘭子は、大きく息を吸うと同時に怒鳴りつけ、店内は騒然とした雰囲気に包まれた。

騒ぎを聞きつけたのか、店の奥から店主と思しき男性がすっ飛んできた。

「どうしたんだ？　いったい何があった？　比呂也？」

「マスター、すんません。手を滑らせてしまって」

「じ、冗談じゃないわ！」

蘭子は頭から湯気を立てんばかりだ。水の量はハンパでなく、蘭子の全身はぐっしょりと濡れそぼっている。綺麗にセットした髪も見るも無残な有様になってしまい、とんでもないことに水で濡れた服が透けて、ブラジャーがはっきりと浮き上がって見えていた。

「蘭ちゃん、ふ、服が……」

愛美は取り乱して叫んだ。

バッグからハンドタオルを取り出した百代が、さっと立ち上がり、テーブル越しに蘭子の胸のあたりを覆った。

「店の奥に行って、タオルを借りたほうがいいわ。わたしもついてゆくから」

混乱してどうしていいかわからなくなっていた愛美は、百代の言葉に反射的に立ち上がった。

櫻井に文句を言い続けている蘭子を挟んで促しながら、百代と愛美はマスターの後について、店の奥へと向かった。

10　木洩れ日のベンチで

「わざとやったのよ。ふたりだって見てたでしょ？」

蘭子は、濡れた服を腹立ち紛れに脱ぎ捨てた。愛美は蘭子の脱ぎ捨てた服を拾ってたたみ、ビニール袋に押し込んだ。

確かにわざとだった。

「もういいじゃん。蘭子だって櫻井の性格知っててやったんだもん。こういうことになるって予想できたはずだよ」

マスターが持ってきてくれた着替えの服を、蘭子に手渡しながら百代が言った。

「できやしないわよ。ひとの頭に冷水ぶっかけるなんて、どこのどいつがやるのよ」

「櫻井」

「百代、あんたどっちの味方よ！」

淡々とした百代の言葉に、蘭子がカッとして怒鳴りつけた。

「だからさぁ。いつものことじゃん。はい」

同じくマスターが貸してくれたジーンズを百代が差し出すと、蘭子は腹立ち紛れにそれをひったたくった。

「ふたり、やってはやりかえす。それが現実になっただけだもん」

「お話にならないわ！」

怒りで顔を真っ赤にした蘭子は、ドンドンと音がするほど床を両足で踏み鳴らした。

「ところで、どうするの？　これから」

愛美は蘭子の怒りをこれ以上煽らないように、そっと尋ねた。蘭子は怒った顔を愛美に向けたが、自分のいまの服を改めて眺め回し、鼻の頭に皺を寄せて唇を引き結んだ。

「仕方がないわ。今日のところは、デートは取りやめよ。帰るわ」

蘭子は携帯を取り出すと、電話をかけた。

「車、よこして頂戴。場所は……なぁ～んですって？」

蘭子の顔が叫びとともに険悪になった。何か思うようにならないことが起きたようだ。

「それならもういいわ！」

怒鳴りつけた蘭子は、携帯を音荒く閉じ、投げつけようとして手を振り上げた。愛美は驚いて、蘭子の腕を掴んだ。

「ら、蘭ちゃん、どうしたの？」

「車、いま来れないって……わたしたちを駅まで送ってきて、そのまま点検に出しに行ったらしいわ」

蘭子はいまいましげに言った。腰に手を当てた百代が、考え込んでから口を開いた。

「店で待ってる男性陣、みんな車で来てるんじゃないかな。乗せて……」

「俺が送ってってやるよ。詫び代わりにな」

三人はその声に同時に振り返った。

ドアのところに櫻井が立っていた。いつやってきたのか、ドアは開け放たれ、澄ました顔でドアに寄りかかっている。

「女性が着替えている部屋に、ノックもせずに……な、なんて無礼なの！」

蘭子が毒を持って睨み据えたが、櫻井は痛くも痒くもなさそうだった。

「着替え、終えてるじゃないか」

櫻井は皮肉な笑みを見せ、蘭子の全身をゆっくりと愉快そうに眺め回した。

男物の大きなTシャツに、裾を曲げたジーンズ姿の蘭子……

こんな服装の蘭子を見たのは初めてだが、それほど違和感はなかった。

「よく似合ってるじゃないか？」

その言葉は楽しげで、あざけりなどは含まれていなかった。

「余計なお世話よ」

「蘭子、送ってもらいなよ。せっかく送るって言ってくれてるんだし、わたしらも一緒に乗せてもらって……」

「悪いけど……」

百代の言葉を櫻井が止めた。

「俺の車、スポーツカータイプで二人しか乗れないぜ」

「櫻井君、貴方、運転できるの？」

愛美はいまさらながらに驚いて尋ねた。

「できるさ。夏休みに免許取った」

「それじゃあ。わたしらは……、彼らの中の誰かが車を近くに置いてるなら、乗せてもらって蘭子の家まで送ってもらうとするわ」

「わたしは川田さんに送ってもらうわよ。彼氏なんだもの、それが当然でしょ？」

「そう。それじゃあ、彼に車があるか聞いてくるわ」

そう言うと、百代はさっそく部屋を出ていこうとした。

「お前、その格好のまま、あの男の前に出ていけるのか？」

櫻井の指摘に、蘭子はぐっと詰まった。

彼女の高すぎるプライドが、ギシギシ音を立てているのが聞こえるようだった。

「百代！　もういいわ」

ドアのところまで出ていた百代が、立ち止まって振り返った。

「櫻井に送ってもらうわ。こうなったのも、こいつが原因なんだから……」

櫻井は肩を竦《すく》めると、手を大きく振り上げ、大袈裟なお辞儀をしてみせた。

「仰せのままに、お嬢様」

「そのむかつく態度、やめてよ！」

「それじゃ俺、まだバイトもあるんで……早いとこ済ませようぜ」

櫻井はツカツカと前に進み出てくると、蘭子の手首を掴んで強く引っ張った。

「行くぞ、藤堂」

「放してよっ！」

やかましい会話をしながら、ふたりは出ていった。

それまで傍観していた愛美は、静かになった途端、我に返り、百代に振り向いた。

「よ、よかったのかな？　百ちゃん」

「いいのいいの。蘭子のこと、櫻井が引き受けてくれて、助かったわ。ほら、彼らを待たせたままだし、戻ろ」


それから数分後、愛美は保志宮の車の助手席に収まっていた。

百代は、百代のお相手の車で送ってもらうことになり、蘭子の相手は気落ちして帰っていった。

愛美としては、百代と一緒が良かったのだが……

「保志宮さん、送っていただくことになってしまって、すみません」

「もともと私は、貴方をご自宅まで送るつもりでいたんですから」

「あのぉ～」

「なんですか？」

運転している保志宮は、愛美に少しだけ視線を向けた。

「気にしないでください。わたしは全然気にしないので」

「気にしないでとは、何をですか？」

「わたしと付き合う必要など、ないってことです」

保志宮はしばらく黙り込んだ。

「私では、駄目ということですか？」

「はい？」

「貴方のほうに、私を好きだという気持ちがないのはわかります。ですが、そう簡単に答えを出さずに、しばらくお付き合い願えませんか？」

愛美は保志宮の口にしたことを頭の中で整理し、意味を理解して唖然とした。

「それ、まさか本気でおっしゃってないですよね？」

動転した愛美は、とんでもなく声がうわずった。

「本気ですよ」

「……そ、その……わたしなんですよ。相手は……」

愛美はよく見てくださいといわんばかりに、保志宮に身体を向けて、胸のあたりを手のひらで二度叩いた。

「貴方は……どうやら、ご自分を過小評価されているようだ」

か、過小評価？

事態についてゆけず、胸のあたりが妙な具合にひくついた。

疲れを感じた愛美は背もたれに身体を預けた。

「わたし、貴方が……よくわかりません」

「ならば、知るために付き合いましょう。しばらくでも……」

笑みを浮かべた保志宮の申し出に、愛美はどうしていいかわからなくなった。彼が愛美を女性として気に入ったとは、どうしても思えない。

「早瀬さん、少し寄り道してもよろしいですか？　ほんの十分ほどで済むと思うので……」

早瀬と呼ばれて、愛美はどぎまぎした。

そうだった……彼女は早瀬まなということになってて……

愛美はハッとした。そういえば、蘭子はこのひとの前で、愛美の名を口にしなかっただろうか？

記憶を改めてさらった愛美は、胸の中で唸《うな》りを発した。

「早瀬さん？」

「は、はい」

保志宮と視線を合わせた愛美は、思わずあからさまに顔をそむけていた。

「あ、……ど、どうぞ」

「それでは、お言葉に甘えて」

心臓がやたらドキドキした。ささいな嘘がバレているという気まずさに、愛美は胸の内で盛大なため息をついた。

車はしばらく走った後、左に曲がり、駐車場に停まった。

「そこに公園のベンチがありますよ。木陰になっているし、車の中より過ごしやすいはずです」

小さな公園だけれど、確かに心地の良さそうな場所だった。

「はい。それじゃあ、そこで待ってます」

愛美は保志宮としばらく距離を置けるありがたさに、車から降り、歩道を歩いて公園の中に入った。

「用事を終えたら迎えに来ます」

保志宮の声が背後から飛んできて、愛美は振り返った。

「は、はいっ」

愛美は固い返事をし、すでに後姿の保志宮の背中を見送った。

葉の茂る大きな木の下に木目のベンチがあった。ベンチの上も、地面のあちこちにも、木洩れ日が光の点をばら撒いていた。

ベンチは背後が住宅地だからだろう、道路側に向けて置いてあり、たまに通り過ぎる車があるものの、静かな場所だった。

ひとりきりになった愛美は、ベンチにぐったりと座り込んだ。

いまさらながらに今日の出来事を思い返し、引きつった笑いが込み上げてくる。

まったく、とんでもないときを過ごしたものだ。初対面と変わらないひとと会い、そのままデートだなんて……

蘭子と櫻井の対決も、いまになると笑いの種でしかない。そのおかげで、トリプルデートは途中で中止ということになってくれたし……

それにしても、保志宮というひとは、本気で愛美と付き合おうというのだろうか？　彼女の名前が偽名だと気づいたはずなのに、それに触れてもこないのはどうしてだろう？　愛美の名前など、彼にとって、問題になるほどたいしたものではないということなのか？　もしかすると、お金持ちのようだから、愛美を相手に、ちょっとした気晴らしをしようというのかもしれない。そう結論を出してみた愛美だが、そんな気晴らしをするようなひとではなく思える。たぶん名前のことも、いずれは尋ねてくるに違いない。

いったい、この先、どうしたらいいのだろう……

一心に考え込んで深い吐息をついた愛美は、目の前の道路に、黒っぽい大きな車が停まったのに気づいて顔を上げた。車のことなど何も知らない愛美にも、外車だとひと目でわかる。

物珍しさに見つめていると、後部座席のドアが開き、男の人が降り立った。

黒っぽいスーツ姿に、サングラスをかけたその男性は、まっすぐに愛美を見つめてきた。

愛美はぎょっとして身を強張らせた。

男性は当然のように彼女のほうへ足を踏み出してきた。優雅な歩みで近づいてくるこの普通でない存在感を発している男性は、何もかもが特別なひとだった。

11　突然の再会

「やっと……お逢いできた……」

とても低いソフトな声には、深い感情がこもっていた。

愛美は目を見張った。……どうしてか、この声、聞き覚えがある？

「あ……の……？」

「わけを話したいんです」

わけ？

「少し、お時間をいただけませんか？」

「……わけって？」

「ええ。ですが、ここでは……」

相手が手を差し出してきた。驚いた愛美は身を引いた。

「わ、わたし……いま、ひとを待ってて……」

「……すぐに終わります。あれには理由があるのです。とにかく、それを説明して、貴方にわかっていただきたい」

彼の声はとても真剣で、緊張のせいでひどく強張っているように聞こえた。けれど、サングラスをかけているせいもあり、彼の表情ははっきりせず、愛美は警戒心を強めた。

「あ、あの、貴方は、どなたなんですか？」

愛美の問いに、相手が瞬間固まったのがわかった。

「私が……わからない？」

愕然としたような声だった。愛美はなぜか、自分が手痛い失敗をしたような気分に陥った。

「す、すみません」

男性は口元を引き締め、愛美の表情を見つめて何事か考えている様子だったが、やっと口を開いた。

「不破です」

「え？　不、破？」

愛美はぎょっとして頭に手のひらを当てた。頭の中にとりついているもやもやが動いたのだ。まるで意志を持った生き物のように……。そして、その生き物と対立するように、不破という言葉が頭の中でズンズンと響いている。

愛美はその奇妙な感覚にぎょっとし、目を見開いて頭の片側をぐっと掴んだ。

「どうしました？」

「あ……頭が……」

愛美は混乱して顔を俯けた。

「痛むんですか？」

心配を含んだやさしい声に、愛美は無言で首を横に振った。

彼の手のひらが、気遣うように愛美の肩に置かれたとき、ひとつの記憶が鮮明に蘇った。

不破……

パーティーの会場に行く途中、愛美がよろけてぶつかったひと。

そう、彼の声の響きすら……覚えている。おかしなほど、はっきりと……

夢の中に現れて、愛美にキスをしたひとの声も……このひとと同じ声。

だが、あれはこのひとではないはずだ。

だって……彼の瞳は……

愛美は困惑した表情で、ゆっくりと顔を上げた。

不破が愛美の顔を覗き込んできた。

「大丈夫ですか？」

愛美は彼の顔をじっと見つめたまま、サングラス越しに、目を凝らして不破の瞳を覗き込んだ。

その彼女の仕草に、悟ったように彼はサングラスに手をかけた。

「すみません。すぐに取るべきでした」

目の覆いがゆっくりと外され、愛美は言葉を失くした。心のすべてを引き込まれてしまいそうな
……

青い瞳……

夢のひと……

そう思った途端、頭の中のもやもやが、ぐるぐるっと最後の足掻きのようにうごめき、あっけないほどパッと消えた。

まず、一輪の白薔薇が頭に浮かんだ。喉の熱の感覚……頬のほてり……寄りかかった頼りがいのある腕……

そのとき微かな振動音が聞こえてきた。不破の胸のあたりからだ。

「申し訳ありません」

顔をしかめた不破は断りのように呟くと、背広のポケットに手を入れて携帯を取り出した。そしてまだ振動音を発している電話を操作すると、出ることもせず即座に黙らせた。

「時間があまりないのです。どうしても行かなければならないところが……」

不破は話の途中で苦い笑みを浮かべると、言葉を止めた。

「私を覚えていない貴方に、こんなことを言っても……」

愛美はもどかしさに首を左右に振った。彼を思い出したことを伝えようとするのに、どうしてなのか、言葉が声にならないのだ。

「優……誠……」

愛美は、やっとのことでそれだけ声にしたが、聞き取れそうもない声だった。

不破が、愛美の唇に視線を当てた。

「いま……なんと？」

また振動音がした。不破はひどく顔をしかめ、その音も黙らせると、再び愛美に向き直った。ひとの目を釘づけにしそうなほど端整な彼の顔には、いまや強い焦りが浮かんでいた。

「私たちは一週間前、パーティーで逢ったのです。貴方の名前も存じています。私は、怪しい者ではない。信じていただけますか？」

早口にそう言った不破に、愛美は頷くことで答えた。けれど、そんな頷きだけでは、彼の心は満足できなかったようだった。

「もう行かなければなりません。連絡を取れるように、貴方の携帯電話の番号を教えていただけませんか？」

必死さを感じさせる真剣な口調だった。愛美は大きく息を吸った。

「も……」

一言そう言えたことで、彼女は安堵した。

「持っていないんです」

彼女の言葉に、不破は怪訝な顔をした。それはそうだろう。携帯を持っていない者は稀《まれ》な世の中だ。

「携帯電話を？」

「すみません」

愛美の謝罪の言葉を聞いた不破の顔から、微かな疑いの色が消えた。また振動音が響き、無意識にそれを黙らせた彼は、困った様子で黙りこくった。

「優誠様」

遠慮がちな声が聞こえ、不破が車のほうへ振り返った。声をかけてきたのは、彼が乗ってきた車の運転手のようだった。申し訳なさそうな、けれど催促するような顔で不破を見つめている。

「わかっている。すぐに行く」

不破はポケットを探り、取り出したものを愛美に差し出してきた。携帯電話だった。先ほどから振動音を発している携帯電話とは別のものだ。

携帯を開いていくつか操作をした不破が、それを彼女に手渡そうとし、愛美は驚いた。

「私のプライベートのものです。これを持っていてくださいませんか。時間を作れたらすぐに連絡します」

「で、でも……そんなこと……」

「繋がりを切りたくないんです！　お願いです。受け取ってください。次にお逢いしたときに返していただければいい」

「で、でも、これ、貴方の手元にないと、困るでしょう？」

「貴方と連絡を取れなくなるより困ることは、いまの私にはありません」

その言葉が本気だということは、彼の眼差しの強さでわかる。

愛美は彼の瞳の中に取り込まれそうになって、慌てて瞬きした。

「でも……」

困惑したままの愛美の手のひらに携帯を残し、彼の手が離れた。愛美の意図しないところで、彼女は彼の手を追いたくなり、もっと困惑が増した。

頭の中がぐしゃぐしゃだった。いまのこの現実について考える余裕など、愛美のどこにもなかった。

「私の名が表示されたときだけ出てください。それ以外のものは、放っておいてくだされば いい」

不破はそれだけ言うと、名残り惜しそうに愛美を見つめてから踵《きびす》を返した。

彼の背中を見つめている愛美の胸に、虚しさがじわじわと広がってゆく。

まるでそれを感じたかのように、数歩歩いた彼が、また振り返った。

「私の名は……」

「不破優誠」

愛美の口から自然にこぼれ出た自分の名を耳にして、不破は目を見張り、それから濃い安堵の色を浮かべた。

彼は一歩、愛美のほうへと踏み出したが、微かな振動音、そして運転手が背後から呼ぶ声に顔をしかめ、足を止めた。

「必ず！」

彼は愛美の心に焼きつけるように口にすると、後ろを向いて駆け出し、すぐに車に乗り込んだ。

ドアが閉まるのももどかしいように、車は勢いよく走り去っていった。

12　遠すぎる存在

「早瀬さん」
その声に、愛美は我に返った。
まず、ベンチに座っている自分を意識し、愛美は声をかけてきた相手を見上げた。
「もしかして、座ったままうたた寝していたんですか？」
おかしそうに保志宮が言った。
うたた寝……？
愛美はパチパチと瞬きした。
夢……だったのだろうか？
愛美は目の前の道路に視線を向けた。何も変わりない普通の景色……
停まった黒塗りの車……降り立った男性……
夢の中の男性の顔を思い浮かべて、愛美はもう一度瞬きした。
長めの黒髪に黒っぽいスーツ姿……住む次元の違いを否応なく感じさせる物腰……
強烈な魅力……そして……

青い瞳……

彼女は右手を上げて額に触れようとして、自分が何かを掴んでいるのに気づいて、さっと下ろした。

「えっ？」

目の前に、可愛らしい花束が差し出された。

「これ……？」

愛美は驚いて叫んだ。

「思ったより客が多くて、ラッピングしてもらうのに、時間がかかってしまいました」

「これ……わたしに？」

思ってもいなかった出来事に愛美はひどく驚き、花束を見つめて目を見張った。

心臓がドキドキと鼓動を速めた。

「もちろんです。貴方に受け取っていただかないと、この花が悲しみますよ。私も……」

「このために、ここに？　……用事とおっしゃっていたのは……」

保志宮は親近感を感じさせるやさしい笑みを浮かべた。

「花をプレゼントしたかったんです。初めてのデートの記念に……」

愛美はなんと答えて良いのかわからなかった。

胸にひどい罪悪感が湧き上がっていた。ベンチにいて、彼を待つ間、愛美は彼でないひとと……

でも……あれは夢……？　それとも現実……？

愛美はぎゅっと両手を握り締め、自分が掴んでいるものに気づいた。

夢でないと告げる……携帯……

携帯が保志宮の目に触れないように気をつけながら、愛美は小さなバッグに携帯を収めた。気が咎《とが》めてならなかった。


「どうしたんですか?」

藤堂家へと向けて運転している保志宮から問いかけられ、愛美はどきりとして顔をあげた。

「何かを……気にしてますね。それもひどく」

愛美はずばりと言い当てられて冷や汗が出た。もしかすると、先ほど携帯を見られたのだろうか?

そう考えた愛美は、携帯を見られたとしても保志宮が不審に思うはずがないのだと気づいた。携帯など誰でも持っている。

「蘭子さんから、貴方のお名前は、まな、とお聞きしていたのですが……本当のところは違うようですね」

「あ……す、すみません」

愛美は焦って深く頭を下げた。

「そうですか」

蘭子の顔が思い浮かび、愛美はすべてを話すことができずに、また「すみません」と繰り返した。

「つまりは……」

保志宮はそこまで言っていったん言葉を切った。大きなカーブに差しかかったのだ。彼はハンドルを切り、車は大きくカーブを曲がった。

「私はまだ、信用されていないということですね」

とてもやわらかな声だった。愛美は問いかけるように彼を見つめた。

彼は愛美に、腹立ちを感じているのだと思っていたのに……

「あの、怒ってらっしゃったんじゃ……ないんですか？」

「どうしてですか？」

「だって……名前を偽ってたから……」

「怒ってなどいませんよ」

「ほんとに？」

保志宮が笑みを見せて頷いた。

「蘭子さんの指示なのでしょう？　彼女のやりそうなことです。でも、彼女はそうすることで、貴方ともうひとりのお友達を守ろうとしてるんでしょう」

「守る？」

「パーティーのとき、貴方に対して、とても多くの男が関心を示していたようですからね。……私も、その中のひとりになるのか……」

保志宮は前方を見つめたまま軽く苦笑し、愛美は話の内容に戸惑って俯いた。

車が次の赤信号で停まると、保志宮は愛美に振り向いてきた。

「パーティーの前に、蘭子さんから電話をいただいたんですよ。素敵な友達をふたり連れてゆくからって……思わせぶりな電話をね」

それが蘭子の言っていた、宣伝というやつなのだろうか……

「たぶん、私だけではないでしょうね。その内容の電話をもらったのは……」

愛美は顔を上げて、仕方なく相槌を打った。

「桂さんの今日のお相手だった蔵元君も……彼は私の大学の後輩なんですが……彼も電話をもらったのでしょうし……」

信号が青になり、また車は走り出した。

「もちろん、その電話をもらっていたから、貴方とお逢いしたいと蘭子さんにお願いしたわけではないですよ」

保志宮は愛美にチラと顔を向けて、いくぶん取り成すようにそう言うと、また話し続けた。

「貴方の、早瀬まなという名は、蘭子さんの光栄なお墨つきをいただいた者以外の、パーティーの参加者にも伝わっています。中にはろくでもないのがいるんですよ。本名を知られると、困ったことになったかもしれない」

「そんなものなんですか？」

愛美はそう言ったが、正直、あまり現実味のない話だった。

「ええ。金を持ち悪意を持つ者は、とんでもない手段に出るときがある。だから素性は知られないほうがいい」

「でも、そんなの無理じゃありませんか？　蘭ちゃん……蘭子さんだって……」

「蘭子さんには、藤堂家という強固な後ろ盾があります。彼女に危害を加えて、ただで済むはずがない。けれど、貴方は……」

保志宮は気を使ってだろう、すでにあからさまな言葉をあえて口にしなかった。

「そうですね。貴方のおっしゃる意味、わかりました」

保志宮が小さく頷いた。

藤堂家の近くまで来ていた。見慣れた景色を目に入れて、愛美はほっとした。

「今後、パーティーに参加なさるときも、早瀬まなで通されたほうがいい。そのほうが私も安心です」

愛美はゆるく首を振った。

「ご心配はいりません。わたしがああいう場所へ行くことはもうないですから……」

保志宮は少しの間黙り込んだ。

「私とも？」

深い意味を含んだ言葉だった。

「はい」

愛美は彼の横顔を見つめ、はっきりと口にした。

彼とはこれきりだ。保志宮は、愛美とは不釣合いな相手だ。そう考えたとき、愛美の脳裏に、不破優誠の顔がまざまざと蘇った。

あのひとは……

胸に強烈な哀しさが込み上げた。

あのひとは……保志宮よりもまだ遠い人だ……

13　受け止めきれない記憶

「私は、まだ諦めませんよ」

藤堂の屋敷に向けて、ふたり並んで歩き出したところで保志宮は言った。その言葉を耳にして愛美が顔をあげた瞬間、よく知った声が保志宮に呼びかけてきた。蘭子の姉、橙子だった。

「橙子さん。蘭子さんは、どうしていらっしゃいます？」

保志宮が、こちらに向けて歩いてくる橙子に聞いた。

「蘭？　彼女はまだ……あらっ、ま……」

橙子は愛美に呼びかけようとして口ごもった。

「ま、まなさんは、蘭と一緒に……どうして、保志宮さんとご一緒なの？」

橙子の視線は、愛美が手にしている小さな花束に向けられた。

恥ずかしさが湧き、愛美は後ろ手に隠したくなった。が、いまさらだし保志宮の手前もある。

「蘭子さんは、まだ帰っておられないいんですか？」

愛美を見つめていた橙子が、保志宮のほうに向いて頷いた。彼を見る橙子の顔には、なぜか微かな翳《かげ》りがあるように思えた。

「あの、百ちゃんは？　彼女もここに来たはずなんですけど……」

「いいえ。いらっしゃっていないと思うけど……」

橙子は愛美とふたりだけで話がしたいようだった。だが、礼儀をわきまえている橙子は、強引に保志宮から離れて、愛美と話すということは、できないようだった。もどかしさを浮かべている橙子に、愛美はわけを話すことにした。

「喫茶店で、蘭ちゃんに水がかかってしまって……服がぐっしょり濡れて……それで帰ることになったんです」

「そうなの。なら、蘭子は川田さんが送って来て下さるのね？」

「いえ。それが……櫻井君っていう……彼、同級生なんですけど」

「櫻井君？　彼がどうして？　あ、ああ……なんとなくわかったわ」

蘭子は橙子に隠しごとをしていないようだった。櫻井とのバトルも、橙子は聞いているのかもしれない。

いまは保志宮のほうが、意味がわからず眉をひそめている。

「蘭ちゃん、大丈夫でしょうか？　探しに行ったほうが……」

「蘭は、どこに行っても大丈夫よ。心配なさらないで。蘭にはおふたりが来てくださったことを告げておきますわ」

そう話しているところに、当の蘭子を乗せた櫻井の車が、かなりのスピードで屋敷の庭に走り込んできた。車は三人のすぐ側に急ブレーキの音を響かせて停まった。

「なんてひとなの。少しはスピードゆるめなさいよ！」

別れる前に目にしたTシャツとジーンズという出で立ちで、蘭子はぷりぷりしながら車のドアを開け、思い知らせるように物凄い力でドアを閉めた。

「おい、こいつは俺の宝なんだぞ！」

本気の怒りを込めて、櫻井は蘭子に怒鳴った。

「たいした宝だこと。どうせ親に買ってもらったもののくせに」

運転席に座ったまま、櫻井は蘭子を睨みつけてきた。

「俺はお前とは違う。バイトで稼いで買ったんだ」

「あ……」

櫻井の冷たい目に、蘭子が口ごもっているうちに、彼は車をUターンさせ、何も言わずに走り去っていった。

「なによ！」

蘭子はひどく小さな声で叫ぶと、ぐっと唇を噛み締め上背を伸ばし、姉に向けて笑みを浮かべた。

「ただいま、姉様」

「お帰りなさい。蘭」

いまの出来事などなかったような落ち着き払った姉妹の挨拶に、愛美は脱帽した。

「今日はお出かけのご予定でしょう？　どうしてここにいらっしゃるの？」

蘭子が姉に尋ねた。

「ご都合が悪くなったと連絡が来て……」

そう語る橙子の頬は、少し朱に染まった。

「また？」

「仕方がないわ。お忙しい方だもの」

「だって、約束を反故《ほご》にしていいわけがないわ。それも姉様との」

誰に対して怒っているのか、蘭子の目が三角に吊り上がっている。

彼女はバッグに手を突っ込むと、携帯を取り出し、すばやく指を動かした。

「蘭？　何をするつもり……」

「文句を言ってやるのよ」

蘭子は怒りを体現するかのように足を開き、左手を腰にあて、携帯を耳に押しつけた。

愛美の小さなバッグから振動音が響いた。音は小さいが、バッグを抱えてる愛美には、はっきりと細かな震えが伝わってくる。彼女は他になすすべもなく、バッグをぎゅっと抱え込んだ。

「優兄様ってば、出ないわ」

蘭子がいまいましげに携帯を切った途端、愛美のバッグの振動がやんだ。

背筋に冷たいものが伝った。

蘭子はもう一度かけようとしたが、橙子に止められ、しぶしぶそれに従った。

愛美は目を閉じ、誰にも悟られないよう息を殺しつつ吐き出した。

パーティーのとき、最後に耳にした会話が、いま愛美の胸に大きくのしかかってきていた。

不破と橙子の縁談の話。まとまるのも時間の問題と言っていた。

そして今日、橙子はあのひとと……出かける約束をしていたのだ。

息が詰まった。

いまの自分が、こんなとんでもない事態の当事者となり、こんな感情を抱いていることが信じられない。

いますぐにでも、ひとりになる必要があった。心にあるすべてを整理してしまわないと、自分が何者かすらわからなくなってしまいそうだ。

「わたし、帰ります」

一歩後ずさり、後ろを向いて走り去ろうとした愛美は、保志宮に手首を掴まれた。

「早瀬さん、私がお送りします」

保志宮の腕を振り切れそうになくて、愛美は絶望感が湧いた。

「愛美はわたしが送るわ。彼女に話があるの」

保志宮は不服げな顔を、愛美、そして蘭子に向けた。

「では、私はここでお払い箱ですか？」

「また近いうちに、デートを企画しますわ」

「またトリプルですか？」

保志宮の顔には笑みがあり、たぶんわざとなのだろうが、ひどくあてつけがましく責めるように言った。

「当然です」

苦笑いを浮かべている保志宮と橙子に背を向けた蘭子は、愛美の手を取って歩き出そうとする。

愛美は慌てて保志宮に向き直った。

「あの、お花などいただいたことがなくて嬉しかったです。保志宮さん、ありがとうございました」

愛美は深く頭を下げると、蘭子に従って小走りにその場を後にした。

蘭子に送ってもらえることになって安堵していた愛美だが、まだ携帯を手にしていた蘭子が、歩きながら操作しているのに気づいて血の気が引いた。

「蘭ちゃん、やめて！」

恐怖に駆られた愛美は、蘭子の携帯を思わず取り上げようとした。

「ま、愛美、いったいどうしたのよ。車を呼ばないと送れないのよ」

愛美は一瞬固まり、額に手を当てて息を吐いた。

「ご、ごめんなさい」

彼女の寿命は、派手に縮んだに違いなかった。

「変な子ね」

「でも、車は点検中なんじゃ？」

「大丈夫。終わったって、さっき携帯に連絡がきたわ」

蘭子はそう説明し、携帯を耳に当てた。

「それで？　どうだったの。ヘマはしなかったでしょうね？」

藤堂の家を出られ、そのことだけにはほっとした愛美に蘭子が尋ねてきた。

これまで家に帰れることが、これほど嬉しかったことはない。

「ヘマをしたのはわたしじゃなくて、蘭ちゃんだもの」

愛美は彼女らしくなくとげとげしく蘭子に言った。蘭子はこのとんでもない事態へと愛美を追い込んだすべての原因だ。

「わたし？　どんなヘマをしたというのよ。水をかぶったのは、わたしのヘマじゃないわよ」

「わたしのこと、保志宮さんの前で愛美って呼んだでしょ？」

「え？　……あ、あら、そうだったかしら」

蘭子の目が泳いだ。

「そうだったの。保志宮さんに指摘されたわ」

「まあ、いいじゃない。彼は信用の置ける人だもの」

あっという間に立ち直ったらしい蘭子は、押さえつけるように言った。

「気まずかったわ」

愛美の本当に気まずげな表情と言葉に、蘭子はほんの少し眉をあげてみせただけだ。

極度の疲れを感じた。

「それで、あんたのことだから、自分は高校生で早瀬川愛美ですって、何もかも正直に告っちゃったわけ？」

「それは言ってないわ」

「あら、あんたにしちゃあ、上出来じゃないの。それで、今度はふたりきりで会おうとか、電話番号教えてくれとか、保志宮さん言ったの？」

蘭子はそう問いつつ、意味深に愛美の持つ花束を見つめている。

「そんなこと言わなかったわ」

蘭子が意外そうに眉をあげた。

「ふーん。そうなの。まあ、そのほうがいいのだけど。それじゃあ、お次は静穂たち三馬鹿トリオをへこます番よ」

蘭子は肩を怒らせ、力を込めてパチンと両手を打ちつけた。

すでに自分の勝利が見えてでもいるかのように瞳が輝いている。

「もうやめましょう。わたし、もう嫌だわ」

「何言ってるの。静穂を調子づかせたままで終われないわよ。どんなことがあっても、付き合ってもらうわよ」

今日はもう疲れすぎていた。

鉄壁の蘭子の意志に向けて、これ以上、無力な反論をする気力は、もうどこにも残っていない。

蘭子はまだ何か喚《わめ》いていたが、愛美はシートにぐったり寄りかかり、力を込めて瞼《まぶた》を閉じると、現実を強制的にシャットアウトした。

家に帰りついた愛美は、すぐに着替えて化粧を落とした。

父の徳治は昨日から山の家に行っている。窯に火を入れているのだ。

大学にも窯の設備はもちろんあるだろうが、長年使い慣れた窯はやはり違うのだろう。愛美も一緒にと言われたが、今日のことがあったから断るしかなかった。

本当はトリプルデートより、ひさしぶりに山の空気を胸いっぱい吸い込みたかった。近くの森を散策して、いまの時期咲いている野草の花を見たかった。

窯の側で動き回っているだろう父親を思って、強い郷愁が湧き上がった。ひとりぼっちの部屋は、ひどく寂しい。汗を流しながら窯の近くをうろうろしているほうが彼女らしいし、心がほっとする。父も、ひとりきりより、愛美が側にいたほうが楽しかったに違いない。父についてゆかなかったことを、愛美はひどく悔やんだ。

蘭子の命令など無視して……

そう考えた愛美の胸に、ため息が湧き上がった。

この思いは今日を終えた今だからこそのものであって、たとえ、昨日に戻れたとしても、彼女は結局同じ選択をしているだろう。

不破優誠……彼との遭遇は愛美にとってリアルな夢でしかない。あれはどうしたって、現実のことではないのだ。

彼と出会ってキスをしたのは、魔法によって変身させられたこの世に実在しない早瀬まなだ。

あのひとの心に存在している女性は、愛美ではない……

強力な魅力を発する男性に触れて、恋焦がれない女性はいないはずだ。いまの愛美のように……

そう考える傍らから、触れた彼の感触、香り、そして低い声がまざまざと蘇り、愛美の胸を切なく疼かせる。

彼女を見つめる青く澄んだ瞳も……

愛美はすべてを振り払うように、激しく首を振った。

彼を思うことで、胸に湧く痛いほどの切なさも、これ以上逢うことがなければ、いずれ薄れて消えるに違いない。


食欲はまるでなく、ほんの少し口に入れただけでひとりの夕食を終えると、愛美は風呂に入った。

湯船に浸かってうとうととしていると、電話の音に起こされた。

愛美は急いで身体を拭き、バスタオルを巻いて電話に駆けつけ受話器を取り上げた。

「愛美」

呆れるほどそっけない父の声に愛美は微笑を浮かべた。どんなに無骨でもそっけなくても、父の声は無条件に安らぎを与えてくれる。

「もう寝ていたのか？」

「ううん。お風呂に入ってて……そっちはどう？」

「変わりない」

それは、とてもうまくいっているということだ。

「明日、来るだろ？　迎えに行かなくてもいいか？　昼まで手を離せそうにないんだが」

「明日？」

「ああ。手伝いをな。……友達と約束でもあるのか？　昼まででいいんだが……。午後には大学に戻らなければならないんだ。あっちの窯も火を入れてある」

「行くわ」

愛美は考えるより先にそう言っていた。父が頼みごとをしてくることはあまりない。

「何時に行けばいい？」

「早いほどいいな」

「わかったわ。それじゃあ、九時くらいまでに行くわ」

「ああ。それじゃ、明日。駅まで迎えに……」

「迎えはいいわ。バスか……歩いてゆくのもいいから……」

「そうか。それじゃ、明日」

「うん。おやすみなさい」

「ああ。戸締りに気をつけてな」

「ん、わかってる」

受話器を置いた愛美の心は少し軽くなっていた。

明日は山の家に行くのだ。あの新鮮な独特の空気を吸えば、胸の中のもやもやすべてを消し去れるかもしれない。そう考えて浴室のほうへ戻ろうとした愛美は、微かな振動音が聞こえるのに気づいてハッとした。今日抱えていった小さなバッグの中から聞こえてくる。

愛美は身を強張らせ、小さな音を発しているバッグを凝視した。

音は数十秒続き、そして途絶えた。

胸が苦しくて、哀しくて、涙がこぼれた。

愛美はそのままバッグに背を向けると、浴室へと戻った。

受け取ってしまった携帯電話を、このままにしておけないことはわかっている。だが、いまは無理だ。

まだ少し湿り気のある髪を梳かしながら、鏡に映るぼんやりとした自分の顔を、愛美はじっと見つめた。

不破と保志宮、彼らの気持ちが理解できない。彼らは、こんな愛美のどこが気に入ったというのだろう？　それともこれは、何かの間違いなのだろうか？

アルコールを飲んだあのときから、愛美はどこか夢の世界に飛び込んでしまったままなのではないだろうか？　もしかすると、アルコールのせいで意識不明に陥り、どこかの病院のベッドの上で、生死の境をさまよっているのかも……そのほうが、よほど現実味を感じられる。

けれど夢は終わらず、愛美は考えることをやめた。

読みかけの本を手に取る気にもなれずに、愛美は居間の壁に背をつけて座り込み、携帯をどうすべきか考えた。

蘭子に頼んで返してもらうなんてことはもちろんありえない。百代経由でというのももちろん無理。保志宮は……と考えたが、それこそ絶対に駄目だ。

警察に届けるなんてことも考えたが、それだと届けた愛美のことを詳しく聞かれるに違いない。

かといって、適当な場所に置いて、通りかかったひとに届けてもらうなんて無責任なこと、できるわけがない。

彼に電話をかけて、指定の場所に取りに来てほしいと頼むのはどうだろう？

愛美はその案を即座に却下した。自分から電話する度胸などありはしない。

ふーっと深い諦めのため息をついて、ぼーっとした頭で天井を見上げた愛美は、不破の唇が自分の唇に触れた瞬間を生々しく思い出した。

ぎょっとした彼女は必死になってその記憶を追い払おうとしたが、抗いが良くないのか、記憶は消えるどころかもっと鮮明になってゆく。

彼の唇の感触、ぬくもり、際限なく繰り返されたキス……

「もう、やだっ！」

愛美は受け止められずに叫び、立ち上がった。

手に負えない状況に狂いそうだ。彼女はその場にしゃがみ込み頭を抱えた。

パーティーなどに行かなければよかった。今日だって、父と一緒に行けばよかったのだ。そうしたら、あのひとに今日逢うこともなくて……

　え？

　愛美は目を見開いた。

　どうしてあのひとは、あそこに現れたのだろう？　保志宮が連れて行った公園に……彼がいなくなるタイミングを、まるで見計らったように……

　誰かが彼に連絡を？　だとすれば、今日集まった五人のうちの誰かが？

　蘭子と百代のはずはないから、百代の相手の蔵元？　それとも蘭子の？

　保志宮だろうか？　と考えた愛美は、花束を差し出してきた彼のやさしい笑みを思い出して、その疑いを退けた。

　また振動音が耳に届いた。時計を見ると、八時になるところだった。

　このままにはしておけない。愛美は覚悟を決めてバッグの口を開け、携帯を数秒見つめてから意を決して取り上げると、携帯を開いた。

　画面に、優誠という名が表示されていた。

　携帯を取り落としそうなほど、愛美の手が震えた。彼女は携帯をぐっと掴んで見つめ、どこを押せばいいのかわからずに少し迷い、やっと耳に押し当てた。

14　戸惑いの中の会話

「はい」

大きく息を吸い込み、自分の胸に手を置くことで勇気を掻き集めた愛美は、やっとのことで、その短い言葉を口から押し出した。

ハッとしたように息を吸う音がくぐもって聞こえ、続いて安堵のこもった吐く息が聞こえた。

「もう出てもらえないかと、不安に思っていました」

彼の声を胸に受け入れ、愛美は天井を見上げて目を閉じた。胸が震え、涙がじわりと湧いた。

「すみません」

愛美の謝罪の言葉のあと沈黙が続き、ようやく彼の声がした。

「何を話せばいいのか……わからなくなってしまった。すみません」

「い、いえ……」

「私のことを、覚えていらっしゃいますか？　あのときのことを……」

あのときとは、あの庭園でのことだろう。顔が急激に熱くなった。

「は、はい。あの、お酒のせいだと思うんですけど……なかなか思い出せなくて……けど、思い出しました」

さすがに百代のまじないがなどとは、口にできない。

「酔いが醒めて、私のことをすべて忘れてしまわれたかと……。思い出していただけてよかった」

深い安堵の言葉だった。彼の思いが伝わってきて、愛美の胸が切なく疼いた。

「成島《なるしま》さんの言葉を聞かれたのでしょう？」

「成島？」

「ええ、藤堂橙子さんと私のことで、結婚を匂わせた婦人のことです。彼女の言葉を、貴方もお聞きになったのでは？」

「あ……」

愛美の短い声で、彼は悟ったようだった。

「あれは、事実無根の話です。私と彼女はそういう関係ではない」

その言葉は素直に受け取れなかった。今日彼は、橙子と会う約束をしていたのだから……

「あの方は縁談を取り持つのが好きなのです。その白羽の矢が、今回、私と彼女に向けられたらしい」

その言葉は冗談めかすように口にされたが、愛美は何も言えず、相槌も打てずに黙り込んでいた。

「早瀬さん？」

その呼びかけに愛美はどきりとした。そういえば、彼は愛美の名を知っていると言っていたが……。あの庭で、彼女は彼に名を告げただろうか？

「早瀬さん？」

不安そうな呼びかけが、再び繰り返され、愛美は慌てた。

「は、はい。き、聞いています」

「貴方は、蘭子さんの知り合いのようですね。彼女とは？　親しいのですか？」

「は……い」

愛美は口ごもりつつ答えた。

彼はどこまで愛美のことを知っているのだろう？

「私とのことを、彼女には？」

「……話していません」

「そうですか。良かった、そのほうがいい」

その言葉には、ひどくほっとしたものが混じっていた。彼はさらに続けた。

「私たちのことを聞けば、彼女のことです、そっとしておいてくれそうにありませんからね」

微かな笑いを混ぜて不破は言った。

私たちのことという言葉にどぎまぎして、愛美は言葉を返せなかった。彼女が何も言わないせいで、彼の笑い声はすぐに消えた。

「……私ばかりが、話してるな」

ひとり言のような彼の小さな声が聞こえた。

「……もしかして、迷惑に感じていらっしゃいますか？」

「そ、そんなことは……」

「本当に？」

「はい……」

どうしてわたしを？　そう尋ねようと思った。けれど、電話でふたりが繋がっているいま、それはひどく愚かしい質問だとしか思えなかった。

「明日の午後……逢えませんか？」

彼の言葉は、ひどく強張っていた。まるで……

緊張？　……しているのだろうか？　彼ほどのひとが……たかが愛美相手に……？

まさか……

電話の向こう側で、彼が息を詰めて、愛美の言葉を、返事を、待っているのが気配でわかる。

「……明日？」

「ええ。明日の午後しか……空いていないのです。……午前中のほうが、貴方の都合がよいのでしたら……なんとかします」

なんとかなるというような雰囲気の声ではなかった。信じられないことに、その声には必死さまで感じ取れた。

考えのまとまらない頭に愛美は手のひらを当てると、自分をなだめて心を落ち着かせた。

明日の昼くらいまでと父は言っていた。午後なら逢えるだろう。けれど……

彼女の中で抗議の声が響く。

彼と逢うことは間違いではないだろうか？　二度と逢わないほうが……お互いの……

「その携帯も、そのときに……」

彼がつけ加えた言葉に、愛美は無言で小さく笑った。

そうだった。手にしているこの携帯を、彼に返さなければならないのだ。

「でも……あの、どこで？」

「場所は、貴方の都合のよいところで構いません」

あの黒くてやたら目立つ車で来るのだろうか？　それも運転手つきの？

「わたし、明日の朝、出かけるところがあるんです。少し遠くて……」

「では、そこまで出向きます。何時くらいならよろしいですか？」

「午後……二時くらいなら」

「では、待ち合わせる場所を教えていただけますか？」

愛美は少し考え、河原沿いの公園の名と場所、そして時間を告げた。あそこならば、下り道の先だし、自転車で三十分とかからない。駅とは正反対の方向でもあるから、愛美を知る人に出会うこともないだろう。

彼と別れたら、そのまま自転車で駅に向かい、電車で帰ってくればいい。

「わかりました。帰りは貴方の家までお送りしましょう」

愛美は唇を噛んだ。それは困る。

「帰りは、父の車で帰ることになっていますから……」

嘘をつく後ろめたさに、声が跳ね上がった。

「お父上もご一緒ですか？　私が伺って、貴方は困りませんか？」

「大丈夫です。しばらくの間なら、抜け出せます」

「そうですか。それでは……明日、必ず」

彼は必ずという言葉に力を込めた。約束を現実にという、彼の強い思いが伝わってくるようだった。

「はい」

通話は終わったものと愛美は携帯を耳から離した。そして、おろおろしながら人差し指を向け、通話を切るためのボタンを探した。

「早瀬さん」

電話から聞こえた彼の声に、愛美は慌てて携帯をもう一度耳に押し当てた。

「は、はい！」

「おやすみなさい」

「は、はい。おやすみ……なさい」

愛美が言葉を言い終えた数秒後、電話は切れた。

いまさらながらに気づいたが、のぼせたように頭が熱い。その熱をなんとか冷まそうと、深呼吸を繰り返していた愛美は、携帯の画面に浮かんでいる文字に気づいた。

不在着信十二件……

愛美は目を見開いた。

彼ひとりが十二件もの電話をよこしたとは思えない。蘭子もかけたのかもしれない。蘭子の姉、橙子も……

彼女の胸は、強烈な罪悪感に打たれた。

15　思いもよらない特別

翌朝、愛美は日の出直後に起き、出かける支度をした。

山が恋しかったこともあるが、時間に余裕を持つことで安心感を得たかった。

駅まで歩き、電車に乗って三駅、一度乗り換えて七駅目。田舎の奥へ奥へと続く路線は、がらりと風景が変わっていく。

一駅ごとに特別な色があり、人の雰囲気まで違うような気がするから不思議だ。

少し大きな川に架かる鉄橋を渡るときの、ガタンゴトンという音とともに全身に伝わってくる振動を、愛美は目を閉じて味わった。そうしていると彼女を取り巻く世界はまた違ったものになり、彼女をすっぽりと包みこんでくれるようだ。閉じた瞼《まぶた》の裏にはオレンジや黄色や緑色の光が明滅し、それらの彩りも無条件にやすらぎを与えてくれる。

目的の駅に着いたときには、空は雲に覆われていた。大きな灰色雲たちは、まるで自分のテリトリーを確保するかのように、雲らしい緩慢な動きで競い合っている。

彼女はそんな空を見上げたが、別段気にならなかった。

山の天気は変わりやすく、どんなに曇っていても、見る間に目に沁みるような青空が広がったりするものだからだ。

山の家へは、ふもとからずっと曲がりくねった舗装されていない道が続く。車一台が通れるほどの道幅で、道の側は土手や田んぼだったり、竹やぶや畑だったりと起伏に富む。それに川にも沿っていて、家のすぐ近くまで、それほど離れずにずっと続いている。

この川はとても澄んでいてきれいだ。

質の良い水に土。だからこそ、陶芸を生業とする早瀬川の先祖は、ここに家を持ったのだろう。ところによっては、とんでもなく幻想的な風景を創り出している場所もあり、愛美は少なくない秘密の場所を持っていた。水の流れに岩に苔に樹木。流れの中に沈む石たち、そして水面をゆらゆらと流れてゆく葉っぱ……

記憶にあるとっておきの景色を思い浮かべた愛美の足が速まった。うまくゆけば、それらのうちいくつかの場所に、遊びにゆけるかもしれない。

家の近くまで来たとき、愛美の鼻腔は馴染みの香りを嗅ぎ取っていた。二ヶ月ぶりの我が家だ。窯の近くに父の姿を見つけ、彼女は駆け出した。

「お父さん、ただいま」

当然のように愛美は言った。

屈み込んでいた父親がゆっくりと腰を伸ばし、愛美を見て軽く手を上げた。

父もここにいるほうが父らしい。

きっと愛美も、ここにいるほうが彼女らしいに違いない。

「雨になりそうだ。さっそくで悪いが手伝ってくれ」

天気のせいなのか、少しぶっきら棒に父が言った。

愛美は急いで家に入り、汚れても構わない服に着替えて父の手伝いに加わった。

焼き物のできは、天気や湿気にとても左右される。曇り空程度でも父が神経質になるのはそのためだ。だが、窯から取り出す焼き物は、愛美の目から見てもとてもいいできだった。急いで手を動かしていた父ですら、手に取った器に魅入り、そのまま手を止めてしまい、逆に愛美から催促されるほどだった。

「素焼きかと思ったわ」

「ああ。時間があればここに来ているからな」

「そうなの？」

「日中にな。お前は学校があるからな」

「お父さんは、大丈夫なの？」

まがりなりにも大学の教授なのに、学生をほったらかしていていいのだろうか？

「かなり融通がきくんだ。それに、私の焼き物を待っているひともいるからな」

手にしている器を見つめて、父は愛美が一番好きだと思う笑みを浮かべた。

父が彼女を見ていたわけではなかったが、愛美は同意して大きく頷いた。

器をひとつひとつ新聞紙にくるみ、父は木箱に入れ始めた。愛美もそれにならった。

父には父の焼き物を気に入っている固定客がついているらしかった。そのお客は、きっと焼き物そのものが好きなひとなのだろう。大学の教授をしているとはいえ、父は陶芸家として特別有名なわけではないと思う。

愛美は小花のついた蓋のような物を手にとって、しげしげと眺めた。無骨な父の手から創られたとは思えない繊細なデザインだ。

「それはお前に……」

徳治は手にしていた小さな小鉢のようなものを愛美に差し出しながら言った。受け取った愛美は、両手にしているものを驚きで見つめた。

「えっ？」

「小物入れに使えるだろう？　来月誕生日だからな、少し早いが……それならできも悪くない」

愛想のない声とは裏腹に、父の頬が少しずつ赤く染まってゆく。

愛美はなかなか声が出なかった。

蓋を被せると、器はまるで一体化したかのように、桃色の光沢を放った。てっぺんについているたくさんの小花は、白に薄いピンクがまじった花びらをしている。

父の作品に、これまでこんな色のものもデザインのものも見たことがない。父は愛美のためにこの色とデザインを考案し、創ってくれたのだ。

「あ、ありがとう、お父さん」

思いもよらない特別に……涙が出た。

「馬鹿だな。泣くやつがあるか」

少し迷惑そうに徳治は叱りつけてきた。

愛美は頷いて涙を収めた。

16 災難

父親の車が走り去るのを、愛美は土をこねながら見送った。

徳治は愛美と一緒に帰るつもりだったが、いくつか創って帰りたいと言い訳して、彼女は後に残った。

後ろめたかった。その後ろめたさを少しでも軽くするために、こうして土をこねている自分がひどくずるく思えて、愛美は気が滅入った。

彼女は手を止め、すでに満足のいく形になったものを両手で潰した。

こんな心で作ったものを、窯に入れて焼く気にはなれない。

ただの粘土に戻った固まりを、愛美は萎《しお》れた顔で見つめた。

ほんとうにそうだ。父の窯を冒涜《ぼうとく》するようなものだ。

それでも……携帯を返すために、あのひとに逢う必要があるのだ。

責める自分に向けて言い訳をした愛美は、さらに気が滅入った。

自分に嘘をついても仕方がないのに……

逢いたいのだ。ただ、彼に逢いたい。

でも、それも今日で終わり……

彼は二度と、逢おうとは言わないだろう……

愛美は、早瀬まなではなく、本当の彼女で彼に逢うつもりだ。彼女の手作りの服にジーンズ。おさげの髪に眼鏡という、普段どおりの冴えない彼女で……

それに強く抗いたがる自分がいるが、愛美は屈するつもりはなかった。彼女ではない女性のふりをするのは嫌だ。まだあの日の魔法が彼女の中に残っていたとしても、今日で全ての魔法を消し去るのだ。

夢は見た。

たとえようもないほど素敵な夢だった。

もう、それだけでいい……

愛美の心に同調したかのように、天気は刻々と悪化してゆき、帰り支度を終えた彼女が自転車に乗る頃には、いつ雨が落ちてきてもおかしくないほど暗い空になっていた。

道まで自転車で出たところで、空を見上げた愛美はいったん家に戻った。万が一どしゃぶりになって、彼の携帯を濡らしでもしたら大変だ。

愛美はビニール袋を探したがどこにもなく、しかたなくタオルに包み込んだ。そして、父からもらった贈り物の小物入れも、丁寧にタオルで包んだ。

バッグは不恰好に膨らんだが、彼の手前とか、格好をいまさら気にする必要などない。彼女の姿は、すでに充分不恰好なのだ。

愛美は再び自転車に乗ると、用心しながら下り始めた。

彼との約束の時間まで、まだ五十分ほどあるし、どんなにゆっくり下っても間に合うはずだ。けれど、天は愛美を見放したようだ。道半ばまで来た頃から雨がぽつぽつと降り出し、突然どしゃぶりに変わった。

愛美は慌てて傘を取り出し、開いてバッグの上を覆った。

父の贈り物は陶器だから濡れても平気だが、なにがなんでも彼の携帯を濡らすわけにはゆかない。

舗装されていない道は雨のせいで地面がぬかるみ始め、自転車では走り辛くなってきた。そして見る間に、川のように水が流れ始めた。だが、目的の河原までは目と鼻の先だ。

いっそう用心深く愛美は自転車をこぎ、そのまま進んでいった。

遠目に河原が見えるところまで来たとき、自転車が大きくバウンドした。

河原の方ばかり気にして見つめていたために、道端の大きな石に気づかなかったのだ。

彼女の身体も大きく跳ね上がり、恐れを抱いた瞬間、愛美は道と川土手の間に転がっていた。左半身はありえないほど泥だらけになっていた。

愛美は呆然としつつ立ち上がり、横倒しになってまだ車輪が回転している自転車に手をかけた。

彼女の顔から血の気が引いていった。

前カゴに載せていたはずのバッグがない！

動転した愛美は自転車を起こすのをやめ、転がっている傘に飛びついた。だが、傘の下にもバッグはなかった。

「ど、どこ？」

狂ったように左右を見回した愛美は、バッグらしきものを見つけた。

信じられないことに、川の中をぷかぷかと浮いて流れてゆくのがバッグのようなのだ。

「やーっ！」

顔を歪めて悲鳴を上げながら、愛美は土手を滑り下りた。

川の流れは速く、彼女は絶望に駆られたが、バッグは何かに引っかかったのかくるりと右に回転し、岸辺のところで止まった。

ようやくバッグを取り戻した愛美は、全身の力が抜けてその場にへたり込んだ。

通り雨だったのか、いまになって雨脚は弱くなってきた。

彼女は怖れ震える手でバッグの中を探り、ぐっしょりと濡れたタオルを取り出した。

一瞬、目の前が真っ暗になった。

タオルを開いて確かめる勇気がない。だが、確かめないわけにはゆかない。愛美の目から、自分を責める涙がこぼれた。

ぼやけた視界を払うように愛美は何度も目を擦った。

タオルを開いて携帯を見た愛美は、虚脱感に襲われた。携帯の画面は真っ暗で、どのボタンを押してもなんの反応もなかった。

壊してしまった……

なんと言って彼に謝れば良いのだ……

愛美は急激に気分が悪くなった。吐き気が込み上げ、愛美はその場で少し吐いた。

そこでどのくらいの時間呆然としていたのか愛美にはわからない。彼女はふいに我に返った。

こんなところにずっと座り込んでいるわけにはゆかないのだ。謝るしか……それしかない。

彼女はゆっくりと立ち上がり、バッグを手に取ると土手を這い登った。

無表情で傘を拾って閉じ、自転車を起こすと、バッグをカゴに載せた。

いったん家に帰ろうかとも考えたが、そんなことをしていては、不破は帰ってしまうだろう。

携帯が壊れたいま、彼と連絡を取ることもできないのだ。

彼に再び逢うことも、謝罪のチャンスもなくなってしまう。

正直、このまま逃げたかった。そうすれば、彼との繋がりは確実に切れるだろう。けれどそれでは、愛美の良心が、一生彼女を許してくれそうにない。

彼もこんな姿で現れた女と、長く一緒にいたいとは思わないはずだ。携帯を渡して心から謝罪し、それでもう一度山の家に戻ればいい。電車で帰るのでもいいし、父に電話して事情を話せば、迎えに来てくれるに違いない。

愛美はその考えに納得して自転車に乗った。

精神がまともでないからなのか、視界がぼやけてならなかった。

それとも涙だろうか？　愛美は繰り返しごしごしと目を擦った。

視界の悪さもあり、転ぶのが怖くて本当は自転車を押して歩いてゆきたかったが、彼が帰ってしまっては困る。

愛美は道の先に必死で目を凝らしながら、自転車をこいだ。

17　願い事の約束

やっと約束の場所に到着した愛美は、目を眇《すが》めて土手の上から河原を見渡した。

雨はやみ、愛美を散々な目にあわせた雨雲は、用事は済んだとばかりに山の向こうへと逃げてゆく。

ひとの姿はなかったが、十台ほど停められる駐車場に、黒い車が一台停まっていた。色は同じ黒だが、大きすぎた昨日の車ではなく普通くらいのサイズに見える。だが、それが彼の車だと愛美にはすぐにわかった。

彼女の姿に気づいたのだろう、黒い車のドアが開いてひとが降り立った。そして彼女のほうを見つめてきた。いまの視界でははっきりしないが、不破に間違いなさそうだった。

自分の惨状を彼にさらしているのだと自覚した途端、愛美の足が竦《すく》んだ。前に行こうと思うのに、どうしても足を踏み出せない。

「早瀬さん」

彼は大きな声で呼びかけ、こちらに向かって駆け出してきた。階段を驚く速さで駆け上がった不破は、あっという間に愛美の前にいた。

「どうしたんです？」

彼の顔は、ぼやけてはっきりしなかったが、驚きに唖然としているようだった。

「こ、転んで、しまって……」

そこまで言って、愛美は胸を突き上げてくるものを堪《こら》えきれなくなった。

「そ……それで……」

涙がおかしなほどぽろぽろとこぼれた。

携帯のことを、なにがなんでも早く謝らなければと口を開いた愛美は、驚いたことに彼の胸にすっぽりと包み込まれていた。

「泣かないで、もう大丈夫です。私がいる」

不破の言葉はこれ以上ないほど慈しみに溢れ、やさしかった。

彼はさらに腕の力を強めて、愛美を抱き締めてくる。

愛美はハッとして、不破の胸を両手で押し戻そうとした。

「ダ、ダメです。わたし、泥だらけなんです。ひどく濡れてるし、貴方が汚れちゃう」

愛美は彼のネクタイを見つめて必死でもがいた。

彼は昨日と同じように、高級そうなスーツを着ているというのに……

「構わない。貴方は、ここに来てくれた」

彼の言葉には安堵しかなかった。愛美を責めてもいないし、汚れているのを嫌がってもいない。

それをはっきりと感じて、彼女はほっと力を抜いた。

彼の胸の中にいてもいいのだと思えた。

「早瀬さん、怪我は？」

突然思い出したように言った不破は、愛美の腕を掴んで自分の胸から離し、顔を覗き込んできた。

「怪我はしていませんか？」

愛美の身体を点検するように、不破は身体の前後を眺め回し、手首の擦り傷に気づいて顔をしかめた。

「痛みますか？」

彼の指が愛美の傷にそっと触れた。

愛美は手首の傷を見て、首を横に振った。

「少しヒリヒリしますけど、でも大丈夫です。そんなに出血もしてないし……」

「あとは？」

「あ、あとは……い、いいです」

あと痛むのはお尻の左側のあたりだ。

確かに鈍い痛みがあるが、そんなところが痛いなど、恥ずかしくて言えない。

「どこか痛むところがあるのですね。傷を確かめさせてくださらないなら、このまま病院に連れて行きますよ」

不破から脅すように言われ、愛美は目を剥いた。

た、確かめる?

「こ、腰のところですから……それに、そんなに痛くもありません。ほんとです」

「出血は、していないでしょうね?」

不破はそう言いながら、愛美が押さえている左腰の後ろあたりに顔を向けてきた。

そこが一番泥だらけなのだ。

泥に汚れたお尻を彼に晒し、愛美は恥ずかしさに唇を噛んだ。

「出血は……していないようですね。でも、骨にヒビでも入っているといけない。やはり一度、病院に行って診てもらったほうがいいな」

すぐにも連れて行こうというような不破の態度に、愛美はぎょっとして彼から飛びのいた。

「だ、大丈夫です。骨は丈夫なんです。ヒビなんて入ってません。跳んだって痛くありません。ちっともです。ほ、ほら」

愛美は言葉を証明するために、その場でぴょんぴょんと飛び上がってみせた。

不破が慌てて止めた。

「なんてことをするんです。こんな無茶をしてはいけませんよ」

愛美ははーはー息を切らしながら頭を下げた。

「すみません。でも本当に大丈夫です」

愛美の必死さが伝わったのか、不破は納得していないようだが、とにかく頷いてくれた。

「それじゃあ、とにかく車に乗って、これからどうするか考えましょう。タオルもありますし、着替えになりそうなものもあります」

そう言うと、不破は愛美の自転車を押して歩き出した。

愛美は慌てた。

「わ、わたしが……」

「自転車を押すくらいのこと、私にやらせてください」

「で、でも」

「いいから」

断固とした彼の言葉に、愛美は仕方なく不破に自転車をゆだね、彼の後についていった。

河原へと傾斜している道を辿ろうとしたそのとき、彼女はある事実に気づいて、ぴたりと足を止めた。

信じられない……

ついて来ない愛美に気づいた不破が振り返ってきた。

「どうしました？」

「め、眼鏡が……」

なんて馬鹿なんだろう。視界がぼやけているのは、眼鏡をかけていないからだ。

「眼鏡が……どうしました？」

「転んだときに、落としたみたいなんです」

「ああ。そういえば、昨日お逢いしたときには、眼鏡をかけていらっしゃいましたね」

愛美は情けない顔で頷いた。

「視界がひどくぼやけてるから……おかしいと思ったんです」

表情と同じく愛美が情けない声を出したからか、不破がくすくす笑い出した。

「失礼」

そう言いつつも、彼は笑いやまない。

愛美は彼に恨めしげな視線を向けたが、自分まで笑いが込み上げてきた。なんだかひどく嬉しさが湧き上がってきた。ふたりの間にある壁が、この笑いのおかげで取り除かれたような気がした。

不破は愛美を気遣いながら、車の側へと進んでいった。車の隣に自転車を止めると、カゴの中に入れてあるバッグを取り上げ、彼は愛美に向いた。

「眼鏡を探しに行かなければならないし、その服もなんとかしなければなりませんからね。自転車はここにおいてゆくしかありませんが……よろしいですか？」

「眼鏡は自分で探せます。……転んだところに落ちてると思いますから」

「ふたりで探したほうが早いですよ」

彼は愛美に何も言わずに自転車に鍵をかけ、彼女に鍵を手渡してきた。

謝罪してすぐに帰るつもりだったのに……

愛美は鍵を手にしてひどく戸惑った。

「それより、眼鏡がなくても普通に過ごせるのですか？」

「いいえ。不破さんの顔、こんなに近くてもはっきりとは見えません」

愛美はそう告白しながら、いまさらながらに安堵を感じていた。

眼鏡なしでよくぞここまで自転車に乗ってきたものだと、自分に感心してしまう。

「この近くで転んだのですか？」

「一キロくらい先です。転がってる石に気づかなくて。バウンドしたと思ったら転がってて……」

話しているうちに携帯のことを思い出した彼女は、話をやめて口ごもった。

「あ、あの……」

「コンタクトは？」

携帯のことを口にするはずが、彼に逆に問われて愛美は首を横に振った。

「眼鏡しか持っていません」

「それでは、あのパーティーのときも？」

パーティーの言葉に反応して、不破とのキスの記憶がパッと頭に浮かび、愛美の心臓がドクンと跳ねた。

「は、はい。あのときは蘭ちゃんに眼鏡を取り上げられてしまって……返してもらえなくて……」

「そうだったんですか。それでわかりました」

不破の言葉に、愛美は顔を上げて彼の顔を問うように見つめた。

はっきり表情を捉えようと目を眇《すが》めている愛美に、彼の顔がくっつくほど近づいてきた。突然の行動に驚いて固まった愛美が気づいたときには、彼女は不破の瞳をまともに覗き込んでいた。

澄み切った青い瞳……

彼の瞳はその時々で色を変化させるようだった。今は黒に近いブルーで、ところによって黒っぽい緑の点があるように見えた。

愛美は彼の瞳を見つめていたい思いと戦い、無理に視線を逸らして目を瞬いた。

「わ、わかったって……な、何がですか？」

とんでもなく声がうわずった。愛美は恥ずかしさに頬を染めた。

「色々なことが」

彼女の赤くなった頬に、不破が指先でそっと触れてきた。

抗うことができずに愛美は彼に顔を向けた。当然、愛美の頬はさらに赤みが増していった。

不破は、そんな愛美の反応に満足したようだった。

彼は笑みを浮かべると、愛美から顔を引いた。

「では、着替えを終えたら、まず眼鏡を探しにゆきましょう。貴方の記憶に私がきちんと残るように、貴方にははっきりした視界の中にいてほしいですからね」

彼は冗談めかしてそう言うと、車の助手席のドアを開けて愛美のバッグを足元に置いた。

それから後部座席のドアを開け、愛美に乗るようにと促してきた。

もちろんとんでもないことだ。

「いいです。車まで汚れてしまいます。わたし、すぐに帰りますから」

愛美は必死に抗った。

「車の心配など無用です。……それとも、急ぎの用でもあるのですか？」

「そういうわけではなくて。わたし、お詫びしなくちゃならないことがあるんです」

携帯のことを思い出し、愛美はまた泣きそうになった。そんな彼女の背中に彼の手がそっと添えられた。

「とにかく車に乗って。湿った服をいつまでも身につけていたら、風邪を引いてしまいます」

不破の心配は嬉しかった。だが、愛美は断固として抵抗した。

「わたし、この泥を落としてきます。そこに水道があるんです」

公園の水飲み場を指さして愛美は言った。

少し吐いてしまったから口の中が気持ち悪いし、口もすすぎたい。

「それではタオルを用意しましょう」

彼は車のトランクのほうへ回り込んでいった。

水道の水で口をすすぎ、身体についた泥を丁寧に洗い落とし終えたところに、不破が歩み寄ってきて、手にしている大判のタオルを差し出してきた。

タオルはあまりに真っ白で、使うことにひどく気が引けたが、愛美はありがたく受け取り、ふわふわのタオルで身体を拭いた。

車のところに戻ったふたりは、また口論を始めた。

「駄目です。乗れません。こんなに濡れてるのに……」

不破は車の中に入るようにと強く言ってくるが、どうあっても濡れた服で乗るわけにはゆかない。

携帯のことを謝罪して、自転車で家に帰るのが一番だ。

途中で眼鏡を拾って……

「わたし、もう帰ります。これ以上、不破さんに迷惑をかけられません」

「逢えたばかりなのに……貴方は帰るとばかりおっしゃるんですね」

いくぶん責めるような不破の言葉には、気落ちしたような響きが含まれていた。

「そんなこと……でも……」

「帰りたいというのが、私に対しての遠慮なら必要ありません。私は貴方と一緒にいたい。それは望みすぎですか？」

本当に、彼は愛美と一緒にいたいのだろうか？

これほど無様な姿で現れた上に、彼を煩《わずら》わせてばかりなのに……

「ほんとに……？　わたしと……」

念を押すように問いかけた愛美に、不破は強く頷いた。

彼は後部座席のドアを開けて、中に置いてあるスポーツバッグの中から白い布を取り出し、後部座席に敷いた。よく見ると、Ｔシャツのようだ。

振り返った不破に向けて異議を口にしようとした愛美は、反論は受けつけないというような強い眼差しを向けられて口を閉じた。

「これならいいでしょう」

問いではなかった。不服は胸にあったが、愛美はしぶしぶ車に乗り込んだ。

彼の瞳は、ずるいと愛美は思う。その青い瞳でじっと見つめられたら、どんな固い意志も、ぐずぐずに崩れてしまう。

「そのバッグの中に、私のジャージが入っています。洗濯はしてありますから安心して着てください」

不破はそう言い残すと、愛美に何か言う間を与えず、さっと車から離れていった。

こうなったら着替えるしかなかった。

愛美は身体を小さく縮めつつ、なるべく急いで着替えた。

彼のグレーのジャージはひどく大きかった。ズボンなど履かなくても、充分丈が足りるほどだったが、もちろんズボンも履いて裾を折り曲げた。

下着も濡れていたが、それはもう我慢するしかない。そのうち体温で乾くことを期待するしかないだろう。靴は外側が汚れてはいたが、中はさほど濡れていなかった。

車のドアを開けて外に出た愛美は、不破を探した。

「ふ……不破さん！」

愛美は遠慮がちに、それでもかなり無理をして声を張り上げた。砂利を踏む足音がして、すぐに不破が戻ってきた。

「お似合いですよ」

澄ました顔で彼はそう言ったが、笑いを押し殺しているのがあからさまだ。その笑いに、一度はむっとしたのになんだかおかしくなって、愛美は小さな笑い声を上げた。

彼女の身体を少し押すようにしながら、不破は愛美を助手席に乗り込ませ、自分も運転席に乗った。

「あの……不破さん」

愛美はためらいをおして、不破に話しかけた。謝罪するならば、いましかない。

「はい」

「わ、わたし……謝らなくちゃならないことがあるんです」

「謝る？　何をですか？」

彼女は勇気を掻き集めるために、大きく息を吸い込んだ。

「貴方の携帯……壊してしまったんです」

「え？」

驚いた彼の呟きに続く言葉を受け止めるために、愛美はぎゅっと身を縮めた。

「ああ。……それで繋がらなかったのか？」

愛美は思わず顔を上げて不破の顔を見つめた。あまりにもあっさりとした返事だったのだ。

だが彼は、愛美が彼の言葉の意味を問いかけていると思ったようだった。

「なかなかいらっしゃらないから、その……気が揉めてしまって……二度ほどかけたのですよ」

気が揉めて……？

「自転車で転んだときに、バッグが川に……わたし、どうすればいいですか？」

途方に暮れて、愛美は不破に問いかけた。

「気になさらないでください。使えなくなって、好都合かもしれません」

不破はくすくす笑った。

「ど、どうしてですか？」

「いろんな人物に掴まらずにすみますからね。かかってきた電話を無視するのは難しいが、壊れたものはどうしようもない」

「そ、それでいいんですか？　ほんとに？」

「ええ。買い替えればいいことです。それに、案外、まだ使えるかもしれません。……それより、クリーニング店を探さないといけませんね」

「クリーニング？」

携帯についての謝罪が、彼女の良心にすれば充分ではなかったために、愛美の心にはまだ罪の意識が残ったままだった。

「あの、本当に携帯……」

不破は愛美に向けて左右に軽く首を振った。

「不慮の事故です。転んで痛い思いをしたのに、そんなことまで気に病む必要はありません」

「で、でも……」

不破は小首を傾げて愛美を見つめてきた。

「それでは、私の願いをひとつ聞いてくださるというのはいかがです？」

「願い？」

「ええ」

考えるより先に彼女は頷いた。

「なんでもします。わたしにできることなら、なんでもおっしゃってください」

不破の口元が大きな笑みを作った。彼の嬉しげな顔を見て、愛美の罪悪感も消えていった。

ほっとした愛美は、不破に笑みを返した。

「では約束しましたよ」

約束と聞いて、彼女は戸惑った。

彼女への願いとはなんなのだろうという初歩的な疑問が、いまになって気になった。

「あ……の、でも何を？」

「それは後ほど。……そのままでは、お父上のところに戻れませんよ。この近くにあるクリーニング店をご存知ですか？」

「知ってます……けど、クリーニングは時間がかかりすぎると思いますけど……」

店でクリーニング作業しているところなら、頼み込めるかもしれないが、このあたりにある数少ないクリーニング店は、みんな取次ぎの店に過ぎない。持ち込んでも明日以降にしかできあがらないだろう。

不破が眉をあげた。

「時間がかかる？　どのくらい？」

「少なくとも一日はかかるものなんじゃありませんか？　クリーニングって、たいがいは……」

「それは知らなかった」

驚いたような彼の表情に、愛美は思わず吹き出しそうになり、ぐっと堪《こら》えた。

「それじゃあ、どうしましょうか？」

「駅前にコインランドリーが……。混んでいなければそれほど時間がかからずにすむと思います」

「コインランドリー？」

不破は疑問符で繰り返した。

どうやら彼の豊富だろう知識の中に、コインランドリーは含まれていないようだった。

「洗濯機と乾燥機があって、お金を入れると自由に使えるんです」

「そうなのですか？　それでは、そのコインランドリーに行ってみましょう」

その不破の発言は愛美の耳にひどくコミカルに聞こえ、彼女は小さく吹き出してしまった。

「何か、おかしかったですか？」

いくぶん心外そうな顔をして、不破は愛美に問いかけてきた。

ささやかでもむっとした様子の彼は、愛美にとって、とてもとても好ましかった。

18　魔法を秘めた瞳

「ちょっと待ってください」

不破が車を発進させようとするのを止めて、愛美は足元に置いてある自分の布のバッグに手を伸ばした。

壊れた携帯を返しておかなければ……

膝に載せて中をのぞいた愛美は、ハッとして動きを止めた。

「どうしました？」

彼女の表情の変化に気づいた不破が、問いかけてきた。

「わ、忘れて……」

「忘れて？　……何を？」

「バ、バッグを見たら……」

濡れそぼったタオルの固まりがふたつ。ひとつは不破の携帯。……そして、もうひとつはバッグの中で一番かさばっているもの……

心臓が、突如大暴れし始めた。

愛美は息を止め、声も出せぬままタオルを掴み出し、まるで縋るように不破を振り返った。

彼女の表情を見た不破は、ひどく驚いた顔をした。

「いったいどうしたんですか？」

父からもらった……この世にふたつとない愛美の宝……

陶器は脆《もろ》い……

愛美の胸はつぶれそうなほど痛んだ。

「誕生日にって、もらったばかりなのに……こ、壊しちゃった……」

愛美はタオルの固まりをぎゅっと胸に抱いた。

「どなたからの……贈り物ですか？」

不破のその言葉は、どうしてかひどく固かった。愛美はそれに気づかないまま、彼の目を見つめた。

「どうしよう……」

愛美の顔に書いてあるものを読み取ろうとでもするように、不破は見つめ返してきた。

「開けてみてはどうです。壊れていないかもしれない」

愛美はその言葉を拒んで、首を左右に激しく振った。絶対に壊れているだろう。自転車のカゴから飛び出て川に落ちたのだ。壊れていないはずがない。

「壊れていたとしても、いいではありませんか」

彼のその言葉はひどく理不尽に聞こえ、愛美は信じられない思いで彼を見つめた。

「それを贈った人は、貴方に物だけをくれたわけではありませんよ」

「え？」

彼の言っている意味を理解するまで、時間がかかった。

「そうでしょう？」

愛美はパチパチと瞬きして、不破を見つめ返した。

確かに、彼の言うとおりだ。でも……

「せっかく父が……わたしのためにって、創ってくれたのに……」

なぜか不破が大きな息を吐き出し、愛美は驚いて顔を上げた。

「お父上からの」

彼の顔には、なぜか深い安堵があった。

「あの？」

「とにかく開けて、確かめてごらんなさい」

「で、でも」

ためらっている愛美の手に、彼は手を重ねて促してきた。

「ひとりで開けて泣いて欲しくないですからね。もし、壊れていたら、私が慰めてさしあげられる」

胸が痛いほどきゅんとした。それとともに不破の大きな愛情を感じて、愛美は戸惑った。

彼は、ほんとうにわたしを……？

「ほら」

不破に促され、愛美はタオルを恐々と開いていったが、桃色の陶器の色がちらりと見えた瞬間、怖さに手を止めて目を瞑《つぶ》った。

そんな愛美の肩に不破は手を置くと、勇気を与えるようにやさしく叩いた。

彼女は息を吸い込み、最後の覆いを捲《めく》ったが、恐れに負けて、またぎゅっと目を瞑《つぶ》ってしまった。

「これは……見事ですね」

不破の声に、愛美は瞼《まぶた》をうっすら開けた。

「壊れていませんよ」

愛美は目を開けて不破の表情を見つめ、それから自分の膝の上にある宝に、恐れと戦いながら目を移した。

小物入れは、どこも欠けてはいなかった。

「……信じられない」

「奇跡は……起こるようですね」

不破の冗談めかした言葉に、愛美は深い感謝の目を向けた。

「きっと不破さんの魔法です。わたしひとりで開けてたら、きっと壊れてた」

不破は愛美を見つめ、眩しいものを見るように目を細めた。そのせいか、青い瞳が濃さを増して藍色になった。

不思議な瞳だ。魔法を秘めている……

「そんなことはあり得ませんよ。だが、そう言っていただけたことは、とても嬉しいですけどね」

「きっとそうです。魔法です。ありがとうございます」

不破は愛美の感謝の言葉を受け取っていいものか、苦笑している。

「それにしても、素晴らしい作品ですね。貴方のお父上は、陶芸家でいらっしゃるのですか？」

陶芸家と問われて、愛美はどうしてか恥ずかしさが湧いた。彼の口にした陶芸家と、愛美の父とは、とんでもなくギャップがあるように思える。

「まあ……そう言えるのかもしれませんけど、ただ焼き物を焼いていて……その……生徒さんに教えてたりとか……」

なんとなく大学でと口にできなくて、愛美はそう言うにとどめた。父には悪かったが、大学教授などというご大層な呼び名は、彼に向けて使えなかった。父は普通の人間で、愛美は普通の父の普通の娘だ。

そして彼は、愛美とは違う。……彼は普通のひとではない……

いまふたりが同じ車に乗り合わせていることが、本来ありえないことなのだ。

交わる線を持たなかったふたりの人生が、いま交わっているのは、突発的な事故のようなものなのかもしれない。

事故の原因は、やはり突拍子もない蘭子だろうか？

蘭子のことを思い浮かべた愛美は、車で送ってくれたときの蘭子の言葉を思い出して、思わずため息をつきそうになった。次の週末、なにがなんでも、またトリプルデートをするつもりらしい。

できれば、もう保志宮にも会わずにいたかった。そしていま、彼女の隣にいる不破とも……逢わないほうがいいのだ……

「陶芸教室を開いておいでなのですね。類稀《たぐいまれ》な腕をお持ちのようだ」

「父が聞いたら、喜びます。……たぶん」

父の性格を知っている彼女は、ついつい余計な一言をつけ加えてしまったようだ。

たぶんの言葉に、不破は笑みを見せながらも問うように眉をあげた。

「父は……ちょっと無愛想なひとなんです。おまけに寡黙《かもく》で……」

「そうですか。父親としての威厳がおありなのですね」

不破の的確なフォローの上の褒め言葉に、くすぐったいような恥ずかしさが湧き、愛美は赤くなった。愛美の赤くなったわけがわかるはずもなく、不破が眉を寄せた。

「おかしなことを、私は口にしましたか？」

不破はひどく真面目に聞いてきた。

愛美は笑みを浮かべて首を横に振ると、両手に持った桃色の陶器をじっと見つめた。

「よかった。本当に……」

胸に湧き上がる安堵を深く実感しながら、愛美は宝を、ぎゅっと抱き締めた。


「では、眼鏡を探しにゆきましょう」

そう言った不破の表情を見返して、愛美は内心ため息をついた。彼はどうあっても一緒に探しにゆくつもりらしい。そして、コインランドリーに行くつもりだろう。

もちろん彼のジャージを借りてしまっているのだ、このままでは家に帰れない。だが、ためらいが頭から離れないのだ。

それでも、彼の固い決意と、自分の状況をまともに見つめた愛美は頷くしかなかった。

彼女が転んだ場所のあたりは、変化のない土手がまっすぐに続いている道で、愛美は自分がどこで転んだのか特定できなかった。

土手を滑り下りたのだから、それらしい跡がついていてもよさそうなものだが、雨が跡を消してしまったらしい。

「すみません。不破さん、もういいです。貴方の服が汚れて……」

愛美はそこまで言って言葉が出なくなった。不破のズボンの裾は、すでに泥が跳ねてひどく汚れてしまっていた。

「ど、どうしよう」

「一緒に探すと言ったのは私のほうで、貴方ではありませんよ」

「でも……。も、もういいです。前に使っていた眼鏡が家にあるんです。新しいのを作るまで、しばらくはそれを使いますから」

不破は顔をしかめてあたりを見回しながら考え込んでいたが、仕方なさそうに頷いた。

実のところ、古い眼鏡は度がまったく合わない。明日から学校で困ることになるだろうが、これも自分の粗忽《そこつ》さゆえだ。

車に乗り込んだ愛美は、まだ彼に携帯を返していないことを思い出した。

「携帯、お返しするの、忘れてました」

愛美は足元のバッグを見つめて不破に言った。

バッグから濡れたタオルの固まりを取り出しながら、愛美は自分に呆れた。一度タオルから取り出した携帯を、なぜかまた元どおりに包むなんて意味もないことをしている自分に……

あのときの、とんでもなく動転していた自分を思い出し、愛美は吐息をついた。

「本当にすみません。いくら謝っても足りませんけど……」

愛美は携帯を不破に差し出した。

「もうこの話は済んだはずですよ」

手に取った携帯を、不破はそのままシートの間にあるボックスの中に入れた。

「その代わり、私の願いを聞いてもらうことになった」

そ、そうだった……

「あの……」

「出発しましょう。時間が足りなくなるといけない」

車はすぐに発進した。不破の車はほんとうに乗り心地がよかった。ほとんど振動を感じさせずに、前へと滑るように走ってゆく。

駅前のコインランドリーは、ありがたいことに人影はなかった。五台並んでいる洗濯機のうち、愛美は一番左端の洗濯機を選び、汚れた服にタオルにハンカチなど、汚れ物をすべていれ、最後に布のバッグから財布を取り出し、バッグ自体も洗濯機に放り込んだ。

このバッグも愛美のお手製だ。すべて布で作ってあるから、洗濯機で洗える。財布のお札は当然濡れていたが、使うのはコインだけだ。

スイッチを押して、愛美は回っている洗濯物を意味もなく見守った。

不破は、そんな愛美の行動を物珍しそうに見つめていたが、急に彼女の三つ編みに手を触れてきた。

「泥が……」

彼の行為にどぎまぎしつつ、愛美は不破が手にしている自分の髪に視線を向けた。確かに、そんなにひどくないが、泥がこびりついている。

「洗って落とします」

愛美は水道のところで泥を洗い流し、三つ編みをぎゅっと絞った。

「ほどいてもいいですか？」

背後に立っていたらしい不破はそう言うと、愛美の返事を聞く前に、三つ編みを束ねたゴムに手をかけ、右、そして左側と、するりと抜いてしまった。

きっちりと編みこまれていた髪は、彼の指で解き放たれた。

「本当に、きれいな髪だ」

その称賛の言葉は受け取り難く、愛美は返事をしなかった。

「垂らしていらしたほうが良いな。束ねているのも可愛らしいが……」

呟きとともに不破の指が愛美の髪に触れ、ゆっくりと下へと梳いてゆく。

不破の言葉には、なんともいえない色がついていた。愛美がとても正気で受け止められない、なまめかしい艶というようなものが……

背筋に馴染みのない微振動というか、ゾクゾクしたものが這い登ってきて、愛美は一歩左に移動して不破から離れた。一メートル弱の距離で不破と向かい合った愛美の心臓は、狂ったように跳ねていた。

「み、三つ編みしているほうが、邪魔にならずに、う、動きやすいんです……」

愛美は垂れた髪を、一束の三つ編みに編みこもうと焦る手で髪を集めた。

そんな彼女の顔を不破はじっと見つめてくる。まるで彼女の心を読もうとでもするように……

「ところで……。成島の婦人が言ったことですが。……説明して、誤解を解いておきたいんです」

「あ……は、はい」

愛美は小声で返事をした。

髪を編み込んだものの、ゴムはふたつとも不破の手中にある。それを返してほしいと言えず、愛美は諦めて髪を手放した。するすると髪は解けていった。

「橙子さんと私は、お付き合いなどしていませんし、私は彼女との結婚など考えてもいません。ただ……」

ただ……という言葉に、愛美は無意識に息を詰めた。

「成島さんをはじめ、両家の幾人かが……かなり乗り気になっているのは事実です」

彼は言葉の最後に、小さなため息をついた。愛美は無言のまま小さく相槌を打った。

「母は、橙子さんをとても気に入っていて……母にすれば、自分の気に入りの橙子さんを嫁にという気持ちが、とても強いようなのです」

愛美は、今度は相槌を打たずに俯いた。

彼女の憧れの女性である蘭子の姉、橙子。いつでもたおやかでやさしくて、彼女ほど素敵な女性はいないと愛美は思っている。なのにいま、愛美は不破とともにいて……

それは、橙子に対する裏切り……？

心が暗く沈んだ。

彼とのキスが脳裏に浮かび、愛美の罪悪感はさらに膨らんでいった。

彼女は何も言わずに背を向けて、回っている洗濯物に視線を当てた。けれど愛美の目は、実際は何も見ていなかった。

「早瀬さん？」

愛美は返事をしなかった。振り向きもしなかった。

藤堂家、不破家……彼女の入り込める世界ではない。

それに愛美は、正直、それらの世界に入りたくない。

不破はあちら側の世界でしか、愛美はこちら側の世界でしか生きられないのだ。

服を着替えて彼にジャージを返し、別れたら……それで、おしまい……

19　不可解な言葉

不破との信じられない出会いを、知らず思い返していた愛美は眉を寄せた。

そういえば、昨日、彼は突然、彼女の目の前に現れた。

愛美は不破を振り返った。

「不破さん、昨日、どうしてあそこに……？」

不破は考え込むような表情をした後、愛美を見つめてきた。

「そのことを話す前に……」

不破が手を差し出してきて、愛美の右手を取った。

「どうか、私と付き合っていただけませんか？」

愛美は目を大きく見開いた。

「む、無理です」

「私が嫌いですか？」

「そ、そんなことは……」

「では、付き合うほど好きではない……ということですか？」

「わ、わたしでは……。貴方には、橙子さんのほうが、お、お似合い……です」

言葉は尻すぼみに小さくなった。胸がひどく痛かった。

愛美の心は、自分が口にした橙子の名に、深い傷を負ったようだった。

不破は愛美に、言葉で表すことのできない深い特別を感じさせる。

愛とか恋とかいうもの以上に……深い特別を……

その特別に対して、愛美の理性は無意識に……たぶん彼女自身を守るために……不破に対する強い結界を心に張っているように思えた。その結界が崩れる前に、彼女は不破から離れなければならないのだ。

自分のため、橙子のため、そしてたぶん、不破のために……

「私は橙子さんがとても好きですよ」

不破のその言葉は、愛美の胸をえぐった。彼女は耳を塞ぐ代わりに顔を伏せたが、不破の指が顎に触れ、無理やり顔を上げさせられた。

「やめて！」

「どうして、そんなに苦しそうな顔をなさっているんです？」

愛美は不破の指を掴んで引き離そうとした。

「まだ続きがあるんです」

愛美の力は不破の相手ではなかった。彼女は不破の手を両手で掴んだまま、途方に暮れた目で不破の顔を見つめるしかなかった。

「だが、特別な思いはまったく持っていません。彼女と私が結婚することはありえない」

「で、でも橙子さんは……」

「彼女には、好きな男性がいます。……それは、私ではない」

不破の言葉に驚いて、愛美は顔を上げ、彼の顔をまじまじと見つめた。

「……ほ、ほんとうに？」

「ええ。私は順番を間違えたらしい。先に、そのことを告げれば良かったということかな？」

橙子の好きな相手は、不破ではない？　愛美の頭に、昨日の橙子が思い浮かんだ。保志宮を見つめて、橙子の表情に浮かんだ翳《かげ》り……

「保志宮……さん」

愛美のひとり言のような呟きを耳にした不破は、不思議そうな眼差しを彼女に向けてきた。

「どうして……？」

不破の言葉に、愛美は返答に困った。

ただ頭に浮かんだから、自然と口にしてしまったに過ぎない。だが、不破の反応をみるに、愛美の言葉は外れていなかったらしい。

「別に、そんなに理由はなくて……。……本当に保志宮さんなんですか？」

「もしかして貴方は、保志宮を元からご存知なのですか？」

愛美の問い返しには答えず不破は別の質問を向けてきた。いまの彼はひどく眉をひそめている。

そんな問いが返ってくるとは思わなかった愛美も、彼と同様に眉をひそめた。

「いえ。パーティーでお会いしたらしくて……」

不破は首を傾げた。

「そのときが、初対面ということですか？」

「ええ、そう……みたいです」

パーティーのときの保志宮を覚えていない愛美は曖昧に答えた。

「そうみたいとは？　……あの日、蘭子さんは彼を貴方に紹介したのでしょう？」

「彼女はあのパーティーのとき、忙しくて。会場へは一緒に行ったんですけど……」

愛美と百代の彼氏獲得に奔走していたらしい蘭子が頭に浮かんで、愛美の顔が赤らんだ。

「始めのうち一緒だっただけで、後は別行動でした。わたしたちふたりが帰るまで、彼女には会いませんでしたけど……」

口にはできなかったが、愛美はパーティーでの時間のほとんどを不破とともに過ごしたのだ。そのときのことが頭に蘇り、愛美の頬はさらに熱を増した。

彼女は顔の熱をなんとか冷まそうと、ほてった頬に手を当てていたがほとんど意味がなかった。

「ならば、保志宮を直接紹介されたわけではなかったのですか？」

意外そうな彼の言葉に愛美は頷いたが、彼の質問の意図がまるでわからない。

彼はどうしてこんなに保志宮のことばかり聞きたがるのだろう？

保志宮と彼は、いったいどんな間柄なのだろうか？

「保志宮さんは、わたしと話したとおっしゃってましたけど……眼鏡をかけていませんでしたし。

正直……どなたのことも、記憶に残っていないんです」

百代とふたり、声をかけてくる男性から逃げることばかり考えていたせいだろう。

不破が急に笑みを浮かべた。

「だが、私のことは覚えていてくださった」

そのとおりだ……

愛美は黙したまま赤くなり、不破の笑みが膨らんだ。

「それで、保志宮はどうやって貴方と接触を？」

「接触？」

「言葉が悪かったようですね。でも昨日、貴方は彼と会ったのでしょう？」

「あ、はい」

「ふたりきりで？」

それを口にした彼の表情は少し硬かった。

どうやら彼はトリプルデートのことまでは知らないようだ。

なんだかほっとした。

「いえ、六人で……」

「少数のパーティーですか？」

不破の言葉に愛美は考え込んだ。

まあ、あたらずといえども遠からず……かもしれない。そう考えて、愛美は頷いた。

「もちろん、蘭子さんの主催なわけですね」

今度はすぐに頷けた。

「そうです」

不破がじっと見つめてきた。

愛美は彼の眼差しを受けて恥ずかしさが増し、顔を背けようとしたが、頬を指で触れられて阻止された。

不破の表情は極端に変化した。場の空気までが一変したような気がした。

「えっと……あの？」

いまの彼は愛美が対処に困るほど、どぎまぎさせるものを発している。

彼女はなんとか一歩後ずさろうとするのだが、足が竦《すく》んだように動けなくなっていた。

「これからは、そういう場に行かないでほしい」

「え……？」

「私の望みです。貴方の意志を縛る立場にないのはわかっていますが……」

彼の思いが愛美に向かってどっと流れ込んできたような気がした。

どういう返事をしたらよいのか、愛美は困り果てた。行かないと答えるのは簡単だった。けれど、それを口にしてしまうと、不破は、愛美が彼と付き合うことを受諾したと取るだろう。

「あ、あの、橙子さんは、本当に保志宮さんのことが？」

「はっきりと聞いたわけではありませんが……そう感じることが幾度か……。彼女の視線は、よく彼を追っています」

「あの……」

不破に見つめられていては、言葉を続け辛かった。だが、どうしても聞いておきたい問いだ。

不破は黙ったまま愛美の言葉を待ち受けていて、まるで彼女が口にしようとしている問いを、前もって知っているかのようだった。

「ほ、保志宮さんの……ほうは？」

「それについては、わかりません」

「そうですか」

愛美は残念なため息をついた。

「彼は……」

「はい？」

「橙子さんを意識していないと、私には思えます」

不破の返事に、思わず顔をしかめた彼女は、心を固めた。

保志宮とは、もう会うわけにはゆかない。仮病を使ってでも、次回のトリプルデートには行かないほうがいい。

考え込んでいた愛美の肩に不破の手が置かれ、彼女は顔を上げた。不破の顔が驚くほど暗く翳《かげ》っていた。

「不破さん？　どう……」

「保志宮のことが、そんなに気になりますか？」

その言葉には、鋭さというか、とげとげしさのようなものがあった。

「え？　……い、いいえ！　そ、そんなのじゃないんです」

彼が怒りを抱いているのを感じて、愛美は強く首を振って否定した。

突然、不破が抱き締めてきた。愛美は抗うことなどできず、彼に抱き締められていた。

「私と、付き合ってくださいますね」

愛美の耳元に、彼は懇願するように囁《ささや》いてきた。

「それは……」

「貴方がわからない。付き合うことには応じてくださらないのに、私に抱き締められて拒絶しないのはなぜです？」

その答えは、愛美が聞きたいくらいだった。

「わかりません」

「ならば、この場は、答えは保留にしておきましょう」

そう口にした不破は、それ以降、抱き締めるより他のことは何もしなかった。

愛美は洗濯機の回る音だけを聞きながら、彼の腕の中にいた。

どうしてなのかわからないが、不破に抱かれているいま、それはとても自然なことに思えるのだ。

そして、言葉を混ぜ始めると、不自然になる。

言葉などなければいいのに……

不破に抱かれて彼の体温を感じながら、愛美は本気でそう思った。

彼女はもっと彼を感じたくなり、両脇に垂らしたままだった腕を、不破の背にそろそろと伸ばしていった。


入り口のドアが開く音が聞こえ、ぎょっとした愛美は急いで不破から離れた。

ドアはガラス張りだし、抱き合っていたのを見られたのは確かで、愛美は真っ赤になって俯いた。

入って来たのは、たぶん大学生くらいの若い男のひとだった。大きな紙袋を手にしたそのひとは、洗濯機に歩み寄ったが、回転している洗濯機の前に立っている愛美に、ちらりと含みのある目を向けてきて、感じのよくない笑みを浮かべた。

おかげで愛美は、自分の服装を改めて意識することになった。不破のグレーのジャージはとんでもなくぶかぶかで、袖も足首のところも丸い輪になるほど曲げられている。

愛美は恥ずかしくてならず、小さく身を縮めた。

「まな」

やさしい響きの不破の呼びかけとともに、彼女の肩に不破の手が回された。不破を見上げると、彼は頷き、彼女を促してドアのある壁際に移動した。

洗濯機に洗濯物を入れている男性の視界から抜け出すことができて愛美はほっとし、不破の心遣いを心に沁みこませた。

彼女の泥だらけのみっともない姿を見ても、彼はそれまでとなんら変わらなかった。それどころか愛美が転んだと聞いて、彼が見せた深い思いやり……

スーツが汚れることなど構いもせずに、草むらの中をかき分けて眼鏡を探してくれたやさしさ……

彼が何かするたびに、彼が何か言うたびに、不破の存在は愛美の中で大きくなってゆく。

許せるくらいには乾いた服をバッグに詰めて、ふたりは河原に戻った。

愛美が着替えを終えると、そろそろ四時を回る頃で、車中にいるふたりの周りには、必ず訪れる別れを前にした、なんともいえない重い空気が漂った。

「次は……いつ逢えますか？」

次……

愛美は答えずに、ただ不破の顔を見つめた。

彼女の表情を見て不破の顔が曇った。

「逢えますね？」

強く、いくぶん強制するように、不破は尋ねてきた。

これ以上逢わないほうが良いのだということははっきりしていた。ふたりはあまりに違いすぎる。

不破の側にいられるものなら彼女だってそうしたい。けれど頭の中では、ふたりの違いがいくつも箇条書きに並んでゆく。

ふたりの世界の違い。それは、けして越えられない壁なのだ。

「今日は……貴方の誕生日なのですか？　二十二歳になるのですね？」

不破の言葉に愛美はぎょっとした。

どうして愛美の歳が二十一だと……。保志宮からでも聞いたのだろうか？

「早瀬さん？」

愛美は首を横に振った。

「い、いいえ。来月……」

「いつ？」

愛美は動揺を隠して唇を噛み締めた。

彼に年齢を偽るつもりなどなかったのに……

彼女のことを二十一だと思い込んでいる不破に、実は高校生なのだとは、言いづらい。

「どうして、教えてくださらないんですか？」

苛立ちなどない、静かな不破の声だった。

「教えたら……貴方は何か……贈り物を用意するかもしれないから……」

ほとんど聞き取れないような小さな声で愛美は答えた。

「それは、私からは何ももらいたくないということですか？」

彼はそう言ったが、がっかりしているという雰囲気でも責めている雰囲気でもなかった。

「違いすぎるから……」

「違いすぎる……とは？」

彼の淡々とした受け答えには、余裕が感じられた。不破は愛美が口にしない彼女の胸の内を、全て知り尽くしているかのようだ。

「わかっていらっしゃるはずです」

「はっきりと聞きたいですね、貴方の口から……」

彼の口調から、愛美が何を言おうと、絶対に揺らがない意志があることが伝わってくる。

愛美はどうしたらいいのかわからなくなった。

「わたしは、貴方の世界に住んでいないんです」

その言葉は、途方に暮れた愛美の口からころりと転がり出た。余裕のあった不破の瞳に、怪訝な色がさした。

「面白いことをおっしゃる。それなら貴方は、いったいどんな世界に住んでいらっしゃるんです。……魔法の世界ですか？　そう言われると、信じてしまいそうだ……」

あまりに真剣に不破がその言葉を口にしたので、困り果てていた精神の悪戯《いたずら》か、愛美はひどくおかしさを感じた。

「実はそうなんです。誕生日がきたら魔法の世界に帰らなくちゃならなくて……」

愛美は冗談とわかるように、小さな笑みを不破に向けながら口にした。

不破が吹き出した。

「参ったな」

頭に手を当てて顔をしかめている不破の様子に、愛美はくすくす笑った。

「冗談を言い合うのは楽しいが、貴方はもう帰らなければならないでしょう？」

車の窓から、愛美はほんのり茜色に染まりつつある空を見上げた。

「ええ。行かないと……」

「空を見上げてそんな台詞を言われると、貴方が空へと帰ってゆきそうに思える」

「不破さんは、魔法の世界は空にあると思っていらっしゃるんですか？」

愛美は笑みを見せながら尋ねた。

「さあ？　……ですが、天というか宇宙は、人類にとってまだまだ未知の領域ですからね。だが、そうですね……もしあるとすればですが、魔法の世界は、この世界と共存しているような気がしますね」

「共存？」

不破が頷いた。

「この世は、いろんな世界が混在して成立しています。ひとの意識によって、ひとつひとつの世界は創られる」

その言葉は、愛美の心に深く響いた。

彼の言うとおりだろう。人の意識が、たくさんの世界を創り上げているのだ。

「そうなんでしょうね」

「それらの世界は確かに別個のものかもしれませんが、簡単に行き来できますよ。たとえ、貴方のいう魔法の世界でも……」

「どうして、そう言いきれるんですか？」

「意識だからです。意識の創造物……すべては……」

不破はそう言うと、かがみこんで愛美に顔を近づけてきた。

ふたりの唇が重なり、その甘い刺激に、愛美はなんの抵抗もできなかった。

唇が離れたとき、彼女の胸では自分に対する不信感がさらに強まっていた。不破の指が愛美の頬に触れ、彼女は彼の瞳を見つめた。

自分への不信感からか、涙が湧き上がり、愛美の視界は不安定に揺らめいた。

「貴方は、私と逢うことになる。それはすでに決まっていることなのですよ」

彼女の下瞼《まぶた》から涙がこぼれ落ち、それを拭おうと手を上げた愛美の手首を不破が掴んだ。

「なぜなら……」

不破は右の口角をきゅっと上げた笑みを見せ、言葉を止めてしまった。彼は愛美の涙の跡に唇を触れると、彼女の手首を放した。

「さあ、もう行ったほうがいい。お父上が心配なさるといけない」

愛美は戸惑った顔を彼に向けた。彼のあっさりした言葉が信じられない。

わけがわからないまま、愛美はバッグを手に車から降りた。

「気をつけて」

それだけ言い残し、不破はすぐに車を発進させた。

カーブした道を黒い車が走り去るのを、愛美は河原から呆然として見つめた。

意味がわからなかった。まだなんの約束もしていない……

きっと、約束を取りつけるまで、彼は愛美を帰さないだろう……そう思っていたのに……

確かに彼女は不破と二度と逢わないつもりだった。けれど彼は……愛美と逢うことを、心から望んでいるとばかり……

不破の去り際のあまりのあっけなさに、愛美の胸は事態を処理できずに、シクシク痛んだ。その痛みは愛美の滑稽ぶりを笑っているようで、彼女は自分が恥ずかしくてたまらなくなった。

車が土手の道を走ってくる音が聞こえ、愛美はハッとして顔を上げた。不破かと思ったのだ。けれど車は白で、あっという間に通り過ぎていった。

呆然と立ち竦《すく》み、自分とは何の関係もない白い車を見送った愛美は、あざけりを込めて自分を笑うと、ひりつく胸を抱えたまま自転車のカゴにバッグを入れ、とぼとぼと歩いて駅へと向かった。


電車に乗り込み、座席に深々ともたれた愛美は長い息を吐いた。

なんて一日だったのだろう……

今日のことを思い巡らし、愛美は彼が最後に口にした不可解な言葉を思い返した。

『貴方は、私と逢うことになる。それはすでに決まっていることなのですよ』

彼はそう言った。

すでに決まっている？

いったい、どういうことなのだろう？

彼の意味深な笑みを思い浮かべ、愛美の理性でない部分が、ひどくほっとし嬉しがった。その自分の反応を否定できず、愛美はひどいもどかしさに駆られた。

20　まことしやかな噂

乗り換えの駅は、人でごった返していた。視界があまりきかない愛美は早く歩けず、人波の邪魔になっていた。愛美の背後で舌打ちをする音が聞こえたりして、ひどく肩身が狭かった。

彼女はなんとか乗り換えのホームに辿り着き、階段下すぐの列に並んだ。

「おいっ！　割り込むなよ！」

鋭い怒鳴り声が飛んできて彼女は飛び上がった。後ろを振り向くと、カップルらしい男女がいて、男性のほうがまた怒鳴りつけてきた。

「厚かましすぎんだろ。後ろに並べよ」

男の剣幕に愛美は竦《すく》みあがった。どうやら、彼女は並んでいる列の間に入り込んだらしかった。

「す、すみません」

恐れおののいた愛美は慌てて後ずさり、今度は後方にいた人にぶつかった。

「バーカ」

そう言ったのはカップルの女性のほうだった。

「す、すみません」

愛美はパニックに陥り、自分がぶつかったひとに向けて頭を下げた。恥ずかしさで死にそうだった。

「バーカは、お前らだろ」

突然、凄味のある怒号がカップルに向けて飛んだ。その声の主は愛美がぶつかった当人で、そのひとは彼女の腕を掴んで自分の側に引き寄せた。

「え？」

「めちゃくちゃ間隔空いてたぞ。そういうのは並んでるなんて言わないんだよ」

「な、なにぃー！」

声の主は愛美の前にさっと立ちふさがり相手の男を見下ろした。かなり背が高く、上から見下ろされた男の態度が急変したようだった。

「お前らがまともに並んでなかったのは、俺の連れも見てんだよ」

「ああ」

「見てた見てた」

愛美の背後から、同意の声が上がった。突然のホームでの騒ぎに、周りにいるひとがみな注目しているようだった。

「ね、ねえ、ちょっと……どうすんの。あっ、ま、待ってよぉ」

その声とともに、逃げてゆくカップルの後姿がしだいに遠ざかっていった。

「大丈夫か？　早瀬川」

愛美は目を丸くして相手を見上げた。

「あの？」

ぽかんとしている愛美の腕を相手は掴み、人垣に囲まれた場から彼女を連れ出した。

「ホントに早瀬川さんなのかよ、櫻井？」

戸惑った声が聞こえた。

愛美は腕を引っ張られるまま、よたよたと歩きながら眉を寄せた。

櫻井？

「櫻井君なの？」

「お前、まさかと思うけど、俺の顔、覚えてないってのか？」

「それが……眼鏡落としちゃって……」

「ああ、いつものだっさいトレードマークつけてないもんな」

「櫻井、お前、よく彼女が早瀬川さんだって気づいたな。俺、いまもまだ、ぜんっぜんだぞ」

「俺もわかんなかった。早瀬川さん、印象違いすぎだぞ」

責めるように言われても……彼女も困る。

「そ、そうですか？」

「俺らのこともわかってないみたいだな。俺、北吉《きたよし》だよ。んで、こっち南谷《みなみたに》」

「ああ、北吉君に南谷君だったの」

「ほんとに見えてないんだな。それでよく電車乗ってこられたな、お前」

ひどく呆れたような櫻井の声に、愛美は俯いて頬を染めた。

「知らないところで、いっぱい迷惑かけちゃったみたい……」

「あ、俺らの乗る電車きちまった。それじゃあ櫻井、お前、彼女と一緒の電車みたいだから、最後まで面倒みてやれよ、いいな」

「ああ。拾っちまった以上は、仕方ないからな」

櫻井がふざけた返事をし、三人の笑い声が響き、ふたりはすぐに向かい側の電車に乗り込んでいった。

「それで、どこで眼鏡落としたんだよ」

櫻井の先導で、電車の椅子に並んで落ち着いたところで、彼はおかしそうに尋ねてきた。愛美は自分を笑いながら肩を竦《すく》めた。

いつもとまるで雰囲気の違う櫻井に戸惑ってはいたが、彼のおかげで彼女は助かったのだ。

愛美はこれまで櫻井のひととなりを知るほど彼と話したことがない。彼女は蘭子と櫻井のバトルを、これまでひやひやしながら見ていただけなのだ。

櫻井は面白おかしい記事を書くのが生きがいの、蘭子に対するように、ひとをいたぶって楽しんでいる嫌なやつと思い込んでいたのに……

「田舎道を自転車で走ってたら、通り雨が降ってきて転んじゃったの。探したけど見つからなくて……諦めて帰ってきたの」

「そりゃあ、災難だったな。……怪我してんな。痛くないか？」

自分の傷に触れ、愛美は首を振った。

「もう痛くないわ。心配してくれてありがとう。そうだ、お礼を言うの忘れてたわ。櫻井君、助けてくれてありがとう」

「あのバカップル、へこましてやれて俺もスッとしたよ」

愛美はいまさらながらにほっとして笑いが込み上げた。

「櫻井君、ほんとうに、ありがとう。貴方が偶然に居合わせてくれなかったら……」

「実はさ」

櫻井の声には笑いが混じっていた。愛美は言葉を促すように彼を見上げた。

「改札のあたりでお前を見かけてさ……。はじめ俺も、似てるけど他人の空似ってやつかなって思ったんだ。早瀬川じゃないか？　って俺があいつらに言ったら、ぜってぇ違うって否定するもんでさ、真実を知るために、後ろからつけてきてたってわけ」

「そうだったの？　……そんなに違って見える？」

「まずその髪な。いつもおさげで地味だもんな」

「はあ」

「で、あの黒ブチのでかい眼鏡で、顔、ほとんど隠してるし……」

「安かったから」

「え？」

「安かったの、あのタイプのフレームが一番。それにレンズが小さいと、視界が狭《せば》まるのが嫌なの」

「お前さ、コンタクトにすれば？」

「高いから」

「お前んちって、そんな貧乏なわけ？」

ずばりと言った櫻井に、愛美は吹き出した。

「お金持ちじゃないわ」

「それでなんで、うちみたいなとこにいられるわけ？　特待生とかいうやつでもないだろ。お前三年になって編入してきたんだもんな？」

やはり櫻井は頭が回る。

「いろいろあって」

「謎ってわけか？」

櫻井の瞳が突然ランランと光りだし、愛美はどきりとした。

「俺、謎ってやつが大好きなんだ」

愛美は思わず櫻井の肩を掴んだ。

「あの、た、たいしたことじゃないから」

「あっ、答えは言うなよ。自分で謎を解明するんでなきゃ、つまらないからな」

答えを言うつもりなどない。

「櫻井君、お願い、調べるなんてやめて」

愛美の必死な様子に、櫻井が眉をあげた。

「わたしのこともだけど、調べられて記事にされるひとの気持ち、もう少し考えてくれないかしら。ひどく傷つくひともいるから……」

「それって藤堂のこと言ってるのか？　あいつは傷ついたり……」

「傷ついてるの！　蘭ちゃんはとっても勝気だから、意地張ってそういうとこ見せないけど……ほんとは」

「なんだよ。……ちぇっ」

櫻井の表情を読み取ろうと、愛美は彼のほうへと顔を寄せていった。

「お前なぁ、見えないからってそんなに顔近づけてくんなよ」

ひどく迷惑そうに言われて、愛美は慌てて顔を引いた。

「ご、ごめんなさい」

「わかったよ」

櫻井がぼそりと言った。

あまりにあっさりと承諾してくれた櫻井に驚き、愛美はパチパチと瞬きした。

「これからは、もう少し記事の内容を吟味するようにする」

付け足された言葉に、彼女は眉をひそめ、ついで笑いが込み上げた。櫻井が、そんなに簡単に楽しみを諦めるわけがない。

「お前、校内でももっと笑えよ。表情が明るくなっていい感じだぞ」

真剣な面持ちと声で、櫻井は強く勧めてきた。

「いつも、そんなに暗く見える？」

「暗いっていうより、……やぼったいな」

それを口にしたときの櫻井の表情は、ひどくおかしかった。

「はっきり言うのね」

「すまないな。俺は正直なんだ」

櫻井の度の過ぎた正直さは、愛美の笑いをさらに大きく膨らませた。

「そういえば、今日はあの車でお出かけじゃなかったのね？」

「実はな、あいつらダチには、車持ってること内緒にしてるんだ」

「どうして？」

「俺が車持ってると知れば、あいつらそれでどこかに行こうと言い出すに決まってるからな」

「まあ、そうでしょうね」

「俺たちはまだ学生の身分だ。電車のほうが似合ってるんだよ」

「なんとなく言いたいことわかるわ」

蘭子の運転手つきの車で移動するたびに、愛美は居心地の悪さを感じる。彼はそれと同じことを言っているのだろうと思えた。だが、そう言った櫻井は、駅近くの駐車場に自分の車を置いていた。

愛美は送ってくれるという櫻井に甘えることにした。すでに夕暮れになり、愛美の視界はさらに悪くなっていた。それを心配して櫻井は送ってくれると申し出てくれたのに違いない。

「櫻井君は、蘭ちゃんが嫌い？」

櫻井の車が走り出してしばらくしてから、愛美は彼に尋ねてみた。

「別に、嫌いとか……は」

「はっきりしないってこと？」

「いらつくんだ。あいつが、すっげえ刃向かってくるから……」

「蘭ちゃんだもの」

櫻井がブッと吹き出した。

「お前な、運転中に運転手を吹かせんなよ。危ないだろう」

「いまの、わたしが悪いの？」

「悪くないってのか？」

「さぁ？」

櫻井は声を上げて派手に笑い出した。


車は愛美の家があるアパートの近くに着いた。

「お前らって、変だよな」

ドアを開けようとした愛美に櫻井が言った。

愛美は眉を上げて彼に振り向いた。

「藤堂も、桂崎も、早瀬川も……。あのさ？」

何か迷いつつ櫻井は話しかけてきた。

「何？」

「桂崎が、超能力が使えるって、まことしやかな噂が流れてるよな。あれ、本当のことか？」

彼女が櫻井をじっと見つめると、バツが悪そうに櫻井は顔を歪めた。

「馬鹿なこと聞いて、悪かっ……」

「ほんとよ」

愛美は真顔で言った。

櫻井が唖然として固まった。

「櫻井君も、百ちゃんには気をつけたほうがいいと思うわ」

「お前……本気で言ってないよな？」

愛美はにこりと微笑んだ。

「櫻井君、今日は本当にありがとう。それに家まで送ってくれて、とても助かったわ」

「お、おい、早瀬川」

櫻井に向けて小さく手を振り、愛美は踵《きびす》を返して家に向かって歩き出した。

背後で、「ちくしょー」と叫ぶ櫻井の声が聞こえた。

21　企みとプリン

アパートの敷地内に入った愛美は、父親の車が駐車場に停まっているのを見て、歩く速度を速めた。

玄関のドアがいつもと同じ金属の軋《きし》みの音をたて、愛美が靴を脱いでいるところで、音を聞きつけたのだろう父親が、自室から出てきた。

「お帰り。どうだった？」

その問いはたぶん、今日の別れ際、愛美がこねていた土のできのことだろう。父を騙した気まずさに、口の中に嫌な味が広がった。

「できなかったの」

「そうか……お前、眼鏡は？」

そう聞いてきた徳治の視線は、愛美の髪に向けられていた。娘がいつもと同じ三つ編みでないことに、徳治はひどく不審そうで、髪を垂らしているだけのことなのに、愛美は自分がやってはならない悪いことをしでかしたような気分に捕らわれた。

彼女は途中で編み込んでこなかったことを悔いた。

「それが……自転車で転んで、眼鏡を落としちゃったの。探したけど見つからなくて」

「怪我はしなかったか？」

少しぶっきらぼうに徳治は尋ねてきた。ひとにやさしい言葉をかけることが苦手な父らしい。

「手首のところ少し……でも、大丈夫」

「そういうときは電話で知らせてこい。迎えに行ってやったのに……」

徳治は苛立たしげにそう言った。

もどかしさがはっきりと父の表情に浮かんでいて、愛美の後ろめたさが増した。

「これからはそうする」

素直にそう答え、バッグを持って自室に入ろうとドアを開けた愛美は父に振り返った。

「あの、お父さん」

「なんだ？」

「今日はありがとう。大切にする」

「あ、ああ。だが、飾っとくだけじゃ駄目だぞ。ああいうものは使ってこそ味が出るんだからな」

「うん。そうする」

部屋に入った愛美は、薄暗い部屋に明かりをつけた。そしてバッグを机の上に置くと、まず引き出しを開け、古い眼鏡を取り出してかけてみた。

残念なことに、たいして視界は得られなかった。なるべく早めに眼鏡を作らなければ……そうでないと、またホームでの出来事のような目に遭うことになるだろう。

愛美はこの近所に眼鏡屋があったか考えながら、布バッグの中から、タオルに包まれた父の贈り物を取り出した。

小物入れを見つめて彼女は微笑んだ。夕食の支度を始めなければならないとわかっていたが、なかなか視線を外せない。天井の電灯が、桃色の陶器に愛美を魅了する光を与えている。

この陶器には、きっと不破の魔法がかけられている。

本当に、また彼に逢えるのだろうか？　この信じられない夢は、まだ続いたりするのだろうか？　けれど逢っても仕方がないのだ。ふたりの間には未来がない。逢えば辛さが増すだけ……

愛美の心には、そんなふたつの相容れない思いが存在し、彼女はその狭間でゆらゆら揺れていることしかできなかった。

エプロンをつけて台所に立つと、少し気分が晴れた。愛美は料理のことだけを考えて手を動かした。

いつもと変わりない父とふたりの静かな夕食のときを過ごし、愛美はてきぱきと片づけを終えた。それを見計らったように自室のドアから徳治が顔を出し、愛美を呼んだ。

「何？」

「見てもらいたいものがあるんだ」

父の部屋の畳の上には、焼き物がいくつも置いてあった。

「これは？」

「学生たちの作品なんだが、お前の好きだと思うものを選んでみてくれ」

「わたしが……」

「ああ」

愛美はひとつひとつゆっくりと眺めていった。どれも遜色なく、釉薬《ゆうやく》の色合いは美しく、下絵もなかなか見事なものもあり、いいできに仕上がっていた。

いくつか手にとって手触りを味わい、愛美は五つの、それぞれ色も形もまったく違う皿や鉢を選んで自分の前に置いた。

「どうしてそれを選んだ?」

父の質問に愛美は首を傾げた。そんなにごたいそうな理由があるわけではない。ただ……

「この五つは、わたしの好きなぬくもりを感じるから……」

徳治が頷いた。その顔にははっきりとした驚きがあった。

「お前が選んだものは、登り窯で焼いたんだ。あとの残りは、大学の電気窯で焼いた」

「電気釜? 電気釜で焼けるの?」

珍しい父親の大きな笑い声が部屋に響いた。

「言っておくが、炊飯器のことじゃないぞ」

父はまだ、笑いの残りを口元に貼りつけたまま愛美に言った。彼女は戸惑った。

「薪ではなくて電気で焼く、金属でできた窯があるんだ」

「そ、そうなの」

愛美はわかったふうに、こくこく頷きながらそう言ったが、実のところ彼女の頭の中には、大きくなった炊飯器しか浮かんでいなかった。

「それで、その中からどれかひとつ選ぶとしたら、お前はどれを選ぶ？」

愛美はためらいなく、大胆に釉薬が塗られた大皿を手に取った。この皿の表面を彩っている織部の緑の発色は、なんともいえず惹かれるものがある。

「そうか」

父親はそれだけ言うと、手を差し出してきて愛美から皿を受け取った。そして並んでいる焼き物を新聞紙に包み、ダンボールの中にしまい始めた。どうやら父の用事はこれで終わりらしかった。

「その大皿は、誰が作ったの？」

愛美は徳治を手伝いながら尋ねた。

「学生のひとりだ。やつはいいものを焼く」

きっとそのひとは、父のお気に入りの学生なのだろう。そう言ったときの父の眼差しにはとても温かみがあって、愛美はなんだか嬉しかった。

全部をしまい終わり、徳治がダンボールを部屋の隅に寄せるのを見て、愛美は立ち上がった。

「それじゃあ、お父さん、先にお風呂に入ってね」

「ああ、あの……愛美」

ドアから半分外に出ていた愛美は、ためらいがちな父の呼びかけに振り返った。

「なあに？」

徳治は無言で愛美の左側の壁の端に歩み寄った。そこには、そんなに大きくない同じ紙袋がふたつ置いてあり、徳治はひとつを掴んで愛美に差し出してきた。

「なんなの？」

中を覗くと、紙袋と同じくらいの大きさの箱がひとつ入っていて、箱には携帯電話の写真がプリントされていた。

「これ……？」

「大学から携帯電話を持てと催促されていてな。……お前も持ちたいんじゃないかと思ったんだ」

「あ、ありがとう」

携帯など持っていなくてもいいと思っていたはずなのに、実際手にできることになり、愛美はひどく嬉しさが湧いた。

「それで、愛美」

「はい」

瞳を輝かせて箱を見つめていた愛美は、父親の声に上の空で返事をした。

「お前、説明書を読んで、使い方を私に教えてくれ」

愛美は「えっ」と呟きながら顔を上げた。

「頼んだぞ」

徳治は風呂に入るために、妙に急いで部屋から出て行ってしまった。

どうやら、父にとって娘の携帯は、自分に使い方を教える役目を担っていたらしい。

笑いを噛み殺しながら、愛美は弾む心で袋を抱えて自分の部屋に戻った。

それから小一時間ほど、説明書と顔を突き合わせながら、彼女は必要な基礎の操作を覚えた。

父が買ってきた愛美の携帯は白で、彼女が壊してしまった不破の携帯と、同じではないがよく似ていた。

一番手間取ったのは、メールアドレスの登録だった。彼女はさんざん迷い、manami-purin というネームをつけた。

蘭子と百代の携帯番号を登録し、しばし悩んだ後、愛美は百代に電話をかけてみることにした。

心臓が胸から飛び出そうなほどドキドキし、愛美が心を固めるまで、滅茶苦茶時間がかかった。

「あ、あのっ。も、百ちゃん。愛美です」

「うん」

あっさりした百代の返事に、派手に心臓を高鳴らせていた愛美は、ほんのちょっぴり裏切られた気分になった。

「父に携帯を買ってもらったので、かけてみたの」

「良かったじゃん。でも、悪いこと言わないから、蘭子には内緒にしときなよ」

百代の言いたいことはその言葉で充分だった。

「そのほうがいい？」

「あんたのためにはね」

その返事で愛美の心は決まった。

このアドバイスは、素直に聞いておいたほうが、やはり身のためなのだろう。

考え抜いたあげくにつけたメールアドレスを告げると、百代のくっくっという小さな笑い声が返ってきて、愛美は内心得々《とくとく》とした気分になった。

話を終えて携帯を切った途端、電話がブルブルと振動を始め、ぎょっとした愛美は危うく携帯を取り落としそうになった。

かけてきたのは百代だった。考えてみればこの携帯の番号を知っているのは百代だけなのだと愛美は遅れて気づいた。

「も、百ちゃん、びっくりするじゃないの」

「電話はかけるためにあるんだよ。それより、今日何があった？」

「なっ、なんで？」

愛美はついついい、驚きを込めて叫んでしまった。

「やっぱねｏ今日一日、あんたがちらつくから迷惑だったわよ」

百代が何を言っているのかわからず、愛美は眉をひそめた。

「は？　……あの……ちらつく？」

「何か言いたいことか聞きたいことがあるんでしょ？　何？」

百代にそう聞かれ、愛美はますます眉をひそめた。

「え……あの、なんの……」

「はい、そこで考えない。頭にパッと浮かんだこと話して。何か困ってんでしょ？　違う？」

頭にパッと？

「あ……眼鏡、失くしちゃって……困ってるけど……」

「ふうん。明日、家まで迎えに行くわ。それじゃあ、おやすみ」

「お、おやすみ」

しどろもどろにそう言った途端、電話は切れた。

い、いったい、どういうことなのだ？　なぜ迎えに？

すでに風呂から上がっていた父に、携帯の基本操作を丁寧に教えてから風呂に入った愛美は、湯船の中で、百代の言葉の意味をやっと理解した。眼鏡がなくて視界がきかない愛美の付き添いをするために、百代は明日の朝、家の前まで迎えにくると言ったのだ。

風呂から上がってきて部屋に入ると、聞き取れないほどの小さな音が聞こえた。その振動音はすでに聞き覚えがあるもので、愛美はすぐに通学用の鞄に入れておいた携帯を取り出した。

百代からメールが届いていた。

(明日、例のプリンが食べられそうだよ)

その言葉に、愛美の心は頭のてっぺんまで弾んだが、しばらくすると、その事実はけしてもろ手を上げて喜ぶべきものではないのだと気づいた。

プリン、イコール、蘭子の企み……

間違いなく蘭子は明日、プリンとともに何か企みを抱えてくるのだ。

22　とんでもない置き土産

翌朝、いつもと同じ時間に家を出る父親を見送った愛美は、手早く食器を洗い、登校の準備に取りかかった。

愛美が通う学園には、夏冬ともに制服が三種類もある。はじめ一種類ずつしか持っていなかった愛美も、蘭子から彼女の姉のお古をもらい、いまは全種類持っている。毎日交換して着てゆくのが、学園の常識らしいのだ。

おかしな常識だと思うが、郷に入っては郷に従え、常識を外れると浮いた存在になってひどく目立ってしまうものだ。月曜日は百代や蘭子に合わせて、グリーンの色合いの制服に決めてある。

支度を終えた愛美は、通学鞄を手にして部屋を出た。百代は何時にと言わなかったから、少し早めにアパートの前で待っているつもりだった。

靴を履いて玄関の外に出て鍵をしめようとした愛美は、財布を鞄に入れていないことに気づいた。

「おはよう」

声に振り向くと百代が数メートル先に立っていた。

「百ちゃん、ここまで来てくれたの？」

「階段があるからね。落っこちて、怪我をした愛美を連れてゆくんじゃ大変だもん」

表情を変えない百代の、本気か冗談かわからない言葉に愛美はくすくす笑った。

「なんだ、眼鏡見つかったの？」

彼女のかけている眼鏡を見て百代が言った。

「ううん。これ、古いやつなの。これだと、かけてないのとあんまり変わらないんだけど……ないよりはましかなって思って……」

愛美はそう言いながら玄関のドアを開けた。

「忘れ物しちゃったの。ちょっと待っててね」

「まだ早いし、ゆっくりでいいわよ」

「うん。ありがと」

愛美は急いで部屋の中に入り、机の横にかけていた布バッグを取り上げて机に置いた。中に手を突っ込んで財布を取り出した愛美は、バッグの中にもうひとつふくらみがあるのを見て眉を寄せた。

バッグを手に持ち、そっとひっくり返すと、中からコロリと白いものが転がり出てきた。

「えっ？」

愛美は目を丸くし、その物体をまじまじと眺めた。

携帯？　な、なんで？

彼女の携帯は、昨夜通学鞄に入れたはずで……

濃い戸惑いを浮かべた愛美は、鞄を開けて中を探った。やはり携帯は鞄の中に入っていた。手のひらに携帯を載せた愛美は、机の上の携帯をありえないものを見るようにまじまじと見つめた。

学校へ行かなければならないのだという思いが徐々に湧いてきて、驚きに勝った。

愛美は机の上の携帯が危険なもののように、おそるおそる手を伸ばして手に取った。その得体の知れない携帯は、青い光をチカチカと点滅させ、メールか電話の着信があったことを知らせている。

ごくりと喉を鳴らすと、愛美は携帯をそっと開いた。

メール受信の文字が表示されていた。愛美はそのメールをいったん開いたが、すぐに閉じた。

学校に行かなければならない今、心の負荷を増やすのは賢明ではないだろう。

なぜこの携帯が愛美のバッグから出てきたのかという謎すら、解明できていないのに……

彼女はふたつの携帯を見比べた。同じ白だが違う形をしている。

愛美はハッとした。

謎の携帯は、愛美が壊してしまった不破の携帯にそっくりな気がした。

だが、あの携帯であるはずがない。あの携帯は壊れたのだ。愛美が川に落として……

だが不破は、携帯は壊れていないかもしれないと言ったのではなかったか？

壊れていなかったのだろうか？

壊れていないのを確かめて、彼は愛美のバッグにこれを入れたのだろうか？

でも、いったい、いつ？

昨日の別れ際の不破の不可解な言葉が蘇った。

『貴方は、私と逢うことになる。それはすでに決まっていることなのですよ』

その言葉を彼が口にする前の、長いゆっくりとしたキス……あのときだ。

愛美の心に当惑が湧いた。その当惑の中に微かな喜びが含まれているのを感じて、愛美は自分を咎《とが》めた。

十数秒その場に立ち竦《すく》んでいた愛美は、やっと現実に目を向けた。彼女はふたつの携帯を、鞄の中に別々に入れると玄関に向かった。

百代は外通路の柵に両腕をかけて、外の景色を眺めていた。

心が定まらないまま、愛美は玄関のドアに鍵をかけて百代を振り返った。彼女はいつものように笑みを浮かべようとしたが、自然な笑みなど作れなかった。

「百ちゃん……」

「うん。行こう。ほら、わたしの腕、掴んで」

百代が差し出してきた腕に愛美は手を触れた。てのひらに伝わってくる百代のぬくもりは、彼女の混乱を少し落ち着かせてくれた。


「それで?」

ふたりしてもくもくと歩いていたが、アパートの敷地から出たところで百代は唐突に聞いてきた。

「えっ?　それでって?」

「何か聞きたいことがあるんでしょ?」

「聞きたいこと？」

「言っとくけど、わたしに、聞きたいことは何でしょうなんて聞いても答えられないよ」

それはそうだろう。それに答えをもらいでもしたら怖いものがある。

「あ、あの……」

「うん」

「携帯って、水に濡れても使えたりする？」

「濡らさないに越したことはないわね」

「もし、川とかに落としちゃったら？」

「携帯持った途端、そんな心配してんの？　苦労性だねぇ」

「だって、どうなのかなって思って……」

「電源入れてなかったら、大丈夫なんじゃないの。水のせいで電気がショートして壊れるんじゃないのかな。悪いけど、よくわかんないわ」

電源は入れてあった。

彼女は考えるのをやめた。よくよく考えれば、あの携帯が壊れていたかいなかったかではなく、愛美のバッグに不破が携帯を入れていて、いま彼女の手元にあるということが問題なのだ。

それにしても、一晩で携帯をふたつも持つことになるだなんて……

愛美の足が一瞬止まり、百代の腕に引っ張られて彼女はまた歩き出した。

あれが不破の携帯だとすると、あのメールは誰かが彼に宛てたものである可能性もあるのだ。そうだとすると、他人のメールを読んでしまうわけにはゆかない……

道の凹みに足を取られて愛美はよろめいた。

「ほら、考えごとしながら歩いてたら、つまずくよ」

「ご、ごめんなさい」

頬を赤くしつつ謝った愛美は、もう考えるのを止めた。


校門を前にして、百代は何も言わずに愛美の眼鏡を取りあげた。

「役に立ってないみたいだし、ないほうがいいわ。下手にこんなものつけてると、見えないってこと相手に伝え辛くてかえって困るよ」

「あ、うん。そうかも……」

「それで、眼鏡、いつ買いに行くの？」

「どこかこの近所になかったかしら、眼鏡屋さん」

「ああ」

なにか納得したような百代の言葉に、愛美は眉を上げた。

「何？」

「これだったんだわ」

「これって？」

「眼鏡屋ねぇ」

愛美の疑問に答えず、百代は考え込んだまま昇降口に向かう。

百代の不思議さはいつものことだが、疑問を置き去りにされるのはもどかしい。

「携帯、持ってきた？」

教室に向かいながら、百代が聞いてきた。

「持ってきたけど……」

「音出ないようにしとかなきゃだよ。でないと蘭子にばれちゃうし、授業中に鳴ったりしたら困るからね」

「音は出ないようにしてあるわ。振動音がするだけにして……」

「ダーメ、ダメ。それじゃ響く音するもん。サイレント設定にしておかなきゃ」

「サイレント？」

「無音状態だよ。その代わり、注意してチェックしないといけなくなるけど……愛美の場合、かかってくるっていったら、お父さんくらいでしょ？」

「あ、うん。でもどうやってやるの？」

「やったげる、携帯貸して」

手を差し出されて、鞄を開けた愛美だったが、彼女はぴたりと手を止めた。

ふたつの携帯……どっちがどっちなのかわからない。

「ら、蘭ちゃん、そろそろ来るんじゃないかしら？」

「まだ大丈夫よ」

「どうしてわかるの？」

「蘭子はプリンを受け取ってくるから、ぎりぎりにしか来れないわ」

「そ、そう……」

「ほら、携帯」

会話の間に携帯を確かめていた愛美だが、結局どちらが父のくれたものかわからなかった。

愛美は覚悟を決めてひとつを取り出した。

少し角の丸いこちらが、父からもらった携帯だったはず。

愛美の思いを知らない百代は、彼女の手から携帯を取り上げパッと開いた。愛美は思わず、ぎゅっと目を瞑《つぶ》った。

「ほら、ここをこうやってやるのよ」

百代の言葉に愛美は急いで目を開けた。目の前に携帯が突き出されていて、愛美は画面を確認してほっとした。どうやら間違えなかったらしい。

「これを押して、次にこれ。……どうわかった。ちゃんと覚えておきなよ」

「う、うん」

携帯を受け取り、愛美は画面を見つめた。画面の下部に、何か小さなマークがひとつ増えていた。たぶんこれがサイレントとやらの表示なのだろう。

操作を覚えたとはいい難かったが、もういじるつもりはなかった。音は鳴らないままのほうが安心だ。できればもうひとつの携帯も、サイレントとやらにしてもらいたいくらいで……

教室に入る前に、愛美は百代に断りをいい、トイレの個室にこもった。もちろんもうひとつの携帯をサイレントとやらにするためだった。

百代から教えられたように操作しようとした愛美は、始めの段階で頓挫《とんざ》した。機種がまるきり違うために、操作方法はまったく違うらしい。

愛美は青くなった。

これが授業中に振動音を発しでもしたら……蘭子にばれるだけじゃなく、百代だって変に思うだろう。

持ってこなければ良かった……

愛美は唇を噛んで後悔した。

開いた携帯を持ったまま途方に暮れていると、携帯が突然光を発し始め、愛美はぎょっとして画面を見た。驚いた弾みで指がメールを開くボタンに触れたらしく、画面にはたくさんの文字が表示されていた。

(まなさん、怒っていますか？　卑怯なことをしたと自分でも思います。ですが、私は貴方との繋がりを絶ちたくないのです。お願いです。返事をいただけませんか？)

不破からのメールだ。卑怯なこととは、この携帯のことなのだろう。

愛美は先に届いていた未読のメールも開いてみた。

(優誠です。この携帯は、私の携帯と引き替えに、貴方にお渡ししようと用意していたものですが、素直には受け取っていただけないのではないかと思えて。メールを読んだという印に、メールか電

話をいただきたく思います）

愛美はほーっと息を吐いた。

これはあの壊れた携帯ではなかったのだ。ならば、不破の知り合いから電話やメールが来るとかの心配だけはしなくてよいようだった。

不破が三通目のメールか電話をかけてくることは考えられるだろうか？

たぶん大丈夫だろうと思えたが、不安がすべてなくなるわけではない。

愛美はボタンをいくつも押して、何度も失敗を繰り返しながら、なんとか文字を打ち込んだ。

（今夜、九時に電話します）

始業の時間が迫っていた。迷う暇はすでになかった。愛美はメールを送信した。

メールを送ってしまった瞬間、送ってよかったのかと、彼女は極度の不安に駆られた。

23　プリンつき作戦会議

トイレを出た愛美は、教室の入り口の前で、蘭子が櫻井相手に声を張り上げているという、日常と化した風景に遭遇した。

「あら、あのこと、記事になさらないの？」

「ああ。取るに足りないことは、記事にならないからな」

「まあ、びっくりだわ。どんなことでも記事になさるのかと思っていたわ」

ひどく高慢な口ぶりで蘭子は櫻井を煽っている。話の内容は、喫茶店でのことを記事にするしないのことらしい。

「蘭ちゃん、櫻井君、おはよう」

ふたりの会話の中に愛美は遠慮がちに声をかけたが、蘭子が左手に持っている銀色の袋に無意識に視線が吸いついた。

プリンだぁ～♪

「愛美、おはよう。あなた、コンタクトにしたの？」

「早瀬川。おはよう」

両方からいっぺんに声をかけられ、ふたりを交互に見たあと、愛美はまず蘭子に言葉を返した。

「あ、ううん。眼鏡落として失くしちゃっただけなの」

「失くした？　あなた、大丈夫なの？　何も見えないんじゃないの？」

「まあ見えないけど、歩き回るのは、なんとか……」

愛美はそれだけ言うと、今度は櫻井に向き直った。

「櫻井君、昨日はありがとう。送ってもらえて助かったわ」

「ああ。あんなの、別に礼には及ばないよ」

「ちょっとあなた方」

鋭い声で蘭子はふたりの会話に口を挟んできた。

「愛美、昨日、櫻井と何があったの？」

「早瀬川が、バカップルにからまれてたところに、偶然、俺とダチが行き合わせたんだ」

櫻井の言葉に頷いた愛美は蘭子に向いた。

「櫻井君たち三人に、助けてもらったの。櫻井君は家まで送ってくれて……視界がきかなくて歩くの大変だったから、とっても助かったの」

「どうしてわたしに連絡してこないのよ！」

愛美は蘭子に怒鳴られて面食らった。

「えっ？」

「困ったのなら、すぐわたしに連絡してくれれば良かったのよ」

「で、でも蘭ちゃんを、わざわざ呼び出したりとか……」

「そんな遠慮いらないわよ！」

噛み付くように言われて、愛美は首を竦《すく》めた。

「ともかく愛美、あんた早く携帯持ちなさい！　携帯があれば、困った時に、すぐに連絡してこれるのよ。万が一、何か怖い目に遭ったりしても、今のままじゃ助けも呼べないわよ。何事か起こってからじゃ、遅いんだから」

「ご、ごめん」

蘭子からマジな顔で叱られて、愛美は思わず謝った。

すでに携帯を持っていることを黙っている事実にひどく罪悪感が湧き、なんとも落ち着かない気分だった。

「ま、まあ、ともかく、困ったときはわたしに連絡してくればいいの。わかった？」

気が咎《とが》めるせいで蘭子の顔が見られずに俯いている愛美を見て、蘭子は言いすぎたと思ったようだった。蘭子のやさしい思いやりに触れて胸がジーンとした。

愛美は顔を上げて蘭子をじっと見つめた。

「蘭ちゃん……」

「な、なによ？」

蘭子の袖に、彼女はそっと触れた。

「ありがとう。これから困ったときは、すぐ蘭ちゃんに連絡する」

一瞬場がシンとし、その静けさに櫻井の押し殺した笑いが入り込んできた。

「あんた、何、笑ってんのよ？」

頬を染めた蘭子は、目を吊り上げて櫻井に食ってかかった。

「いや、素直な性格してるなと思ってね。先生来たぞ」

蘭子の背後に目を向けた櫻井は、そう言うと教室の中に入っていった。愛美と、顔を赤くした蘭子も、すぐ後に続いた。

「お芝居？」

百代が眉をしかめて小さな声で叫んだ。

「そうよ。作戦を成功させるには舞台が必要なのよ。そのために餌を蒔くの」

「餌を蒔く？」

愛美は意味もなく、蘭子の言葉を繰り返した。

学生食堂のいつもの指定席で、昼食を食べ終わったところだった。

愛美の思考の半分は、蘭子がいまだ封印を解いてくれない銀色の袋に向けられていた。

おかげで蘭子の説明は記憶にあやふやだったが、つまりはこういうことらしかった。

彼女たち三人は、静穂たちトリオの近くで聞こえよがしに次の土曜日に遊びに行く算段をする。それを耳にした静穂たちは、遊園地のときのように自分たちの彼氏を見せびらかすために、同じ場所に現れるに違いない。だが、そこには、彼氏を連れた蘭子たちがいるというわけだ。

蘭子に言わせれば、蘭子の吟味した男性三人は、充分に静穂たちの鼻を明かしてやれるらしい。

「うまくやるのよ。あんまり演技っぽいと、あの高慢ちきな、三馬鹿トリオに疑われるかもしれないわ」

なんとかその企みをやめてくれないものだろうかと愛美は祈っていたが、熱心に説明してくる蘭子の頭の中に、企み中止の文字など存在しないようだ。

愛美は諦めのため息をついた。

これ以上保志宮に会うことは避けたいのだが……

たとえ、プリンが食べられないとしても……

それに……不破もそういう場にはもう参加しないでほしいと……

そう考えた愛美は、俯いて唇を噛んだ。

不破にも二度と逢わないつもりのくせに、わたしってば、どうして彼の言葉に従おうとするのだ。

「それじゃ、これでふたりとも呑み込めたわね」

蘭子の言葉に愛美は驚いて顔を上げた。

「呑み込めたって……？」

「まったく愛美ってば、プリンを前にすると、プリンのことしか頭に入らなくなるんだから」

呆れたように叱られて愛美は真っ赤になった。

「そ、そんなこと……」

「いい、今度はちゃんと聞いててよ」

できの悪い生徒を前にした教師の口調で蘭子はぴしゃりと言った。

むしゃくしゃした愛美は、蘭子に向けて頬を膨らませた。あからさまな不服を知らしめるために、唇をぐっと突き出してみせたが、蘭子は気にも留めてくれず、愛美のおでこを慣れた手つきでピチンと弾いた。

愛美は涙が滲みそうな痛みに、額を押さえた。

やっている蘭子にはわからないのだろうが、これが案外痛いのだ。

「放課後、ホームルームが終わったらすぐ、教室の外に出るのよ。そいで教室の前のミニホールの隅っこに急いで移動して、あいつらが自分達の教室から出てくるのを待つ。三人が出てきたら、そしらぬ顔で顔をつき合わせて次の休日はどうしようかって話をするの。あいつらに気づいてないってことを三人に感じさせせながらも、やつらにちゃんと声が届くように、ちょっと大きな声で話すってことに注意してね」

百代がふっと笑みを洩らした。

「百代、何？」

蘭子は咎《とが》めるような声を上げた。

「蘭子の声はいつでも不必要に大きいから、注意なんて必要ないよぉ」

愛美は瞬時に込み上げた笑いを抑えようとしたが、見事に失敗してぶはっと吹き、おかげで蘭子にきつく睨まれた。愛美は慌てて両手を額に当て、すでに赤くなっているおでこを守った。

むっとした顔で制服のポケットに手を突っ込んだ蘭子は、なにやら紙を取り出すと、愛美と百代に差し出してきた。

「これ、なんなの？」

百代が蘭子に尋ねた。

「台本」

「台本？」

蘭子の返事に百代は眉を寄せ、尻上がりに問い返した。

愛美は手渡されたその紙を急いで開いて見た。

カギカッコの会話文が並んでいた。全部の台詞に、担当者の名前も明記されている。

ひどくわざとらしい会話文で、これを口にするのかと思うと恥ずかしさに肝が縮んだ。

「その台詞のまま、一字一句間違えないように話すのよ。ちゃんと覚えてね」

「あのさあ、蘭子。こういうのがあると、かえって演技っぽくなってしらじらしいよ」

呆れたように言った百代は、紙をぽいっとテーブルに放った。

「もおっ、あんたたちが言うべき言葉を言えずにおたおたしてる間に、あいつらが帰ったらどうするのよ」

「全部、蘭子に任せるよ。あんたが必要なこと全部話せばいいわ」

「そんなの不自然でしょう」

「そんなことないよ」

百代は笑みを浮かべて言葉を続けた。

「いつだって、わたしらの会話のほとんどは蘭子が話してるじゃん。わたしらふたりは蘭子ほど演技うまくないしさ。わたしたちが加わると、かえって不自然な会話になると思うんだ。ね、愛美？」

突然話を振られ、愛美はびっくりしたものの、こくこくと必死に頷いた。

「あ、う、うん。そ、そうかも……」

愛美を見た百代は、お手上げというように、ゆるく首を振った。

「ほら、日常会話すらまともにできない愛美に、演技なんて無理だって」

蘭子の考えた小芝居をやらなくてよくなるのはありがたかったが、日常会話がうんぬんの話は、正直面白くなかった。

愛美は頬を膨らませ蘭子と百代に視線を向けた。蘭子はそんな愛美をじっと見つめ、腹の立つことに納得したように頷いた。

「まあ……確かに、そうね」

愛美は胸の内の不服を、口の中でもごもご呟くにとどめた。ここで反論したりすれば、馬鹿馬鹿しい小芝居をやらなければならなくなるかもしれない。

「それじゃあ、わたしがうまくやるから、あなたたち相槌だけ打ってちょうだい。いいわね」

「オッケー、オッケー、任せときっ！」

にししと笑いながら百代は無駄に元気に答え、愛美は慌てた。

「あ、あの。いまさらかもしれないけど……こういうのやめたほうが良くないかな？」

「話がまとまったっていうのに、いまさら何を言い出すのよ」

銀色のバッグの口を大きく広げ、蘭子は中からプリンを取り出し始めた。

「はい、それじゃあ、前祝いよ」

愛美の前にプリンが置かれた。思わずプリンに目を貼りつけた愛美は、努力の末に引き剥がし蘭子を見つめた。

「前祝い？」

「すでにわたしたちの勝利は確定したも同然よ」

「まあ、……うまくゆくんじゃない」

百代の言葉に、蘭子の顔はパーッと輝いた。

愛美は眉をしかめて百代を振り返った。プリンの蓋を開け、百代はスプーンにすくって口に頬張っているところだった。

百代の言葉はいつでも強い意味がある。彼女がうまくゆくという表現を使ったということは、蘭子の企みは、まず間違いなく成功すると考えていい。

愛美は心の中で自分を説得した。

蘭子の憤りは、静穂の鼻を明かしさえすれば消滅し、トリプルカップルも自然解散ということになるはずだ。保志宮と愛美の繋がりも、それで自然に切れる。そして、なにより蘭子が満足する。

愛美はプリンのカップに手を伸ばして蓋を開けた。プリンは相変わらず夢のように美味しかったが、後ろめたい後味が残った。

24　ありえない贈り物

放課後、蘭子の作戦は拍子抜けするほど簡単に成功した。

静穂が蘭子のおしゃべりを、しっかりと小耳に挟んだのは確実だった。

「うん。見事に、企みに嵌《はま》ったわ」

含み笑いをして去ってゆく静穂の後姿を見送る百代の肯定で、蘭子の笑みは更に大きくなった。

「ふっふっふ」

蘭子が不気味な笑い声をあげ、愛美はぎょっとして後ずさった。

「それじゃあ、行くわよ」

得々《とくとく》とした蘭子はふたりに向かって号令のように叫び、意気揚々と歩き出した。

ぼやけた視界のせいで精神的疲労を抱えていて、すぐに家に帰るつもりだった愛美は、へっと眉を上げて蘭子に向いた。

「行くってどこに？」

「眼鏡を買いに行くんでしょう？　なかったら日常生活に困るじゃないの」

「必要ないかもしれないわ」

愛美が蘭子に頷く前に、百代が口を挟んだ。

「えっ、なんで？」

彼女は戸惑いながら百代を振り返った。

「さあ？」

百代は首を捻ると、こう続けた。

「買いに行く必要がないような気がするの。こうピピッとね……」

こめかみのあたりを指さして百代は言う。

「ピピッ？　ピピッと、何が来たって言うのよ？」

眉をしかめて蘭子が尋ねた。

「だから、買いに行く必要はないんじゃないかって……」

「必要ない？」

愛美はなんのことだかわからずに聞き返した。

「百代。だからどういうことなの？」

問い詰めるように言う蘭子に、百代は肩を竦《すく》めた。

「わかんないわよ……もしかすると戻ってくるってことなんじゃない」

「戻ってくるって、何がよ？」

百代は呆れたように蘭子を見つめた。

「この場合、眼鏡しかないじゃん」

愛美は困惑が過ぎて言葉がなかった。百代の言っていることは、ありえないことだ。眼鏡はあの土手で失くしたのだから戻ってくるはずがない。

「もっと、きちんとした説明をなさい」

腰に手を当てた蘭子は、百代に詰め寄った。

「そんなもの言葉にはできないよ。ともかく帰ろうよ」

百代は愛美の手を取ると、昇降口に向かって歩き出した。

置き去りにされた謎にひどいもどかしさを感じたものの、百代からそれ以上の情報は得られないことを蘭子も愛美も知っている。そして、眼鏡を買いに行く必要がないと百代が言う以上、その必要はないのかもしれなくて……

でも……

百代の言葉が驚くほど的確に当たることは認めていたが、今回に限っては……

どちらにしても、眼鏡は高い買い物だ。愛美としては父に相談もせずに眼鏡を買うつもりはない。


タイル敷きの洒落た色合いの通路を、三人は一緒に歩き、途中で蘭子と別れた。

蘭子は駐車場で迎えの車が待っているのだ。蘭子に手を振り、彼女が車に乗り込むのを横目に、愛美は百代と校門に向かって歩いていった。

百代の付き添いで家に向かっていた愛美は、車のクラクションの音に、後方を振り返った。

黒い高級車が横づけしてきて、愛美たちの側で停まった。窓を開けて顔を出したのは、今別れたばかりの蘭子だった。

「蘭子、どうしたの？」

「愛美に荷物が……」

当惑した顔で蘭子は言いよどんだ。

「荷物？　わたしにって、どういうこと？」

「家に届いたらしいのよ。これが……」

蘭子はさほど大きくない紙袋を窓のところに差し上げ、愛美と百代に見せた。かっちりとした贅沢な作りの紙袋は、見るからに高級店のものという感じだ。

「とにかくふたりとも乗りなさいよ。こんなところに車を停めてらんないわ」

愛美は百代と目を見交わした。百代がためらいなく車に乗り込んだのを見て、愛美は自分も後に続いた。ふたりが乗り込むと、車はすぐに走り出した。

「はい」

百代を挟んで蘭子が紙袋を手渡してきた。愛美は困惑を深めて、受け取った紙袋を見つめた。

「これ、ほんとに、わたしに？　いったい何が入ってるの？」

「開けてみなけりゃ何かなんてわからないわよ。けどそれブランド物よ、ロゴが入ってるわ」

「ロゴ？」

愛美は袋をしげしげと見つめた。確かに金色に浮き出たスペルの綴りが入っている。

「予想できるのは保志宮さんくらいね」

蘭子の言葉に愛美は驚いた。

「保志宮さん？」

「愛美にブランド物をプレゼントしてくるっていったら、彼しかいないじゃない」

「とにかく開けてみたらどうよ」

気楽そうに百代が促してきたが、愛美は激しく首を横に振った。

「開けちゃったら返せなくなっちゃうわ」

「男性からの贈り物を開けもせずに突っ返すなんて、そんな失礼なことしていいわけないでしょ」

蘭子はきつい口調でたしなめるように言った。

「そう深刻に考えずにさ、開けてみたらいいんでない」

またまた百代が気楽そうに助言してきた。愛美は弱りきって、手にした袋を恨めしげに見つめた。

「じれったいわね。なんならわたしが代わりに開けてあげるわよ」

叱責のような蘭子の言葉に、愛美は諦めを含んだ吐息をつくと、仕方なく紙袋の口を閉じているシールを剥がした。

中にはきれいにラッピングされた箱と、横長のケースらしきものが入っていた。

「そのケースってさ……」

一緒に中を覗き込んでいた百代が、呟くように言った。

「ラッピングしていないなんて、おかしいわね」

首を伸ばして袋の中を覗いている蘭子が不思議そうに言った。

「愛美、とにかくそのケースを開けてごらんよ」

百代に言われ、愛美はケースを取り出した。

ケースを手のひらの上に載せて、蓋に手をかけた愛美は、この時点で、これが何なのかわかった気がした。だが……保志宮がそんなものをくれるわけが……

「これ、どう見ても眼鏡ケースだよね」

愛美の困惑した思考を読んだように、百代が指摘した。

「ま、まさか」

「なんで保志宮さんが愛美に眼鏡をくれるのよ。まさか愛美……」

「な、何？」

「あなた保志宮さんと連絡取ってるのね？」

「ど、どうして？　そんなことしてないわ」

「眼鏡失くしたこと、彼に話したんでなければ、彼が眼鏡をくれるわけが……」

蘭子はふいに黙り込み、眉をひそめて考え込んだ。

「眼鏡って、勝手に買えるものじゃないよ」

百代の言葉に、蘭子がポンと手を叩いて頷いた。

「そうよ。わたしもそれが言いたかったのよ。度が合わなきゃ意味ないもの……愛美、やっぱりあなた、昨日、保志宮さんと会ったんでしょう？」

愛美はとんでもない話の流れにどぎまぎした。

「あ、会ってないわ」

「ふーん。会ったんなら、すべての辻褄が、ぴったり合うんだけど……」

「会ってないわ。ほんとよ。昨日は父と一緒で……」

はじめ力強く否定したものの、真実は半分で、愛美の言葉は尻つぼみに弱まった。すでに愛美はこれが誰から届いたものなのか、九割がた理解していた。

「お父様と？　そう……」

蘭子の頷きに、愛美の胸はちくりと痛んだ。

「もう。そんなことどうでもいいからさ、とにかくそれ開けてみなよ」

百代から催促された愛美は、ひどく躊躇《ちゅうちょ》した。

昨日保志宮と会ってはいないが、不破とは逢っている。そして、彼は愛美が眼鏡を失くしたことを知っている。だが、知っていたところで愛美の眼鏡を贈ってこられるはずがないのだ。だって彼も、愛美の眼鏡の度を知るはずが……

愛美はありえないことに思い至って愕然とし、目を見開いて手に持っているケースを見つめた。

「愛美？」

「わ、わたし……あの……い……」

家に持って帰ってから開けると言いかけた愛美は、言葉を止めた。そんなことを急に言い出しては、ふたりとも不審に思うだろう。

覚悟を決めなければならないようだった。彼女はケースを掴んで開けようとしたが、その手ははっきりわかるほど小刻みに震えていた。

「どうしたのよ？」

愛美の狼狽ぶりに蘭子が眉を寄せた。

「わけがわからないから動揺してるのよ、ね、愛美」

なぜか百代は、愛美の反応をフォローするように言った。

落ち着きを取り戻そうと愛美はそっと息を吸い、眼鏡ケースの蓋をゆっくり開いた。

ケースの中に入っているものを見つめて、愛美は息を止めた。予想したとおり、ケースの中には失くしたはずの彼女の眼鏡が入っていた。

「愛美の眼鏡だね。でも、壊れてる。片方のレンズないし」

百代の言葉の間、愛美は放心したように眼鏡を見つめていた。

確かに片方のレンズはなく、フレームはひどく変形していた。

「どういうこと？」

「さ、さあ……」

愛美は蘭子にしどろもどろに答えた。嘘がつけない彼女の背中は、じっとりと汗ばんでいた。

事実を把握するにつれて彼女の胸は震え、心臓は大きく高鳴っていった。

不破は愛美と別れた後、探してくれたのだ。あれほどふたりして探しても見つけられなかったのだ、そう簡単に見つかったはずがない。

不破のありえないやさしさに触れて、涙が湧きあがってきた。彼女は歯を噛み締めて、必死に涙を堪《こら》えた。

25 魔法の光

「お嬢様、どうなさいますか？」

運転手が、控えめに問いかけてきた。

行き先をはっきりさせずに走り出した車は、学園から付かず離れずのところを、ゆっくりとしたスピードで走っていた。

蘭子と百代の視線が運転手に向いた間に、愛美は堪《こら》えきれなかった涙を急いで拭った。

愛美の目が傍目にもわかるほど潤んだことを、百代には気づかれたかもしれないが、蘭子には気づかれていないだろうと思えた。

「そうね……」

そう呟いた蘭子は、愛美と百代のほうへちらと視線を向け、運転手に向き直った。

「このまま屋敷に戻ってちょうだい」

「わかりました」

「蘭子、今日は乗馬クラブでしょう？　わたしたちは愛美の家の前まで送ってもらえればいいわ」

平坦な声でそう言った百代に、蘭子が鋭い視線を向けてきた。

「それで、わたし抜きで、その箱の中身を確かめて楽しむというの？」

ムキになって食ってかかる蘭子に、百代が吹き出した。

「何怒ってんのよ。この箱の中身は見なくたってわかりきってるじゃん」

「眼鏡だろうってことはわかってるわよ。けど、誰が愛美に贈ったかという謎は解けてないわ」

「立ち入っていい謎もあれば、立ち入ってはいけない謎もあるよ」

「なんでよ？」

「この謎は、そっとしておくべきだと言ってるの」

いくぶん言い聞かせるように百代が言い、蘭子は黙り込んだ。

「それじゃあ、愛美の家の前までお願いします」

「よろしいですか？」

運転手は百代の言葉には頷かず、自分の主に決定を求めてきた。

「いいわ。そうして」

仏頂面で蘭子は言った。

蘭子が納得していないのはあからさまだったが、百代にたしなめられて、引き下がるしかなかったようだ。

不機嫌なままの蘭子を見送ってしまったことに、愛美は心がひどく重かった。

「そんな気にすることないよ。蘭子は辛抱するってこと学ばなきゃいけないの、自分のためにね」

「う……ん」

「蘭子は我が侭だけど、そんなに狭量じゃないわ。それよりわたし喉が渇いたわ。愛美の家で、お茶ご馳走してくれる？」

「あ、うん」

愛美は片手に通学鞄と紙袋を提《さ》げ、もう片手で百代の腕に掴まって、家に続く階段を上っていった。

家に帰りつくと、百代は慣れた動作で、居間に置かれた質素なテーブルに頬杖をついて座り込んだ。

百代は学校帰りに、たまに愛美の家に遊びに来るのだが、蘭子はまだ一度も来ていない。

三人で遊ぶとなると、平日は百代の家、休日は蘭子の家かどこかに遊びに行くという決まりが自然とできているためだ。

もちろん蘭子がこの家に遊びにくることを愛美は嫌がっているわけではないし、たまたまそうなっているだけのことなのだ。それに別段蘭子も、まあ当然かもしれないが、愛美の家を見てみたいという思いはないようだった。

愛美は紙袋と通学鞄を居間の入り口のところに置くと、すぐにキッチンに立ってやかんを火にかけた。それから棚にストックしてあるジャムなどの貯蔵食の中から、栗の渋皮煮を取り出して小皿に盛った。この栗の渋皮煮は父の好物なのだ。

飲み物は他には何もないが、徳治がお茶にこだわりがあり、父親自身に馴染みの店があって、香りの良いお茶をいつも買い込んできてくれる。

「はい。どうぞ」

「ありがと。うーん、いい香り。これが愛美の家に上がりこむ楽しみのひとつなのよ。それと、これ」

お茶を一口味わった百代は嬉しげに微笑んで、栗の渋皮煮を竹のフォークで突いて口に放り込んだ。ぱくんと口に頬張った百代は、この世の至福は今ここにあるといわんばかりに、目元と口元を緩めてもぐもぐ口を動かした。そんな百代を見つめていると愛美まで幸せな気分になれる。

胃袋を満足させた百代が、微笑んでいる愛美に意識を戻して見つめてきたことで、彼女はいま自分が抱えている問題に引き戻された。幸せ気分もすーっと引いていった。

「開けてごらんよ。それ」

百代の指差した方向に愛美は視線を向けた。もちろんそこには、先ほどの紙袋がある。

愛美はためらいつつも、手を伸ばして紙袋を引き寄せ、眼鏡のケースをテーブルに置き、贅沢なラッピングがほどこされた箱を取り出した。

百代にいったん目を向けてみたが、百代は何も言わなかった。

愛美は丁寧にリボンを解き、箱の蓋を開けた。

予想のとおり、そこにも眼鏡のケースが入っていた。袋と同じブランドのロゴが圧倒的な高級感を醸し出しながら、ケースの真ん中に鎮座している。

愛美は一息ついて力を溜め、ケースを開けた。

黒ブチの眼鏡とはまったく違う、薄い桃色のフレームの眼鏡が入っていた。黒ブチ眼鏡より少し小さいレンズだったが、これまでのものと比較にならないほど厚みが薄かった。

愛美はそっと触れて持ち上げた。

「軽い……」

「ブランド物にしては、けっこうおとなしいデザインじゃない。よかったね愛美。かけてみたら？」

「で、でも、もらっていいのかな？」

「眼鏡を突っ返されても困るんじゃない？　その眼鏡、愛美以外使えないんだしさ」

確かに百代の言うとおりだ。

眼鏡を見つめていた愛美は、不破の言葉を思い出した。そのときの、彼の表情と声とともに……

『私からは、何ももらいたくないということですか？』

あのときの不破は、とても淡々としていた。感情の揺らぎひとつ感じなかった。

けれどなぜか今になって、彼がどんな気持ちでその言葉を口にしたのか……不思議なことだが、愛美ははっきりと感じることができた。

彼の中には哀しさがあった。そして傷ついてもいた。だからこそ、彼は淡々と語ったのだ……愛美に悟られないように……

胸が疼いた……

「わたし……」

愛美はハッとして顔を上げた。

目の前にいる百代の存在をすっかり忘れていた。百代は愛美を揺らがない瞳で見つめていた。

愛美の脳裏に突然、いまの彼女の思考に対して、百代の何らかの力が加わったのではないかとの疑いがもたげた。

「百ちゃん、あの……」

「どうしたの？　眼鏡、かけてごらんよ」

百代は罪のない顔で勧めてきた。

「いま、なんか……した？」

「うん？　わたし？　……愛美を見てたよ」

「見てただけ……？」

愛美の言葉に、百代はしかめっつらをして唇を尖らせた。

「なんか感じたならごめん。無意識な癖だから」

「癖？」

「何か感じると、自然と見つめちゃって……どうも干渉……っていうのか、まあ、しちゃうみたい。でも、ひとによるんだよ。誰でもっていうんじゃないの。愛美はどうしてか特に……」

干渉？

愛美は怪訝そうに眉を寄せた。彼女の反応に、百代がクックッと笑い出した。

「眼力とかいうのあるじゃない。たぶんそういうのじゃないの？」

問うように言われても困る。だが、百代本人は、自分が相手にどんな影響を与えたのかわかっていないようだ。

「百ちゃんって、やっぱ、不思議なひとだね」

「変人……でしょ？」

そう言って皮肉っぽく笑う。

「ううん。そうじゃない。ありがとう百ちゃん」

百代は首を捻って眉を上げた。

「どうしてお礼を言うの？」

「知ったほうがいいことを教えてくれたから……」

愛美は手にした眼鏡をかけた。

ひさしぶりに視界がパーッと広がり、気分まで晴れ渡った。

「どうかな？」

「うん。似合うよ。これまでと違って、顔がとっても明るく見える」

愛美は部屋中を初めて見るもののように見渡した。

不破のくれた眼鏡で見る世界は、魔法の光を得たように輝いて見えた。

そのあとふたりは取るに足らないおしゃべりをした。お茶と栗のお代わりを胃袋に収めた百代は、眼鏡の贈り主のことにはいっさい触れずに帰っていった。


不破からもらってしまった眼鏡はつけ心地がとても良くて、つけていることを忘れてしまうくらいだった。

ブランド物のこの眼鏡がいったい如何《いか》ほどの値段なのか、愛美は考えたくなかった。聞いてしまったら、恐れ多さに使えなくなってしまうだろう。

彼女は父に対して、この眼鏡のことをどう話せばいいのかさんざん悩んでいたのだが、いつもより少し遅く帰ってきた徳治は、娘の新しい眼鏡を見てもことさら表情を変えたりしなかった。微かに頷いてみせ、そして一言、こう言っただけだ。「これまでのものより似合うぞ」と。

父はこのアパートに越して来たときから、給与が払い込まれる通帳を愛美に預けてくれていた。そして、「必要なものがあれば、なんでも好きに買えばいい」と言ってくれた。

だからこの眼鏡もそのお金を使って買ったのだと、父は思ったのだろう。

当然といえば当然かもしれない。娘が男性から眼鏡を贈られるなど、父は思いもしないに違いない。

夕方から夜にかけての一連の家事の間、愛美は何度、時計を見つめて時間を確かめたかわからない。自分で取り決めた約束の九時という時刻が、彼女の中で物凄く重くなっていた。時刻が迫ってくればくるほど、その重みは増していく。

「何かあるのか？」

時計の針の動きを睨んでいた愛美は、頭の中に割って入ってきた父の言葉に我に返った。

「えっ、何？」

徳治は風呂から上がってきたところだった。

首にかけているタオルで、額を拭きながら愛美を見つめている。

「時計ばかり気にしているようだから……」

「あ、ああ。友達と約束してて」

「こんな時間にか？」

約束と聞いて、外出するのかと思ったらしい。愛美は慌てて、顔の前で手を横に振った。

「あ、ううん。そうじゃないの。電話する約束したの。九時に……」

口にしてしまってから、父に話したことを愛美は後悔した。

すべてを話せない以上、何も話さないほうが心が楽だったのに……

「あまり時間を忘れてまでは、長話をしすぎないようにな」

徳治はそう言うと、自室に入ってしまった。

「あ……うん」

ドアが閉まって父親の背中が見えなくなる瞬間、やっと愛美は返事をした。

九時まで十分ほどしかなかった。愛美の心臓は、九時が近づくにつれ、ドクドクと鼓動を強め、刻む速度を増し始めた。

自分の部屋に入った彼女は、ひどく息苦しさを感じて大きく息を吸い、はーっと吐き出した。どうも極度の緊張から、無意識に息を止めてしまっているようだった。

鞄を開け、愛美は不破からもらった携帯を、なぜか恐る恐る取り出した。携帯を手のひらに載せて見つめた愛美は、青いランプが点滅しているのを見て驚いた。

メールが一通届いていていた。もちろん不破からだ。

(返事をいただくことができて、安堵しました。では、今宵九時に、必ず)

必ずの文字が、強烈な圧力を発しているように思えた。

メールの到着時刻は、朝、愛美がメールを送ってすぐの時間だった。

不破は折り返し返信してきたのだ。だが振動音には気づかなかった。ということは、この携帯はちゃんとサイレントという状態になっているらしい。

愛美は机を前にかしこまって座り込み、携帯を手に約束の時刻を待つ態勢になった。

時の速度は、愛美の心に応じて速まったり遅くなったりする。

不破に電話をしたら、まず何を話せばいいのだろう？　そう考えたのが間違いだった。

愛美は挨拶の言葉を幾種類か練習してひとつを選び、挨拶の次に口にする言葉を考えた。だが、切羽詰まってきたせいで、頭の中にはなんにも浮かんでこない。彼女は携帯を机に置いて頭を抱え、冷静さを取り戻して落ち着こうとした。

「えーと、えーと、えーと、えーと……」

愛美は呪文のように繰り返しながら、引き出しを開けてレポート用紙を掴み出した。そしてシャーペンを手に持った。

真っ白な用紙をじっと見つめ、愛美は言うべき言葉を搾り出そうとしたが、彼女の努力も虚しく何も浮かんでこない。

落ち着きをなくした愛美は無意識に立ち上がった。そして部屋の中を行ったり来たりし始めた。歩いたのが良かったのか、少しずつ真っ白だった頭に思考力が戻ってきた。

「えーと、まずお礼を言うのよ。眼鏡のこと……」

そうそう。と、思考回路が正常に戻ったのを感じてほっとし、愛美は自分に相槌を打った。

でも、本当にもらっていいのだろうか？　値段を聞くべきだろうか？　いや、それはやめたほうがよさそうだ。

それでは、お礼を言っておしまい？

まだ何か言うべきことが……。そうだ、お礼だ、眼鏡の……

「えっ？」

愛美は一瞬固まった。

「お礼は言うわ。眼鏡の……ち、違う……えっと、そ、そうよ、探してもらったお礼よ。そうよ」

彼女は机のところに戻ると、いま考えたことを箇条書きにして、必死な形相で書きつけたが、シャーペンの走りよりも速く書こうとして、書かれた文字は用紙の上でのたくった。

「あとは、何？」

愛美は自分に問い詰めた。

この携帯を返すと言わなければならないだろう。

「父に買ってもらえたから、いまはもう持ってますって……正直に話せばいいんだわ」

彼女は声に出してそう言い、眉をひそめた。

返すべきよね？

そう頭の中で反問しつつ、愛美はその内容を箇条書きの三つ目に加えた。

「それと、……そう、もう逢えないと言わなきゃ……」

そう呟くと、彼女は箇条書きの四つ目に、もう逢えないと書き加え、一から順番に読み返し、眼鏡のお礼の横にも値段は聞かないと書き加えた。そして探してもらったお礼。……これはいっぱいお礼を言わないと……

愛美はいっぱいと書いた。

携帯を返す。……これは絶対に言うべきだ。

彼女は三の数字を、大きな丸で囲った。

それから、四番目……

彼女は文字をじっと見つめて、その言葉を声に出した。

「もう逢えない……」

固い決意とは裏腹に涙が湧きあがった。彼女はポロポロとこぼれる涙を拭ったが、いくら拭っても後から後から涙は湧き出してきて、きりがなかった。

鼻をすすり、時計を振り返った愛美は目を見開いた。声が出なかった。

すでに九時を十五分も過ぎているではないか……

「う、うそっ」

驚きすぎて心臓がぐるんと一回転した気がした。

愛美は携帯を取り上げたが、パニックを起こし、完全に固まった。その間も時は刻々と過ぎ去ってゆく。

動けるようになった愛美は、まず顔を覆って机に伏せ、すぐに顔を上げた。その顔は血の気が引いて真っ青だった。

完全にイカれた頭で愛美は携帯を操作した。

七回目の呼び出し音の後、カチリと音がして相手が出た。

「はい。……誰ですか?」

女性の声だった。それもよく知っている声……

愛美は驚きが過ぎて「はっ」と短い叫びとともに喘ぎ、引きつった息を吸った。

「えっ？」

相手が叫んだ。そして……

「愛美？」

「わ、わたし……ま、まち……」

「携帯の番号……違ってるよね。なんで？　どうして？」

さすがの百代も困惑しているようだった。めったにお目にかかれない百代の困惑に、動転していながらも、愛美は引きつった笑いが込み上げた。

「間違えてかけちゃった。ご、ごめん」

「いったいどうして？　……携帯の番号、変わったなんてことないよね？」

「ち、違うの。間違えただけ……あの、もう切るから……」

「ふーん……。うん。わかった。明日話そう。それじゃあ、おやすみ」

「お、おやすみ」

携帯は百代側から先に切れた。愛美は瞬きもできずに愕然として携帯を見つめた。

なんて馬鹿なんだ……

不破にかけるはずが……動転していたために、慣れ親しんだ百代の携帯番号を押してしまったのだ。

「し、信じられない……馬鹿だ……わたし」

明日、百代に、今夜の電話のわけを話さなければならなくなった。

泣きたくなった。

おまけに不破との約束からすでに三十分が経過しようとしている……

彼女は大きく息を吸うと、気を腹に落として、今度はしっかりと意識して不破に電話をかけた。


「やあ」

とても静かな不破の声だった。

「あの……ごめんなさい」

「この現実だけで充分です」

「えっ？」

不破の微かな笑い声が聞こえた。満ち足りた、やわらかな笑い声だった。

「いま、私は、貴方と繋がっている」

不破の言葉が熱く胸に沁みこみ、愛美はしばらく声が出なかった。

26　甘く熱い空間

「あの、わたし……九時にって、約束したのに……」

愛美はその言葉をなんとか口にしたが、胸が詰まって息が吐き出せないために、ほとんど聞き取れないような声だった。

「確かに、この三十分は、少々辛い時ではありましたね……」

不破の言葉は冗談めいた響きを伴っていたのだが、ひどく憂いを含んで愛美の意識には届いた。

彼女はドキドキと脈打つ鼓動を鎮めようとしながら、彼に言わなければならないことに必死に意識を傾けた。

「わたし、電話しなくちゃならないって思って……だけど心臓がドキドキしてきて……それで……」

思考が頭の中で空回りを始めた。意識を向ければ向けるだけ、先細りになって消えてゆく。

「そ、それで……」

愛美は絶望に駆られ、顔を歪めて目を瞑《つぶ》った。

「ん」

短い声だった。

なぜか不破のその声には、愛美の精神を落ち着かせる効果があった。

静かに二度呼吸すると、愛美は机の上に置いてある用紙に書き込んだ箇条書きを、ぼんやりと見つめた。

「リストを作ってたんです」

考えるより先に言葉が転がり出ていた。

これは彼に話していいことなのかと、やんわりと判断を仰ぐ自分もいたが、いまは正否を決められるほどしっかりした意識などなかった。

「リスト？」

「不破さんに、何を話せばいいのかって……眼鏡のお礼……いっぱい言わなくちゃって」

「それでは、眼鏡を？」

「探してくださったんでしょう？　……あれから……わたしと別れてから……」

「ああ……ええ。ですが、すぐに見つかったのですよ」

不破は軽く流すように言った。だが、それは嘘だと、愛美の直感が告げてくる。

普段やさしくて静かな不破の声は、自分の心に嘘をつくときだけ、とても淡々とした語り口になるのだということに彼女は気づいた。

愛美は微笑んだ。なのに胸が締めつけられて頬には涙がこぼれた。

言葉にできないほどの嬉しさを感じているのに、堪《こら》えられないほど切ない。

「ありがとうございます。……なんてお礼を言えばいいのか……わからないほどです」

言葉が震えた。不破は無言だったが、愛美の思いは伝わったようだった。

「携帯のこと、許してくださいますか？」

「見つけたときは、とても驚きました。わけがわからなくて……」

「持っていて、くださいますね」

「あの、わたし……」

「願いを聞いてくださると、約束しましたよね？」

「えっ？」

「携帯を壊した代わりに、なんでも願いを聞いてくださると……」

「え、ええ……約束しました」

「私に、その携帯を返さないこと……それが私の願いです」

「でも、わたし、今はもう携帯を持ってるんです」

「そうなんですか？」

「昨日父が、買ってきてくれて、ですから……」

「そうであっても、私の差し上げた携帯は持っていてくださいませんか？」

「でも……」

「願いを聞いてくださるはずですよ」

不破はどうあっても引くつもりはないようだ。愛美はため息をつき、箇条書きされた文字をじっと見つめた。そして携帯を返すの項目に、機械的ともいえる動作でバッテンをつけた。

項目の一番に目を向けた彼女は、自分がいまかけている眼鏡のことを思い出した。

「眼鏡、ありがとうございました」

「それは……？」

問うように不破が言った。

どうやら、なんのことなのか伝わらなかったようだった。

「桃色のフレームの……」

「ああ。なるべく早くとお願いしておいたのですが……早く届いて良かった。見つけたは良かったのですが、壊れていて……もしかすると、探し回っている間に、私が踏んで壊したのかもしれない」

「不破さんじゃないです。壊したのはわたしです」

「それではふたりともにということにしておきましょう。それより、藤堂の屋敷に届けてもらうように頼んでおいたのですが、蘭子さんから貴方のところに連絡が？」

「いえ。夕方、蘭子さんの運転手さんが……」

学校にと口にしそうになった愛美は、危ういところで言葉を止めた。

「……届けてくださって」

彼女の声は、オドオドしていてあからさまに変だったが、不破の意識は他事に向いていたらしく、愛美のおかしさに気づかなかったようだった。

「受け取ってくださるのですね？」

「ためらいはありますけど……でも、はい。ありがとうございます」

「受け取ってくださって、嬉しいですよ」

その言外の含みに愛美は気づいた。

昨日、不破を傷つけた埋め合わせが、できるものならしたかった。

「とても素敵な眼鏡です。軽いし、世界が信じられないくらい輝いて見えるんです」

「思いがけない人だな、貴方は」

「は……い？」

「受け取れないと、拒否されると覚悟してました。受け取っていただくために、どう説得すべきかを真剣に考えていたんですよ」

その声は明るさに満ちていたが、深い安堵と喜び、そしてほんの少しの苦笑も含んでいた。彼の明るい声に、愛美は特別な嬉しさを感じた。

彼女は箇条書きの最後の一行に目を留めた。

もう逢えない……

愛美はその文字を見つめて、迷いの中に入った。

「まなさん？」

「はい」

愛美は箇条書きから視線を引き剥がしながら、ゆっくりと答えた。

逢わないほうがいいのだ……理性はすでに決断している……

「次は……いつ逢えますか？」

そっと窺《うかが》うように不破が口にした。

愛美は答えられなかった。

しばらく沈黙が続いた。

「ひとつ我が侭を言ってもいいですか？」

愛美は思わず小さな吐息をついた。

「お聞きしないほうが……」

愛美の言葉を無視して、不破はいくぶん強引に声を被せてきた。

「貴方の声が聞きたいんです。一言でもいい。ただ毎日、貴方の声が聞きたい」

「不破さん……」

「優誠と呼んでほしいですね。私もまなさんと呼ばせてもらいますから」

愛美はため息をついたが、おかしさも込み上げていた。

彼はいつもこんな風に、流れるように言葉を口にしながら、ひとを従わせてしまうのだろうか？

彼女は不破の姿を脳裏に思い描いた。そして彼の隣に自分を寄り添わせた。

ちぐはぐさに哀しさが湧き、愛美の口元から笑みが消えた。

彼にとって愛美のような存在は珍しいのかもしれない。けれど、逢う回数が増えれば、本来の愛美を知るに至り、いずれ不破は愛美に対する興味を失くすのではないだろうか……

「今日は良い日でしたか？」

考え込んでいた愛美は、その言葉の唐突さに一瞬きょとんとした。

「あ、え、ええ。そうですね。とんでもない一日でした。朝は、思ってもないところから、携帯が転がり出てきましたし……」

不破の楽しげな笑い声が心地よく耳に響いた。おかしさが湧き上がり、愛美まで小さな笑い声を上げていた。

「それから後は……？」

明るい不破の促しに、愛美はいくぶん元気が出てきた。

「眼鏡がなかったから、転びそうになったり、でも友達が迎えに来てくれて……歩くのに腕を貸してくれたので……」

「友達？」

「はい」

なぜか不破が黙り込んだ。愛美が自分から何か言おうと思ったところで不破が話し始めた。

「その方が……男性か女性か、聞いてもよろしいですか？」

不破の言葉の固さに愛美は戸惑った。

「女性ですけど……」

返事はなかった。先ほどよりもっと沈黙が続き、愛美はまごついた。

「あの、……不破さん？」

「優誠ですよ」

たしなめるような響きを込めて不破が言ってきた。愛美はしばしためらい、勇気を振り絞って口を開いた
「……ゆ、優誠さん」

小さく息を吸う音が聞こえ、はっきりとしたうれしげな雰囲気が電話越しに伝わってきた。

「もう一度、呼んでみてくださいませんか？」

「え？」

「私の名を呼ぶ、貴方の声が聞きたい」

懇願するような不破の言葉には、大きな期待が含まれていた。愛美は照れくささをなんとか拭い去り、「ゆ、ゆ、ゆ、優誠さん」と、つっかえながら口にした。

くすくすと愉快そうに笑う声が返ってきて、愛美は思わず「優誠さん！」と不服を込めて叫んでいた。

「すいません。うれしかったもので……つい。それでご両親は眼鏡については……」

不破はようやく笑いを収め、話題を変えてきた。

「何かおっしゃいましたか？　……困ったことになったりはしませんでしたか？」

「それが……わたしが自分で購入したと思ったようなんです。取り立てて、何も聞かれなかったので……わたしも……」

「そうですか。そのことを心配していたんですが、それなら良かった」

「あの……」

「なんですか？」

愛美はぐっと詰まった。思わず値段はと聞きそうになったのだ。彼女は焦りを感じて思いついた言葉を口にした。

「優誠さんの一日は、どんなだったのかなって……思って」

「嬉しいですね」

彼女は面食らった。

「嬉しいって、何がですか?」

「その問いは、貴方が私に対して、興味を持ってくださっているということになりませんか?」

「あ……」

愛美は頬を赤くした。

「そうですね。今日は……夜が来ないのではないかと思うほど、長い一日でしたよ」

「そう……だったんですか?」

「どうしてか、思い至りませんか?」

彼の問い返しに愛美は意味がわからず目を瞬いた。

「わたしが?」

「ええ。その原因は貴方ですからね」

「原因? わたしが?」

不破が静かに笑い出した。

よほどおかしいらしく、しばらく待っても彼はなかなか笑い止まなかった。

「あの? 何がそんなにおかしいんですか? どうしてか、わたしが笑われているように思えるんですけど」

愛美はあけすけにむっとした声で言った。

「ああ、逢いたいな。貴方がここにいたら、思う様、抱き締められるのに……」

瞬間、空間がピーンと張ったような気がした。そして携帯を挟んだ二人の間に、何か甘く熱い特別なものが行き交っているように感じられた。

愛美の心臓は狂ったように鼓動を速めた。

27　礼を超えた誤解

愛美が教室に入ってから朝のホームルームが始まるまでの間に、このクラスでもっとも注目を浴びているものは、愛美のかけている眼鏡だった。

クラスメートのほぼ全員が、ブランド物とは懇意らしく、愛美と違い、彼らはこの眼鏡を金額に換算できるようだった。だが取り立てては誰も何も言わない。ただ、視線を向けてくるだけ……

もちろんそれは、愛美に堪《たま》らない不快感を与えるのだが……

この眼鏡をかけているのが、愛美でなければどうってこともなかったのだろう。だが愛美は、このクラス内ですっかり庶民とみなされていたから、彼らの興味を引きつけてしまっているのだ。

百代は予想どおり、そんなもの気にしなければなんでもないと軽く言ってお終いだった。蘭子のほうは、昨日の怒りが抜けないらしく、愛美と百代に対して怒っているのだぞと、あからさまな意思表示を崩さない。

「せいぜい数日のことだよ」

どちらのことに対しての言葉なのか、百代が言った。たぶん両方まとめての言葉なのだろうと思えた。

昼食は一緒に食べたものの、蘭子は一言も口を聞かぬまま先に立って行ってしまった。どうも蘭子の怒りは昨日よりも膨れ上がっているようだ。蘭子は昼食の間に、百代か愛美が取り成すようなことを口にして、蘭子の気分を回復させてくれるものと期待していたようなのだ。

愛美は取り成しの言葉を口にするのもやぶさかでなかったし、できることなら蘭子のご機嫌を取ってでも仲直りしたかった。けれど百代に止められた。こういう小さなことでいちいち蘭子のご機嫌を取っていたら、三人の友情のバランスは崩れ、いずれ崩壊してしまうと、百代は愛美に警告した。蘭子、そして百代との友情は、愛美にとって最も大切なものだ。

「ほんとにそう？」

愛美は顔を曇らせて百代に問いかけた。百代は小さく頷いてみせた。

「蘭子も仲直りしたいのよ。そのためにわたしたちから歩み寄ってほしいんだろうけど……」

百代は、「うーん」と首を捻り、それからこう言った。

「今回のこと、蘭子に歩み寄るということを学んでもらうのに、ちょうどいい程度の仲たがいだと思うのよ」

「でも、蘭ちゃん、すっごい頑《かたく》なよ」

蘭子が自分から歩み寄るなどということは、愛美にはありそうもないと思える。

「うん。わかってる。まあ、もう少し様子を見ようよ。それから考えればいいわ。それより……」

さりげなく百代は話の内容を変えてきた。

きた！　と思った。

その愛美の考えを正確に読み取ったように、百代がにっと笑った。

「携帯の番号が、新たに増えたのはどうして？」

「は……話したくないんだけど……」

声がうわずった。

「それじゃあ、日曜日に誰と会ったの？」

「ど、どうして？」

今度は声が裏返った。

「眼鏡、どこで失くしたの？」

問いが唐突に差し替わっていくことに、愛美は戸惑った。

「え……？」

「眼鏡よ」

「自転車に乗ってて、転んだときに落として失くしちゃったんだけど……」

「うん。まあ詳しいことはわかんないけど……愛美は眼鏡を失くした。それをあるひとが探してくれた。そして壊れていたために新しい眼鏡を作って藤堂家に届けてくれた」

そのとおりだ。愛美がなにも言わずにいると、さらに百代は続けた。

「そうとうにお金持ちのひとで、権力もある」

百代の言葉に、愛美は度肝を抜かれた。

「ど、どうして？」

「そのひとと、一昨日、何時に別れたの？」

「え？　ゆ、夕方だけど……」

「うん。するとそのひとは、壊れた眼鏡を夜になって店に持ち込み、即座にそいつを作らせちゃったわけだ」

愛美のかけている眼鏡に、ピシッと人差し指を向けて百代は言った。

「言っとくけど、そのブランド、直営店じゃないと手に入らない代物なんだよ。超高級品。一介の女子高生が持てるような値段のものじゃないの」

百代の説明で落ち着かない気分になった愛美は、かけている眼鏡を外し、まじまじと見つめた。いくらなんでもそこまで高価なものだったとは……

「通常はオーダーメイド制で、注文してから受け取りまで、最低でも一週間はかかるはず」

百代はわざと重々しく説明し、芝居がかった仕種で顎の下に手を当てると、愛美と目を合わせてにやりと笑った。

「なのに、翌日には愛美の手元に届いている。彼はさ、店にたいして普通ならありえない無理を通したはずだよ。逆に言えば、通せるだけの影響力を彼は持っているってことだよね。眼鏡は超高級品、それをポンッと買えるんだから、お金持ちじゃないわけがない。でしょ？」

「か、彼だって、どうしてわかるの？」

百代がいくぶんむっとしたように愛美を睨んできた。

「愛美、わたしを馬鹿にしてんの？　それが女のひとだったら、あんたわざわざ隠そうとしないじゃん」

そのとおりだ。愛美は自分の愚かさに頬を引きつらせた。

「保志宮さん？」

「ち、違う」

愛美はふるふると首を振った。

「状況を考えると一番ありそうなんだけど……。ひとつね、鍵を思いついてるんだ」

「鍵？」

「愛美さぁ、パーティーのときにずっと消えてたじゃん。あんとき、あんたはひとりじゃなかったと、わたしのここが囁《ささや》くのよ」

百代が頭の左側上のあたりをコツコツと叩いてみせた。図星を突かれて目を丸くしたために、百代の瞳がきらりと光った。

「で、それは誰？」

「い、言わない」

愛美は覚悟を見せつけるように、百代に向けて唇をぐっと結んだ。

「ふん。まあ、いいよ。謎はひとつを残して解けたし……無理に聞き出すつもりはないからさ」

百代の恩赦のような言葉に、愛美はあからさまにほっとして息をついた。

「その人に携帯もらったのね？」

「うん」

愛美はハッとして口を閉じた。

百代の語り口があまりにさりげなかったのと、ほっとした勢いで素直に頷いてしまったのだ。

百代は単純な罠にかかった獲物を、満足げに見つめて、むふふと笑みを浮かべた。愛美は顔を歪めて歯噛みした。


百代が課した蘭子の学びは、放課後に効果を表した。どうやらさすがの蘭子も痺れを切らしたらしい。不機嫌な表情のままだったが、放課後の教室内、帰り支度をしている愛美のところに蘭子は近づいてきた。案外この不機嫌な顔は、引っ込みがつかなくて仕方なく顔に貼りつけているだけなのかもしれないと、蘭子のちょっとした表情から愛美はそう思った。

「問題が起こったわ」

「問題？」

蘭子が話しかけてきてくれたことに、愛美はほっとしながら聞き返した。

「何があった？」

鞄を持った百代が、ふたりのところにやってきてそう聞いてきた。蘭子はキッと百代を睨みつけた。

「あんた、うまくゆくって言ったじゃない」

「言ったよ。それがどうしたの？」

「あの……何の話？」

「もう！　今度の土曜日のことに決まってるじゃないの」

蘭子が地団太を踏みながらそう言った。

足をばたつかせている様子はどこか子どもじみていて、愛美は笑いが込み上げた。

「うまくゆくっていうから、すっかり信用してたのに……。断ってきたのよ！」

「誰かが断ってきたからって、即、うまくゆかないってことにはならないよ」

百代がやんわり言った。

自分が口にしたことを否定されたからか、百代は百代なりに、むっとしたようだった。

「それじゃあ、どうしろっていうのよ。トリプルデートにひとりでも欠けたら、意味がないじゃないの？」

「あの、蘭ちゃん、誰が断ってきたの？」

愛美は蘭子をあまり刺激しないようにそっと聞いてみた。

「川田よ。わたしの誘いを断るなんて、なんて生意気なの」

百代がケラケラ笑い出した。

「何で笑うのよ？」

「おかしいからに決まってんじゃん」

笑いつつそう宣言し、百代はさらに笑い続けた。

「百代。いい加減になさいっ！」

「へいへい」

最後の笑いを噛み殺しながら百代は返事をした。

「川田さんじゃ、もともと蘭子と釣り合わなかったんだし、もっと本物の彼氏らしく見えるひとのほうがいいって」

「あんた、誰か心当たりがあるとでもいうの？」

「ないけど……まだ日にちあるし、そう慌てることないって」

「なんとかなるのね？」

「まあ、なると思うよ」

渋い顔をしていた蘭子は、百代の顔を見つめ、なんとか納得したようだった。

「お前ら、ずいぶん楽しそうだな」

声に振り向くと櫻井がいた。

彼女たちの会話を聞いてでもいたのか、意味ありげな表情を浮かべている。

「なによ。あんたなんか呼んでないわよ」

「なあ、早瀬川、ちょっといいか？」

「愛美になんの用事？」

蘭子が尖った声で聞いた。

「お前に言ってない。早瀬川こっち」

櫻井は愛美の手首を掴み、あっという間に教室から連れ出した。

「な、なに？」

櫻井に掴まれた途端、有無を言わさず強引に走らされ、愛美は中庭で息切れした肺に酸素を吸い込んだ。

「大丈夫か？」

「い、いったいなんなの？　あー、苦しい」

「お前、もう少し体力つけたほうがいいぞ」

「いったいわたしに、どんな用事があるっていうの？」

「お前ら、ＭＭＯの芝居観に行くんだって？」

「えっ？　ああ、そうみたい」

愛美のその返事に、なぜか櫻井はひどく不機嫌な顔になった。

「お前な、ＭＭＯの芝居っていったら、格が違うんだぞ。簡単に手に入る券じゃないし、チケット一枚いくらするのか知ってんのか？」

「さあ？」

櫻井は目眩がしたかのようにふらついた。もちろんわざとだろうが……

「価値を知らないやつが観に行くのか？　俺は行けないってのに……」

「櫻井君行きたいの？　なら一緒に行く？」

「おまえ、軽く言うなあ。いまからじゃ、あのチケットは手に入らないんだよ」

「なんかひとり……」

そこまで言った愛美は、言葉を止めた。

いくら相手がいなくなったからといって、蘭子が櫻井と行くわけがない。

「チケットのことなんかもういい。それより頼みがあるんだ」

「頼み？」

「早瀬川、お前さ、こんなこと言いたくないけど、俺に借りがあると思わないか？」

「はぁいぃ？」

愛美は尻上がりに声を張り上げた。その反応に、櫻井は笑おうか厳しい顔をしようか迷ったようだ。

「いささか困ったことになってる。なぜかは聞くなよ。答える気はないからな」

「困ったこと？」

「ちょっと頼まれてくれればいいんだ。借りを返すいいチャンスだぞ」

「助けてもらったことは感謝してるけど……。借りって言われると反論したくなるんですけど」

愛美はむっとして言った。なのに櫻井はくすくす笑い出した。

「お前、面白いな」

そう言ったとたん、櫻井はさっと手を伸ばして愛美の三つ編みの髪をほどいた。

「な、なに？」

「このほうがいい」

彼はすでに愛美になど関心を向けず、通路のひとつに視線を注いで窺《うかが》っている。

「よし、来た」

来た？　なにが？

「はい？」

櫻井は愛美の手を逃げられないようにか痛いほど強く掴み、彼女を連れて歩き始めた。

「な、な」

「黙ってろって、すぐ終わるから」

少しばかり抵抗したために足をもつれさせ、愛美は転びそうになった。

櫻井がすぐに手を貸して助けてくれたが、なぜか彼は愛美の腰をぎゅっと掴んで自分に引き寄せた。

「な、な、な」

「あれ、偶然」

愛美の驚きと困惑の言葉を無視して櫻井が言った。

「ま、まあ、さ、櫻井君。そ、その、か、彼女は？」

櫻井の暴挙に驚き、手を引き剥がそうと躍起《やっき》になっていた愛美は、その声にはっとして顔を上げた。

二十代くらいの女性が目の前にいて、櫻井と愛美を見て目をまん丸にしている。

「俺の彼女ですよ」

「えっ？　う、うそっ！」

愛美が驚きの声をあげるより先に、相手の女性が動揺を見せて大きな声で叫んだ。

「愛美、行こうぜ」

馴れ馴れしくそう言うと、櫻井は愛美を従わせて踵《きびす》を返し、校舎へと戻った。


「いったいどういうこと？」

校舎に入ってすぐ、腰を掴んでいた櫻井の手が離れ、愛美は不審いっぱいな目で櫻井を見つめた。

「誤解されたんだ」

「誤解？　あのひとは誰なの？」

「先生だよ、音楽の。一年を受け持ってる」

「先生？　いまのはいったいなんだったの？」

問い詰める愛美に、櫻井は思案顔をしたが、仕方なさそうに口を開いた。

「勘違いされたんだ。聞き込み捜査してて、深入りしすぎたってか……なんでか誤解された。あんまり接触しすぎたのがいけなかったんだろうな。どうも俺があのひとを好きなんだって思い込んだみたいなんだ」

愛美は櫻井をじっと見つめた。櫻井が顔をしかめた。

「そんな目で見るなよ。言っとくけど、誤解されるようなことはなんにもしてないんだからな。責められるようなことも……」

「よう。仲良いじゃないか？　お前らが付き合ってるって噂、本当だったんだな」

突然声をかけてきたその男子生徒を愛美は知らなかったが、櫻井は知っているようだ。

「なんのことだよ？」

「隠すなよー。朝からけっこうな噂になってるぞ。一昨日はふたりデートだったらしいな。お前らが仲良さそうに電車に乗ってるとこ、見られてんだぞ」

男子生徒はそう言うと、なぜかしみじみと愛美を見つめてきた。愛美は事態についてゆけず、不安そうに瞳を揺らした。

「でもさ……お前、見る目あるな」

男子生徒はなぜか、かすかに落ち込んだ様子を見せ、それから自分の言葉を肯定するように、ひとり大きく頷いた。

「ち、違う！」

突然、櫻井が叫んだ。

「いまさら隠すなよぉ」

そう言うと、彼は苦笑しつつ去っていった。

櫻井が愛美に振り向いた。その顔は少し引きつっていた。

「櫻井君？　あの……」

「ま、まあ、いいか。結局、すべては誤解なんだもんな。ほんじゃ、まあ、役目は終えたってことで、早瀬川、礼を言うよ」

櫻井はやたら早口に言うと、何かに急かされてでもいるかのように早足に歩き去った。

愛美は事態を把握できずにしばらくそこに佇んでいたが、気を取り直すと踵《きびす》を返し、百代と蘭子がいるはずの自分の教室へと引き返した。

28　正しい選択の薦め

「ほんとに、これが最後なのよね？」

藤堂家の蘭子の部屋で、愛美は蘭子に念を押すように尋ねた。

蘭子に百代そして愛美と、三人ともに髪をセットしドレスを着込んで、出かける支度はすでにできていた。

思っていたよりも早く身支度が終わり、蘭子の部屋で、それぞれの相手が迎えに来てくれるのを待っているところだった。

愛美は保志宮の車に乗せてもらい、ふたりきりで行くのだと、今日ここに来て初めて聞いた。もちろん全員揃ってから、三台の車を連ねて一緒に出かけるとのことだった。

「成功すればね」

蘭子の返事は確定的なものではなく、いささかの気がかりは感じたが、愛美は納得して心を決めた。

保志宮と会うのはこれが最後だ。そうは思っても、不破の言葉が心にかかり、できることなら取りやめたかった。彼の心に背くことは、できればしたくない。

愛美はいまの自分の矛盾に苛《さいな》まれていた。不破とはもう逢わないほうがいいと心を固めているくせに、彼が求めるまま、毎晩不破に電話をかけ、彼との会話を続けている。

愛美は百代と蘭子に隠れて小さくため息をついた。

その日起こった些細な出来事を互いに語る時間は、いまの愛美にとって、もっとも幸せなときとなっている。ただ、不破が愛美の歳を誤解しているため、語る言葉に気をつけなければならないのが、どうにも心苦しくてならない。

ならば本当の年齢を告げればいいことなのだが、どうしても切り出せないのだ。

なぜかって……怖いからだ。

もう逢わないのなら、正直に告げてしまえばいいのに、不破の心が自分から離れてしまうのが死ぬほど怖くて口にできないなんて……

わたし……最低だ。

「百代、ほんとに大丈夫なのね？」

落ち着きなく部屋の中を行きつ戻りつしていた蘭子は、いくぶんきつい口調で百代に声をかけた。

「大丈夫だってばぁ」

百代は姿見の前で自分の全身を眺め、桃色のドレスに幻滅したような視線を向けている。百代は、自分のベストカラーは黒だとかで、黒のドレスが着たかったらしいのだが、蘭子から黒などに似合いはしないとあっさり却下されたのだ。

「男性がひとり欠けたら意味がなくなるのよ」

「ちゃんと来るって」

「百代、いったい誰を呼んだのよ。まさか……」

蘭子の言葉に愛美はどきりとした。

「石井じゃないでしょうね?」

愛美はその名前にほっとして息をついた。

「石井じゃないわ」

「なら、誰が来るのよ?」

「誰でもいいじゃん」

蘭子が目を吊り上げた。

「誰でもいいわけがないでしょう。仮にも、このわたしのパートナーになるのよ。そんじょそこらの男じゃ納得しないわよ」

蘭子の剣幕に愛美はおろおろした。実は蘭子の相手は櫻井なのだ。百代はぜったい大丈夫だからと、こともなげに言ったのだが……本当に大丈夫なのだろうか?

「蘭子」

「なによ」

「代わりの男性を見つけられなかったのは、蘭子、あんたなのよ。見つからないって、わたしに泣きついてきたのはあんたなの。……まったく、自分の立場理解しなさいよっ」

うぐぐっと蘭子は大きな異物が喉に詰まったような呻《うめ》きを上げ、百代は満足したように、「ふん」と鼻を鳴らした。どうも、ドレスの一件の仇をとったような感じだった。

「とにかくさあ。蘭子は静穂一派に、一矢報いたいんでしょ？」

「そうよ。そのためならなんだってやるわ」

右手を拳に固めた蘭子は、下から上にぐっと突き出した。決意の現れのように、拳をブルブル震わせている。

「いい、蘭子。その言葉、絶対に忘れないのよ」

「わかってるわよ。静穂の鼻を明かせるなら、矢でも鉄砲でも持ってこいだわ」

それが櫻井でも？　愛美は思わず胸の内で蘭子に問いかけた。

ドアがやわらかにノックされた。蘭子の返事にドアが静かに開き、藤堂家の使用人の女性が頭を下げた。

「お嬢様、蔵元様がいらっしゃいました」

「そう。ありがと」

そう言うと蘭子はすっと背筋を伸ばした。

「蔵元さんが一番乗りね。もう約束の時間だし、保志宮さんもそろそろ来るでしょうから、外に出て待ってましょう」

蘭子はドアから出てゆきながら、「さあ、行くわよー」と、勢いよく叫んだ。

今日の終わりの勝利をすでに噛み締めてでもいるように、蘭子はやたら嬉しげに歩いてゆく。そのエネルギッシュな背中を見つめ、愛美は疲れを感じつつ後をついて行った。


広々とした玄関ホールで蔵元と保志宮が待っていた。すっきりと腰の締まったスーツを着こなしているふたりは、先週とはまったく印象が違って見えた。

「あら、保志宮さんもいらしたのね」

「ええ。先週は遅れてしまいましたからね。後、もうおひとり……」

保志宮は意味ありげな視線を彼女達に向けつつ、ドアの外に向けて手を振った。

「表に来てましたね」

保志宮の隣に立っている蔵元が、彼の言葉を受けて言った。

この間は、蔵元のことをほとんど意識していなかった愛美は、いま初めてという感じで蔵元の顔を見た。細面で切れ長の目の、凛々しい顔立ちのひとだ。

全体の印象は無骨な感じだが、愛美達を見つめてくる瞳に温かみがある。愛美はその瞳に、彼の性格のよさを感じた。

百代と蔵元がこの先どうなるかわからないが、蔵元なら百代を包み込んでくれる懐を持っているような気もした。

「川田君はどうしたんですか？」

保志宮が愉快そうに尋ねてきた。

外にいた人物が、先週蘭子をとんでもない目にあわせた張本人では、どういうことかと彼が不思議に思うのは当然だろう。

「彼はお払い箱になったわ」

川田に対して、まだ残っていたらしい最後の怒りを込めて蘭子は口にした。

「それでは、外にいる彼が、蘭子さんの新しいお相手ということですか？」

「まあ、……そうですわ」

蘭子はやたら口ごもりながら返事をした。

いったいどんな男が、自分とペアを組むことになるのか知らないのだから無理もない。

「いつまでもお待たせするわけにはいかないわ、早く行ってご挨拶しなくちゃ……」

澄ましてそう言った蘭子から、意識的に顔を逸らした百代は、必死に笑いを堪《こら》えている。愛美は百代に咎《とが》めるような目を向けた。そんな百代に気づかず、蘭子は外に出て行った。

百代に蔵元、そして保志宮が続いて出てゆき、愛美はこれから起こるだろうことを予期して、どっと疲れを感じた。

蘭子の貸してくれた靴はヒールが高く、パーティーのときと同様に歩き辛かった。ぎこちない歩きで玄関を出ると、目の前にすっと手を差し出されて愛美は驚いた。

保志宮だった。彼は愛美の全身に視線をさっと向けて微笑んだ。

「やはり、美しいな、貴方は」

保志宮は一言一言、心を込めるように口にした。

愛美の頬がカッと燃えた。

「先週かけておいでだった眼鏡も個性があってお似合いでしたが、今日の眼鏡は貴方の表情を隠さないでいてくれるから、私としてはこちらのほうが好きですね」

愛美はなんと返事をしていいのかわからず、赤くなった顔のままこくりと頷いた。

駐車場のほうから蘭子の大声が聞こえてきた。愛美は予想していた事態に唇を噛んだ。

「蘭子さんはいったいどうなさったんでしょうね。早瀬さん、行ってみましょう」

歩き出そうとした愛美に、保志宮が腕を差し出してきた。思わぬことに戸惑う愛美の手をさりげなく取り、彼は自分の腕に絡めさせた。

「ほ、保志宮さん」

「今日一日は、私は貴方のエスコートをする権利があるのじゃありませんか？」

「で、でも」

保志宮の腕から腕を引き抜こうとする愛美を彼は許さなかった。頑《がん》とした態度に愛美は諦め、彼と腕を組んで蘭子が喚《わめ》いている場所へと歩いていった。

「どうして櫻井なんか誘うのよ」

「お前な、頼まれたから来てやったってのに」

「何を企んでるのよ？」

「何の話だ。俺は別に何も企んでないぞ」

「嘘おっしゃい。あんたはわたしをぎゃふんと言わせてやろうって、いつもてぐすね引いてるくせに」

「まあ確かに、お前がらみの記事はみんなが喜ぶからな。そういうときもある」

櫻井はあっさりと認めた。蘭子の目が尖ったのを目にして、百代は呆れた口調で蘭子の前に立った。

「蘭子、いいじゃん。せっかくのチケット、残すのがもったいないって言ってたの蘭子じゃないの。櫻井は純粋にMMOのファンで、彼らの舞台が観たいんだよ」

「ファン？　MMOの？」

「ああ。悪いか？」

「まあ、……悪くはないわ」

自分の企みがばれてはさすがに気まずいからか、蘭子は急におとなしくなった。それに一応、これで頭数が揃ったのだという事実に、彼女はやっと目を向けたようだった。

蘭子が承諾したことで、六人はそれぞれ三台の車に分乗した。蘭子を乗せた櫻井の車が門を抜けてゆくと、百代と蔵元の車がそれに続いた。すぐに車を出すものと思っていた保志宮は、何か考え込んでいてなかなか車を発進させない。

「あの？　行かないんですか？」

愛美はその声に無意識に期待を込めてしまった。保志宮の問うような目が愛美に向き、彼女はなんとなく気まずくて、かち合った目を何気なく逸らした。

「貴方のお友達の仕業ですか？」

保志宮のその問いに、愛美は目をぱちくりさせた。

「あの、仕業ってなんのことですか？」

「貴方はご存知なのかと思ったんだが……読み違えたらしい」

そう言って保志宮が笑った。どうやら自分自身を笑っているようだ。

「よくわからないんですけど……」

「貴方のお友達は、わかっているようですよ」

愛美は意味不明な保志宮の言葉に首を傾げた。

ただ、彼が口にしている友達が、百代をさしているのだろうということは感じ取れた。

「貴方は櫻井という青年と、蘭子さんのことにも気づいていないのかな？」

「櫻井君と……蘭ちゃん？」

「ええ、私には、桂さんが川田君をお払い箱にしたんじゃないかと思えるんですが……」

「百ちゃんが？」

「おかげで想定外のことが起きて、私の予定どおりにゆかなくなった。彼女は要注意人物だな」

保志宮はそう言うとくすくす笑い出した。

彼の言葉のどれひとつとして、愛美は意味を理解できなかった。

「さてと、……そろそろ行きますか……」

保志宮はゆっくりと意味ありげに周囲に視線を走らせ、車のエンジンをかけた。

そのとき、門のほうから一台の車が入ってきた。

不明瞭な保志宮の言葉の意味を考えていた愛美は、近づいてくる黒い車に何気ない視線を向け、大きく目を見張った。運転しているのは不破だった。

心臓がぎゅっと収縮し身体が小刻みに震えた。

保志宮の車が走り出し、不破の車とすれ違った。驚きに固まっていた愛美は、顔を伏せることすらできなかった。

通り過ぎざま、不破は保志宮に視線を向け、次の瞬間、愛美に向けてきた。

ふたりの目が合い、愛美の顔から血の気が引いていった。

「障害を乗り越えるだけの強さが、貴方にあるとは思えないな……」

理解できない保志宮の言葉が、頭の片隅を通り過ぎてゆく。

「彼は……橙子さんを迎えに来たんですよ。ふたりも我々と同じ芝居を観るようです」

愛美は息苦しさに胸を押さえつけた。

これまで経験したことのない切なさと苦しさに、どうにかなりそうだった。

「あのふたりは家柄も丁度釣り合っている。両家はふたりの結納に向けて動いているらしい」

淡々とした感情のない保志宮の声だった。なぜかはわからないが、まるで試されているような気がした。

「と、停めて……」

声にならない声で愛美は哀願するように言った。だが、保志宮が車を停める気配はなかった。

「お願い……」

彼女の願いに従ってくれたのか、車が少しずつスピードを緩め、交差点を左に曲がると、路肩に寄って停止した。愛美はドアを開けようとしたが、開かなかった。

「貴方は本気なんですか？」

保志宮のその言葉は、これまでと違ってひどく厳しいものだった。

「開けてっ、ドアを……お願いです」

愛美の悲痛な叫びに、保志宮の瞳にいたわりの色が浮かんだ。

「すみません。だが、……彼とともに生きるつもりなら、尋常でない覚悟が必要ですよ」

彼女は途方に暮れて保志宮を見つめた。堪《こら》えられないほど胸が鋭く疼いていた。


「あまり彼らに遅れるわけにはゆかない。会場に向かいますよ」

保志宮は、愛美に言い聞かせるように言った。

彼女は言葉を口にできず、座席に背中を押しつけるようにしながら、無言で激しく首を振った。

不破と橙子がいる同じ場に、なにがあろうと行くわけにはゆかない。行きたくない。そんな愛美を、保志宮の目が冷静に見つめている。

「彼を諦めるんですか？」

「わたし……」

愛美は両手をちぎれそうなほど強く握り合わせた。

「帰りたい……ですか？」

苦渋の色を浮かべた愛美は、その言葉に飛びつくように頷いた。保志宮の瞳が冷たい光を帯びた。

「逃げ出すんですか？　いま逃げ出したら、二度と不破とは逢えませんよ」

声は鋭くないのに、その言葉は痛みを伴って彼女の胸を深く貫いた。

愛美は顔を歪めた。

「どうして……？」

それまで愛美に対して攻撃的だった保志宮が、急に表情を変えた。

「不破を信じられませんか？」

きつく組んだ手に愛美は視線を向けた。

「貴方は、彼の思いがどこにあるか知っているはずだ。なのに彼を信じないんですか？」

「わたしじゃ……釣り合わない……」

か細く儚《はかな》げな声で愛美は言った。声がひどく震えた。

「それは何に対しての言葉ですか？　家柄？　……それとも同じ人として？」

愛美はぎゅっと身を縮めた。

「貴方が彼の前に現れなければ……やつはきっと、橙子さんと結婚していたでしょうね。不破は橙子さんを悪く思っていない。彼らは、彼らなりの平凡で、それなりに愛情のある幸せな家庭を築いたはずだ」

それまでずっと堪《こら》えていた涙が、堰《せき》を切ったように溢れ出した。愛美は涙を流し続けながら、彼女を苦しめる保志宮に対して恨むような気持ちを抱いた。

「だが……彼は貴方と出会ってしまった。……彼はもう引き返せないんですよ」

愛美は混乱の中で、首を左右に振った。

「わたし……に……どうしろと……」

「不破を裏切らないでほしい。貴方が逃げ出すならそれも仕方がない……だが、不破は……貴方がいなかった過去には戻れないんです。そのことを忘れないでほしい」

数分、愛美の様子を窺《うかが》っていた保志宮が、手を動かして何かのボタンを押した。

「さあ、もうドアは開きますよ。後は、貴方の選択だけだ……」

愛美は動けなかった。目を閉じた中で、彼女は不破の瞳を見つめていた。

彼女の心を捕らえて放さない青い瞳……

愛美の瞼《まぶた》に何かやわらかなものが触れた。ハッとして顔を上げると、保志宮が差し出してくれたハンカチだった。愛美はそのハンカチを握り締めて涙を拭き、諦めのため息をついた。

不破の瞳から愛美は逃げられないのだ。それは不破が彼女を掴んでいるからではなく、彼女の心が逃げ出すことを望んでいないからなのだ。

「優誠さんの瞳……どうして青いんですか？」

そんな問いを口にしている自分が、愛美は理解できなかった。

保志宮の深いため息が聞こえた。そして、車のエンジン音が響いた。

「不破に直接お聞きなさい」

保志宮はそっと言うと、車をゆっくりと発進させた。

みんなよりかなり遅れて会場に到着した愛美と保志宮は、蘭子からお小言の制裁を受けた。保志宮は理由を問われて、笑みを浮かべただけだった。

「間に合ったのだからいいじゃありませんか。ほら、行きましょう」

保志宮はそれだけ言い、蘭子が手にしているチケットを受け取った。

彼らの側には案内係らしい黒いスーツとネクタイ姿の男性が立っていて、全員が揃ったと聞いて、彼らを客席へと誘導してくれた。

愛美はまだ混乱したままだったが、不破の姿が蘭子たちとともになかったことに、心底ほっとしていた。

保志宮に背を押されるようにして、愛美は蘭子たちの後に続き、客席の間の通路を辿っていった。

すでに芝居の開始時刻間際で、ほとんどの席は埋まっていた。

そんな中、客席の通路をどんどん前のほうへと歩いてゆく六人は、否が応にも目立つ存在だった。

蘭子の用意した特別席は、最前列から二番目のど真ん中だった。百代、蔵元、蘭子、櫻井、愛美、保志宮の順で、六人はペアごとに座った。愛美は席に着く前に、不破の姿を探して周囲にさっと視線を走らせた。不破と橙子の姿は見つけられなかったが、三列ほど後ろに、よく知った顔を見つけて彼女はどきりとした。

静穂らトリオがいた。もちろん、以前遊園地で会ったときと同じ人物に違いない男性らの姿もあった。蘭子の望んだとおりに、静穂は驚愕して目を見開き、その目は彼女たちのパートナーである保志宮たち男性に向けられていた。

静穂たちに蘭子が気づいたのは一目瞭然だった。蘭子を振り向くと彼女はこれ以上ないほど満ち足りた笑みを浮かべていた。

櫻井のほうは、自分がどんな立場に見られているかなど知らず、これから始まる芝居だけに心を奪われているようで、静穂たちがいることにも、企みの成功に得々《とくとく》としている蘭子にも、気づかないようだった。

芝居は、役者たちの動きも声も心を引きつけるもので、とても見応えがあって素晴らしかった。普段の愛美なら、このめったにない機会を、目いっぱい楽しんだだろうが、この客席のどこかに、橙子とともに不破がいるのだということが、ずっと心につきまとい、芝居のなにひとつ頭に残ってゆかなかった。

第一幕が終わり、緞帳《どんちょう》が下りると、会場が徐々に明るくなっていった。これから三十分の休憩のあと、第二幕が始まるのだと、愛美は保志宮から聞いた。

明るい会場内で、不破と橙子の姿を目にするのが恐ろしく、愛美は客席に入る前にチケットと一緒にもらったパンフレットの表紙に、じっと目を注いでいた。

「行きますよ」

「え?」

保志宮の声に顔を上げると、愛美以外の五人全員がすでに立ち上がっていた。蘭子の側には、先ほど客席まで案内してくれたひとがいた。

「ど、どこに行くんですか？」

愛美は戸惑いつつも立ち上がり、皆の行くほうへとついていった。

視線を向けたわけではなかったが、静穂たちがいた席は空になっていたように見えた。

ホールから出ると、会館の奥へと一行は向かった。関係者以外立ち入り禁止と書かれた看板を横目に、まだ奥へと入ってゆく。

保志宮の腕に手を添え、彼と歩調を合わせて歩いていた愛美は、知らぬ間に四人から少しずつ遅れていた。

唐突に保志宮が立ち止まった。彼に問いかけるような視線を向けると、保志宮は沈黙を促すように口に指を当ててみせ、何も言わず愛美を連れて踵《きびす》を返した。彼女は意味がわからぬものの、彼についてゆくしかなかった。

少し広い場所に出た。休憩室のようなところで、ずいぶんたくさんの人でごった返していた。飲み物を販売しているらしいカウンターがあり、その奥に小さなボックス席がいくつか設けられていた。そのボックス席からひとりの男性が出てきて、愛美と鉢合わせした。保志宮はさっと愛美のウエストに手をかけてきて、彼女が男性とぶつからないように自分にぐっと引き寄せた。

ハイヒールの踵《かかと》が傾《かし》ぎ、愛美は大きくよろめき、転ばないように保志宮に縋りついた。

「あ」

その叫びのような声に愛美は顔を上げた。

はっきりした好奇心をちらつかせ、愛美を見つめていたらしい相手の視線が、すっと動いて保志宮に向けられた。

「保志宮さん」

すぐに歩き出そうとしていた保志宮は、名を呼ばれて足を止め、その男性に目を向けた。

「どなただったかな？」

「く、久村《くむら》と申します……あ、あの藤堂さんと……ご一緒に……」

愛美はそのときになって、やっと気づいた。この男性はたぶん、静穂たちに遊園地でバッタリ会ったとき、静穂がぴったりと寄り添っていたひと。

彼女は久村という男性が出てきたボックス席に目を向けてみた。思ったとおり、そこには愛美と保志宮に視線を貼りつけている静穂らがいた。

保志宮は時間をひどく気にしているようで、相手の言葉を半分も聞かずに口を挟んだ。

「蘭子さんをご存知なんですか？」

相手が頷いてみせた。

「彼女たちはいま、ＭＭＯのメンバーと面会中ですよ」

「め、面会？」

「ええ。では、急いでいますので、これで……さあ、行きましょう」

保志宮は久村と名乗った男性の存在を、意識からすっぱり消したようだった。

愛美は保志宮に促されるまま、前より一層急ぐ彼に急かされるようにして、意味もわからず二階への階段を上がっていった。

ひとつのドアの前で立ち止まり、保志宮は愛美に向き直った。

「さあ、後は貴方の意志で、選択してください……」

彼女の背をそっと押しながら、保志宮は小声で言った。

「あの、……こ、ここは？」

愛美は戸惑った顔で保志宮を見上げた。彼の目はひどく真剣な色をたたえていた。

「どちらを選ぶにしても、選んだらもう迷わないことですよ」

そう言うと保志宮は愛美に背を向けた。

「保志宮さん、ど、どこに行くんですか？」

愛美は声を張り、縋るように彼に手を差し出していた。歩き出していた保志宮は、歩みを止めて彼女に振り向いた。彼はひどい迷いを見せ、背広の内ポケットに手を入れると、四角い黒いものを取り出した。

「これを」

愛美は手渡されたものを見つめた。保志宮の名刺だった。

「何か困ったら連絡していらっしゃい。力になれることなら……」

保志宮は最後まで言わず、まるで自分を否定するように首を振った。

「それじゃ」

今度はきっぱりとした口調で言い、保志宮は角を曲がって姿を消した。

愛美は大きなドアの前で立ち竦《すく》んだ。まばらにひとが行きかい、ドアの前に立っている愛美に、ちらちらと視線を向けてくるひともいて、彼女はその場にとどまっていられなくなった。

彼女は途方に暮れて、目の前のドアに視線を向けた。ドアには「特別室」というプレートがかけられていた。

いったいここはなんなのだろう？

愛美は嫌な予感に襲われた。まさか、この中に、不破と橙子がいるのではないのか？

だが、彼らのところに、保志宮が愛美を連れてきたりするだろうか？

彼女は無意識にドアから後ずさっていた。席に戻るのが一番だと思えた。蘭子も百代も、すでに戻っているかもしれない。

愛美は、何かわからない恐れるものから逃げ出すように、ドアに背を向けた。

「まなさん」

間違えようのない不破の声だった。すでに数歩歩いていた愛美の足は、その声に即座に反応して歩みを止めていた。

愛美は胸の中で大きく跳ね回っている心臓をぎゅっと押さえつけながら、スローモーションのようにゆっくりと振り返った。

29　しかめっ面の問い

不破とともに入ったドアの中は、小さな個室のようになっていた。手の込んだデザインのひとりがけの椅子が二つと、椅子と同じデザインの、丸いテーブルがあった。

愛美は不破に勧められるまま、椅子のひとつに座った。彼は愛美の座った椅子の横に椅子を引き寄せるようにして、自分も座り込んだ。

「怒らせたのかな？」

困惑を抱えたままテーブルの一点を見つめている愛美に、不破は遠慮がちに聞いてきた。まるで恐れを抱いているような声だった。

「あの、ど、どういうことなのか？」

愛美はひどい喉の渇きを感じ、からからの口の中の感触に顔を歪めてから、また口を開いた。

「保志宮さんは……いったい。優誠さんとあの方は……？」

「彼は友人です。とはいっても、私たちはお互いとも、自分の胸の内をすべてさらけ出すような人間ではありませんから……彼について何もかも知っているというわけではありませんが……。それでも、信頼する友人です」

「と、……橙子さんは？」

「橙子さんは、保志宮と一緒にいるはずです」

そういうことなのか？

不安が湧き、愛美は眉を曇らせた。

「でも、そんなことをして……良かったんですか？」

「彼女のためにも良いだろうと考えて、仕組んだことなのですが……」

橙子が保志宮に好意を持っているらしいということを、愛美は思い出した。

「貴方が今日、保志宮たちと芝居を観ることになっていると聞いて……」

不破は決まり悪げに愛美から顔をそむけた。

「どうにも我慢がならなくて……」

「昨夜の電話で、何もおっしゃらなかった……」

「貴方に逢えるチャンスですからね。貴方は私に逢うつもりがなかった。だが、私は……逢いたかった」

不破の声にはやりきれないほどの切なさが含まれていた。愛美はそれを敏感に感じて胸が疼き、唇を噛んだ。

彼女は不破の逢いたいという望みを言葉として耳にすることを退けていた。そして愛美のその思いに、彼がはっきりと気づいているということを、彼女は認識していた。

毎晩の電話での会話は、とてもやさしい時間をふたりに与えてくれていた。だからこそ、その腫れ物のような事柄に触れないことは、ふたりの間の暗黙の了解になっていたのだ。

「逢ってくださるなら、どんな条件でも飲みます」

「そ、そんなこと、おっしゃっては駄目です」

「どうしてです？　私に、他に方法がありますか？」

不破の青い瞳は怒りに満ちているように見えた。自分の意のままにならない事柄に、彼は押しつぶされそうになっている。

愛美はそんな不破を見ていられずに、手を差し伸べて彼の手にそっと重ねた。

不破の青い瞳に、傷ついたような色が浮かんだ。瞬間、彼は愛美の手を拒もうとして思いとどまったようだった。

不破は空いているほうの手のひらで目を覆った。

「私はどうすればいいんです……」

それはいままさに、愛美の胸中で大きく反響している問いだった。

愛美は不破の手を両手で握り締め、自分の唇でそっと触れた。不破はビクリと肩を震わせて、目を覆っていた手を外した。

「逢いたいです。わたしも……」

不破が物凄い力で愛美を抱き締めてきた。愛美は不破のぬくもりを味わいながら、自分がとんでもない間違いを犯したのではないかという、巨大な不安に取り憑かれた。だが、川が上流へとは流れてゆけないように、愛美を翻弄《ほんろう》するこの流れに、彼女は逆らうことなどできないのだ。

不破が愛美の眼鏡をやさしい仕草で外した。彼がこれから何をしようとしているのかを察した愛美は無意識に俯いた。

愛美の顎に不破は指で触れ、そっと彼女の顔を上げて瞳を覗き込んできた。愛美は瞬きを忘れたように不破の瞳に魅入った。

お互いの心を潤すような深いくちづけの間、愛美は考えることをやめた。

いまの一瞬一瞬を、大切にしたかった。胸に渦巻く不安など、いまこの瞬間だけ、部屋の隅にでも転がしておきたかった。


ふたりは会場を後にし、不破の車に乗り込んだ。運転席に座ってすぐ、不破は安堵したような息を吐き出し、愛美にやさしい笑みを向けてきた。

「少し早いですが……夕食を一緒に食べていただけますか？」

ポケットから携帯を取り出しながら不破が言い、愛美が頷くと、彼はすぐに電話をかけてレストランの予約を取った。

不破の携帯は白で、たぶん愛美と同じ機種……

「お揃いですね」

なんだか嬉しさが湧いて愛美は微笑んだ。

カシャリというカメラのシャッター音が響いた。その音は不破の手にしている携帯から発したらしいとわかった。

愛美はびっくりして目を見開いた。

「あの？」

問いかけるように見上げた愛美に向けて、不破はまたシャッターを切った。

愛美は不破の行動に眉をしかめた。

「優誠さん」

むっとした顔の愛美を前に、またシャッターが切られた。

「本気で怒りますよ」

言葉どおり怒りを帯びた声に、不破はしぶしぶ携帯をおろした。

「撮らせてほしいとお願いしたら、応じてくださいましたか？」

不破の問いに愛美は口ごもった。

「それは……」

愛美はため息をつくとバッグを開けた。

「どうやって撮るんですか？」

携帯を取り出した愛美は、しかめっ面をして彼に問いかけた。

不破がプッと吹いた。


少し薄暗い店内を愛美は落ち着きなく見回した。

不破が連れてきたレストランは、けして敷居が低いとは言えなかった。だが、どちらにしても、愛美にまたぎやすい店など、不破の知っている店のリストにはないのに違いない。

店の入り口はピカピカに磨き上げられたガラス扉で、美しい花々がいたるところに活けてあり、高価そうなインテリアが惜しげもなく店内中に飾られていた。

いま座っている席は店の奥の個室で、この部屋専門の担当らしい蝶ネクタイの男性がいた。不破が席を外した今、この場にいるのはその男性と愛美だけだ。

目の前には目を楽しませる盛りつけの料理があったが、愛美は口にし続ける度胸がなかった。

職務に忠実な蝶ネクタイの男性は、頭の中で愛美を分析しているにしても、そんなそぶりは露ほども表に現さない。

「すみませんでした」

電話を終えたのか、やっと不破が戻ってきて愛美はほっとした。

「食事を……ああ……まなさん、さあ食べましょう」

愛美が食事を中断していたのに不破は気づいたらしい。不破の促しに愛美は小さく頷くと食事を再開した。

いまの不破は薄い色のサングラスをかけている。この店に入る間際にかけたのだ。部屋の薄暗さも手伝ってか、その眼鏡をかけていると彼の瞳は青ではなく黒く見える。

愛美は目の前の見事な料理を心から美味しく味わった。味はどれも絶品で、いくつかは彼女の新レシピとして加えられそうだった。

「どうです。お口に合いますか？」

「はい、もちろんです。どのお料理も、とても美味しいです」

愛美は魚の料理に添えられている珍しい形をしたものが、先ほどから気になってならなかった。彼女を気遣う視線を向けながら料理を口に運んでいる不破と目を合わせ、愛美は彼に尋ねてみることにした。

「優誠さん、これって何ですか？」

不破は愛美の指すものを見つめて首を捻った。

「見たことはあるんですが、名前までは知りません」

彼はそう言うと、ふたりの食事を見守っている男性に顔を向けた。

「君、これが何かわかるかい？」

男性はすっと近づいてきて不破の示しているものを見つめ、礼儀正しい角度に頷いた。

「これはアーティチョークというものです。朝鮮アザミともいいますが。ロマネスクとビオレッタの二種がありまして、これはビオレッタという種類のものです」

「アザミ？」

愛美は思わず声を上げてしまった。

「はい。キク科の植物です。それは蕾の部分で、アザミに似た、紫の花が咲きます」

「こ、これが花の蕾……咲くんですか？　ホントに？」

「はい」

彼女は目を丸くして驚いた。

「すっごく大きいのに……」

その半分に切られた蕾が、紫色のアザミになるところを愛美は想像してみた。

「実物の花が見てみたいです」

好奇心をありありと含んだ愛美の言葉に、相手が微笑んだ。

「少しお待ちください、お持ちいたしましょう」

「え？」

驚いて顔を上げたときにはその男性は部屋から消えていた。

愛美は眉を寄せた。

「優誠さん、よかったんでしょうか？」

不破に視線を向けた愛美は、むすっとしている彼の表情に気づいて驚いた。

「優誠さん、どうかしたんですか？」

「いいえ、別に。……その貴方の気に入りの野菜、さっさと食べてしまってはどうです」

はっきりと不機嫌だ。

「何を怒ってるんですか？」

「別に、怒ってなどいませんよ」

「実際、怒ってるじゃありませんか」

不破はむーっと黙り込み、沈黙したまま食事を続けた。愛美は意味がわからずに、萎《しお》れて料理を口に運んだ。

「すみません」

彼の呟きが聞こえた。愛美が顔を上げると頬を赤くした不破がいた。

「お待たせいたしました」

不破の様子に戸惑っていた愛美だが、その声に振り向いた途端、思わず歓声をあげた。男性が持っている花は、形はアザミにそっくりだがとても大きかった。

「ここに活けておきますね」

蝶ネクタイの男性は、愛美の視界に入る位置の花瓶にその花を効果的に活けた。

「お手間をかけてしまって申し訳ありませんでした。でも、ありがとうございます」

愛美は立ち上がり、頭を下げて男性に礼を述べた。相手はいたく恐縮し、愛美より深々としたお辞儀を返してきた。

「君、彼女とふたりきりにしてほしいんだが……」

ひどく礼儀正しい、冷たいともとれる口調で不破が言った。相手は不破の声に神経質に反応し、頭を下げると、急くように下がっていった。

ふたりきりになった途端、部屋にピリピリとした空気が漂い始めた。それはもちろん、不破の発する怒りが元だ。

「いったい……どうしたんですか？」

原因不明の不破の怒りを煽らないように、愛美は小声で遠慮がちに尋ねた。

「自分でもわかりませんよ」

感情に駆られるまま怒鳴るように言った不破は、すぐに後悔したらしく気まずげに視線を逸らした。

「愚かなことをやっていると、自分でも思うんですよ。だが止められない」

「あの、なんのことか……」

「貴方が他の男とばかり、楽しげに話しているからですよ」

不破は責めるように言うと、いま口にした言葉を恥じるように顔を背けた。愛美はそっぽを向いている不破を見つめて唖然とした。

「すみません。……どうにも胸のあたりがムカムカして……」

彼が言っているのは、……焼き餅、というやつなのだろうか？

「えーっと、あの……」

表情を固くした不破の肩が、愛美の言葉にピクリと揺れた。

彼の気持ちを取り成すような言葉を探したが、愛美は気の利いた言葉を何も思いつけなかった。

「た、食べましょう。とても美味しいし……」

不破は頷き、ふたりは再び食べ始めた。

愛美は不破に話しかけ、少し会話らしいものもしたが、彼の沈んだ気分は食事を終えても元に戻らなかった。

レストランを後にして車に乗り込むと、不破は時間を確かめ小さなため息をついた。

「私はいったい何をやってるんだろう？」

不破の声には情けなさそうな響きがあった。

「貴方とこうして逢えて……なのに、貴重なこの時間を自分で潰している」

愛美はどんな時間も、いろんな面の不破に触れられて嬉しいのに……

そう口にしようとした愛美に不破が言葉を続けた。

「せっかくの食事の場を……自分が信じられませんよ」

「わたしも同じだと思います」

「え？」

「優誠さんが他の女性と楽しげにされていたら、やっぱり……苦しいと思います。……パーティー会場で橙子さんと優誠さんのことをお聞きしたとき、ひどく辛くて苦しかったから……」

「それを聞いて……喜びを感じるなんて私は最低だな……でも……」

不破が大きく息を吐き出した。

「もうお送りしなければならないんでしょうね？　そろそろ八時になる」

それを聞いた愛美は、新たな問題に直面している自分に気づいた。不破に、このまま家まで送ってもらうわけにはゆかない。藤堂の屋敷に送ってもらうのが一番だが、あんな形で出てきてしまったのでは、蘭子に質問攻めにされるだろう。それに不破に送られて藤堂に行くわけにはゆかない。

こうなったら、いっそのこと彼に全てを打ち明けてしまおうか？　そう考えると、それが一番いいことのように思えた。

愛美は保志宮が口にした選択を、今こそするべきなのかもしれない。

本気で不破と付き合うつもりならば……

「あの、わたし……」

愛美は不破と視線を合わせた。彼の瞳を見つめた途端、愛美の中に恐れが生じた。

彼女が高校生と知って不破の態度が変わらない確証はないのだ。

愛美の中に、不破を失う恐れが急激に膨れ上がった。

「あの、優誠さんは……お幾つなんですか？」

「私ですか？　私は二十七になります」

二十七というと、彼は愛美と、十歳違い……

愛美がそう考えているうちに不破が後を続けた。

「まなさんは二十一歳でしたね」

「あ……は、はい」

はいと答えてしまった途端に愛美は後悔した。いまこそ真実を話そうと考えていたところだったのに……

「今月の誕生日を迎えると、二十二歳になるんですね？」

愛美は額がすーっと冷えてゆくのを感じた。

彼女が高校生だと知ったら、彼と十歳もの歳の開きがあると聞いたら……彼はそれを受け入れてくれるだろうか？　取るに足らない嘘だからと、許してくれるだろうか？

「誕生日を……教えていただけますか？」

ためらいがちに不破は尋ねてきた。愛美は彼を振り返った。

「教えていただけますか?」

「……十一月二十二日です」

不破が無言で頷いた。彼の瞳は、その表情よりもずっと嬉しげに輝いている。

「その日……逢えますね?」

返事を濁している愛美の頬を指先で捉えて、不破はすばやくキスをしてきた。

「約束しましたよ」

悪戯《いたずら》っぽい光が不破の瞳で揺れ、彼の笑みを見つめた愛美は否定の言葉を出すことができなくなった。

愛美は自分で意識しているよりも不破に溺れている。真実を話したら、彼の眼差しを一身に受け、彼の思いを胸いっぱいに受けている今の現実は、泡と消えてしまうのではないだろうか……

この先、彼と二度と逢えなくなるかもしれないという考えは、愛美に絶望感を抱かせた。

不破を失うことに怯える愛美が、いま真実を口にしても、もっと先でも、同じではないのか……

と、彼女に囁《ささや》いてくる。

せめて彼女が……高校生でなくなってから……

「ご自宅はどちらですか?」

物思いに沈んでいる愛美に、不破はいくぶん遠慮がちに問いかけてきた。愛美は彼の目を見返せずに膝に視線を落とした。心が大きく揺れ動き、愛美自身にも手がつけられなくなってゆくようだ。

膝に置いているバッグを見つめた愛美は、衝動的に不破を振り返った。

「いまのわたしは、本当のわたしじゃないんです」

不破は瞳だけで問い返してきた。愛美はごくりと唾を飲み込み、一度大きく息を吸った。

「このバッグもドレスも、蘭子さんからの借り物なんです。この靴も。普段のわたしは……」

「貴方は貴方ですよ」

彼女の言葉に被せるように不破は言った。

「着ている物で、貴方が貴方でなくなったりしない。……貴方のおっしゃる本当の貴方とは、この間、川沿いの公園でお逢いしたときの貴方のことなのでしょう？」

愛美は不破の言葉に目を見開いた。確かに、あのときの愛美は普段の愛美のままだった。

そうだ。……彼は、いつもの愛美をすでに目にしていたのだった。

「生まれとか家柄とか重視する者もいます。まなさんは、私もそういうひとりだと思われますか？」

彼女は横に首を振った。もちろん彼は、そんな狭量なひとではない。

愛美は不破に、彼女の住むアパートへの道を告げた。不破は頷いて車を発進させた。

「わたし……」

「なんですか？」

「わたしの名前ですけど……」

「まなでなく愛美とおっしゃるそうですね」

まるで秘密の宝を手にしていたような悪戯《いたずら》な表情で不破が言った。

「知ってらっしゃったんですか？」

「ええ。でも私は、これまで同様、まなさんと呼びたいのですが、構いませんか？」

愛美はほっとして頷いた。

けれど、彼は愛美が高校生であることは知らないはずだ。さすがにそれを告げる勇気は、いまはなかった。すべてを隠すことはせず、彼が知るに任せてみよう。いずれ不破は愛美の真実を知るだろう。

30　見えない未来

「どうぞ」

不破から促すように言われ、愛美は玄関の中へと足を踏み入れた。

ここは不破のプライベートな空間であり、彼は自分の隠れ家なのだと冗談交じりに言った。

森林公園に行った帰りだった。電話では毎日話をしていたが、こうしてあらかじめ約束したうえで、不破と遊びに出かけたのは今日が初めてのことだ。今日がふたりにとって、初めてのデートと言えるのかもしれない。

不破が連れて行ってくれた森林公園は、様々な設備が整っているとても整備された公園だった。

ふたりは手を繋いで公園の中を歩き回ったり、クラシックの演奏が行われているホールの近くで素敵な調べを聴きながらおしゃべりをしたり、展望台に上って高みから風景を眺めたり……最後にはソフトクリーム味のキスまで、愛美は体験することになった。

「何もないでしょう？」

おかしそうに不破が言った。

愛美はふたりきりの空間に、いくぶん固くなりながらも正直に頷いた。

部屋にはソファがひとつあるきりで、本当にものが無いのだ。こんなに殺風景な部屋など、想像していなかったから、彼女はとても意外に思った。それでいて、この部屋ならば、彼が隠れ家と呼ぶのにぴったりな気もした。何もないからこそ、精神的にくつろげる場所なのだろう。

不破に勧められるまま愛美がソファに座ると、彼も隣に座りこんだ。

「まなさんのお弁当、ほんとうに美味しかったですよ」

愛美は不破の言葉に嬉しさを噛み締めつつ頷いた。公園で不破とともに食べたお弁当は、愛美にもとても美味しく感じられた。楽しいひと時だった。

「手作りのお弁当など、食べることなどあまり……」

どうしたのか、不破は唐突に言葉を止めた。何かが、心にかかっているかのようにどことなく翳《かげ》りが見える。

「優誠さん？」

「私の母は料理が苦手なのですよ。なのに、昔……母にお弁当をねだって作ってもらったことがあって……味はお世辞にも美味しいとは言えませんでしたが……それでも……嬉しかった」

愛美は不破の思い出を心地よく受け止めたが、ならば、先ほどの翳《かげ》りのある表情は？

「お母様、優誠さんのために、心を込めて作ってくださったんですね」

「そう……思います。ですがそのとき、指を切ってしまったんです。それもかなり深い傷で……。そのせいで、母は父から、二度と包丁を持つなと禁じられてしまいました」

愛美は不破の心を思いつつ頷いた。

「私のせいで、母に傷を負わせてしまって……」

「悪いことをしたと思ってらっしゃるんですね？」

「ええ。私が……」

不破は恥ずかしげで気まずげな笑みを浮かべた。

「ひどくダダをこねたんですよ。母の作ったお弁当でなければいらないとまで言って」

冗談めかして不破は言ったが、その瞳には深い後悔があった。

「母が指を切ったことを知ったのは、それから数日後でした。私はそれまで何も知らずに……」

傷ついたのは……彼の母だけではない、不破の心も……

愛美は不破の手を取って両手で包み込んだ。驚いた不破の瞳を、愛美はまっすぐに見つめた。

「そんな風に思っては駄目です」

「まなさん？」

「お母様の思いを無駄することになります。お母様は優誠さんにお弁当を作りたかったんです。一生懸命作ったその気持ちだけを、喜んで受け取ってほしいです」

「……そうでしょうか？」

「優誠さんに喜んで欲しかったのに、その優誠さんが後悔してたら……お母様、ひどく哀しかったんじゃないでしょうか。……情けない思いをされたかも……」

不破は大きく息を吸い込んで吐き出した。そして、愛美の両手に包まれた自分の手を口元に近づけ、彼女の手の甲に唇を当てた。

「そういう見方をしたことがありませんでした。……確かに母は、哀しかったかもしれない……」

不破は愛美の手を唇で味わうようにしながら、眉を曇らせた。

「参ったな……」

不破は呟くように言ったが、正直、参っているのは愛美のほうだった。

彼女の手の甲はドクドクと震えを帯び、彼の唇を感じている部分がひどく疼いている。

「あの……き、今日帰ったら、話してみたらどうですか？」

「いまさらですか？」

そう聞いてきた不破の唇が、愛美の手から自然に離れた。不破の苦笑に、愛美は真面目な顔で大きく頷いた。

「傷ついた心は、その場所にずっとあるんです。わたし、癒やしてほしいです」

「母を？」

「優誠さんも……」

「私?」

愛美が大きく頷いた次の瞬間、愛美の身体は不破の胸の中にあった。

愛美を抱きしめている不破が、言い難そうにそう切り出し、そのまま黙り込んだ。

「実は……」

彼女は、何かを感じてどきりとした。

「あの? 何かあったんですか?」

耳にしたくないことを聞かなければならないような気がして、愛美は口元を強張らせて不破に問いかけた。

眉を寄せた不破は、大きく息を吐きだし、愛美と目を合わせて覚悟を決めたように口を開いた。

「実はひと月ほど……アメリカに行かなければならないのです。代わりの者を行かせられないものかと、思ったのですが……」

ひ、ひと月? 一ヶ月もの間、彼と逢えないのか……

心がずんと沈み、愛美は胸に口にできないほどの痛みを覚えた。

「い、いつから?」

「貴方の……誕生日の翌日」

愛美は不破の瞳を覗き込んだ。彼女の誕生日の翌日というのは偶然が過ぎるように思われた。

「あの、もしかして……」

「夕食はどうしましょうか？　貴方さえよければ、ここで食べませんか？」

不破は明らかに話をはぐらかした。それについて彼は話したくないのだ。彼の決めたことに対して、口出しすべきではないだろう。

「はい、それでいいです」

「あの……ピザはどうですか？　一度頼んでみたのですが、美味しいんですよ」

「宅配ピザですね？」

不破と宅配ピザのイメージが繋がらず、愛美は首を傾げて聞き返した。

「ええ、そうです。食べたことがおありですか？」

「はい。友達の家で何度か……」

宅配ピザは百代の好物のひとつなのだ。百代の家で何度か食べたことがある。

「玄関のドアに、チラシが差し込んであって……」

不破が見せてくれたチラシを見て、愛美は眉を寄せた。百代が頼む店のチラシだ。このマンションは、百代の家に近いのだろうか？

ピザの注文を終えた不破は、愛美に振り向き、腕を差し伸べてきた。彼女はためらうことなく、彼の胸に身を寄せた。

不破は何も語らず、愛美の肩に腕を回しふたりの身体を寄り添わせた。身体が触れ合っている部分がすべて、ビリビリと振動している。この特別な触れ合いは愛美に狂喜と恐怖を一緒くたにして感じさせる。

「このまま離さないでいられたらいいのに……」

身体の向きを変え、不破は愛美をそっと抱き締めてきた。

この場には未知のものがある。それは愛美を脅かし、それでいて彼女を甘く手招くようだった。

彼女は不破の香りを胸いっぱいに吸い込み、彼の背中に遠慮しつつ手を触れて抱き締めた。不破のため息が愛美の耳をくすぐった。手のひら全体で不破のぬくもりを心地よく感じながらも、愛美の鼓動はありえないほど速まっていった。

ふたりの身体を少し離した不破は愛美の眼鏡を外し、ふたりの唇は当たり前のように重なった。

これまでのキスとは違う、ひどくゆっくりとした戯《たわむ》れるようなくちづけ……

唇を離した不破は、彼女の額に垂れている前髪にそっと触れ、やさしくかき上げた。愛美は手を上げて不破の手を握り締めた。言葉は必要ないように思えた。不破は愛美の気持ちを察しているし、愛美も不破の思いを悟っている。

彼の手を握り締めたまま、愛美は不破の胸に頭を寄せて目を閉じた。胸の震えとともに、涙が湧きあがってきた。

理由はわかっていた。幸せすぎるから……そして、未来が見えなくて怖いから……

「泣かないでください……私まで泣きたくなる……」

愛美の涙に、不破はそっと指先で触れた。

31　恋の力

ここのところ学園生活は奇妙なほど平穏だった。

何かを企んでもいるのか勝負に負けて戦う気力をすっかりなくしたのか、静穂からはなんの絡みもない。そしてまた、蘭子をからかって楽しむのを日課にしていた櫻井も、そんな子どもっぽい行為についに飽きたのか、それともからかう種を見つけられないだけなのか、まったくちょっかいをかけてこなかった。

「なんだか……これといったこともなくて……つまんないわね。最近」

昼食後、綺麗に磨かれた爪を一本一本愛でていた蘭子が、唇を突き出しながら退屈そうに言った。

「いいことじゃないの」

百代はあまり関心を向けず、蘭子の言葉にお付き合い程度の返事をした。いつも持ち歩いている、どこかマニアックな雰囲気のある、黒い装丁の小さな本に視線を集中させた百代は、いつもどおりの落ち着きようだ。いったいなんの本なのか、愛美にはいまだにわからない。書いてある文字もどこの国の言葉なのか皆目わからないのだ。

愛美は一度、百代にその本を読めるのか？　と尋ねてみたことがあるのだが、百代は読めないわよと、こともなげに言った。眺めて楽しんでいるだけだというのだ。

だが、じっと本を見つめている百代は、ただ眺めているばかりではないように見える。

「何かないの？」

少々語気を荒らげて蘭子が言った。

「何かって？」

これまた適当に百代が返した。

「ちゃんと人の話、聞いてなさいよ」

「はいはい」

適当な相槌を打った百代の顔を蘭子はぐっと睨み、その睨みをそのまま愛美に向けてきた。

睨みに押され、愛美は小さく身を引いた。

「愛美、あんた保志宮さんとはどうなったの？」

「え？」

「彼と逢ってるんでしょ？」

無言で首を横に振ると、蘭子はひどく意外そうな顔になった。どうやら保志宮と愛美は付き合っているものと、蘭子は思い込んでいたらしい。

「だってあんたたち、コンサート会場からふたりして消えたじゃないの？」

「でも、付き合ってないから」

「なーんだ。それじゃあ、保志宮さんとはそれっきりってわけ？」

頷いた愛美を見て、蘭子は喉に残っていた異物がすっきり取れたような晴れ晴れとした顔になった。

蘭子はいそいそとした笑顔を百代に向けた。

「百代は？　あんたと蔵元さんはどうなったのよ？」

「いまのとこ友達」

「なーんだ。それなら遠慮せずに休日に誘えばよかったわ。ふたりともデートだとばかり思ってたから」

その蘭子の声には隠せない安堵が滲んだ。

実のところ愛美は、デートの言葉に幾分ぎょっとしていた。

「い、意外だわ。蘭子、遠慮を知ってたの？」

驚愕したような身振りで百代に問われ、蘭子は百代を鋭い目で睨み返した。だが、振りだけだ。

蘭子の瞳は嬉しげに輝いている。

「やっぱりそうよね。恋愛対象にはなりえないわよね。保志宮さんも蔵元さんも年齢的にどうかなと思っていたのよ」

「あんたが決めた相手じゃないのよ」

思い出させるように百代が言った。

「そうなんだけど……。いいじゃない。これでまた三人ともフリーに戻ったわけだし、また心置きなく三人で遊べるわね」

どうやら蘭子は口や顔に出さなかったものの、ひとりだけ彼氏がいない状態をつまらなく思っていたらしい。けれど静穂一派を打ち負かすのが目的とはいえ、自分が相手をとりもったこともあって、さすがに不服を表にはできなかったのだろう。

「それじゃあ今度の土曜日には、ふたりして泊まりにいらっしゃい。日曜日には遊園地かどこか、遊びに行くのもいいわね」

断定的な蘭子の発言に愛美は焦った。その土曜日は、アメリカに行く前の不破と逢える、残り少ない機会なのだ。

「あ、あの。土曜日は……予定があるの」

「予定？　いったい何があるのよ？」

途端に不機嫌になって、蘭子は唇を尖らせた。

「愛美だって色々あるわよ。それで？　日曜日は空いてるの？」

「あ。うん」

父は今度の週末、土日ともに出かける用事があるとかで山には行かないと言っていた。

「それじゃあバースディパーティーは日曜日で決まりね」

蘭子の言葉に愛美は驚いて瞬きした。

「バースディパーティー？」

「何で驚くのよ。自分の誕生日じゃないの。来週の水曜日の二十二日」

「あ……わたしの？」

「決まってんでしょ。当日が一番だけど平日じゃたっぷり遊べないし……愛美のお父様だって、娘とお祝いしたいだろうから……でも本当は、夜通しでパーティーやりたかったのに」

愛美は目を丸くして、彼女のバースディ計画に盛り上がっているふたりの友の様子を見つめた。

ふたりのやさしさに胸が熱い。

誕生日パーティーだなんて、母親が亡くなって以来やってもらったことがない。彼女の誕生日を覚えていてくれたことだけでも嬉しいのに……


電話での会話中、愛美は不破の雰囲気の暗さに始めから気づいていた。

だから明日、土曜日の約束が駄目になったと聞いても、ひどく気落ちしたが驚きはしなかった。

「すみません。どうしても予定が……」

「仕方がないです」

不破が押し黙りしばらく沈黙が続いた。愛美は自分から何か言おうと思うものの、言葉は喉に貼りついて出てこなかった。

次に逢えるのは、彼がアメリカに発つ前日の約束だけ……

彼女の心は切なさに鋭く痛んだ。

「……この部屋にあるものを、全てぶち壊したい気分です」

やっと口を開いた不破の声には、計り知れないほどの憤りがこもっていた。

愛美は言葉を返せなかった。

「全て、なくなってしまえばいいのに……」

「優誠さん」

不破の心をなだめるように、愛美はやさしく彼の名を呼んだ。不破が息苦しそうに息を吐き出した。

「蘭子さんと、ここ最近話をされましたか？」

「はい。しましたけど……」

ごくりと喉の鳴る音がした。

……どうしたのだろう？

「何か聞いていませんか？」

「何かって？　何をですか？」

「いえ。聞いていらっしゃらないのなら……」

彼は言葉を止めて思案しているようだった。

「実は、母の思い込みが激しくて」

「お母様の？」

思い込み？

「ええ。どうしてなのか、さっぱりわからないのですが……私が橙子さんに好意以上のものを持っていると、思い込んでしまっているんです」

愛美は話の内容に相槌を打てなくて黙り込んだ。

「いくらそんなことはないと否定しても聞き入れようとしない。……まったくわけがわからない」

「そうなんですか？」

「実は明日……橙子さんとお会いすることになっているんです。彼女のほうからはっきりと、断ってくれるようにお願いするつもりです」

愛美はいま聞いたことに対してどう考えればいいのかまったくわからなかった。橙子の気持ちはいったい誰にあるのだろう？　本当に保志宮を慕っているのだろうか？

もしかすると、それは不破の勘違いで……真実は……

もし……もしも……橙子が不破を愛しているとしたら……

なのに不破から、断ってくれと言われたら……

愛美は心臓がやたらドキドキしてきた。

「あ、あの」

「大丈夫ですよ。こんなことを口にしたくはなかったのですが……もしや、蘭子さんを通じて、間違った情報が貴方の耳に入ってはと不安になってしまって……それより……」

「で、でも……でも……」

橙子のことをそのままにしておけなくて口を挟もうとした愛美の言葉を、彼は取り合ってくれなかった。

「二十二日ですが、休めませんか？」

不破は強行に話題を変えた。その彼の声には、まるで余裕が感じられなかった。

「え？　……休む？」

「そうです。休めませんか？」

二十二日の愛美の誕生日の日は、夕方の五時から一時間だけ、愛美の家の近所にある小さな公園で逢おうという約束になっていた。

「一時間では……とても足りない」

不破の言葉が愛美の胸を突いた。

「……わかりました」

愛美は考えをまとめられないままそう答えていた。

「良かった。それでは十時に、貴方の住まいの近くにある公園まで迎えに行きます。それでいいですか？」

不破は愛美に考える暇を与えまいとするようにたたみかけてきた。


電話を切った愛美は、学校を休むという事態にかなり動揺していた。不破に逢いたいのはややまだが、学校を休むなんて病気のとき以外ありえなかったことだ。生真面目で小心者の心にズル休みという言葉がチクチクと刺さる。愛美は極度の疲れを覚えて机に突っ伏した。恋愛をすることの大変さに、彼女の精神は押しつぶされそうだった。その大変さから逃げ出したいと思う愛美を引き止めているのは、不破への恋心だけなのだ。

恋とは、なんと強い力を持っているのだろう……

32
脆《もろ》い心

日曜日の十時前、愛美は藤堂家からやってくる迎えの車を待っていた。

彼女のための誕生日パーティーは楽しみなのだが……

愛美は昨夜、電話で話した不破の様子がいまだに気にかかっていた。

いつもの約束の時間、夜九時に電話をかけたのだが不破は出なかった。それまでそんなことは一度だってなく、彼女はひどく動揺した。繋がって当たり前という感覚になっていたのだ。あの時間に電話をかければ必ず不破は応えてくれると……そう盲信していた。

少し時間が経ってから、もう一度かけてみようかとも思ったのだが、愛美は電話できなかった。

結局、一時間も過ぎた十時に不破からかかってきたのだ。

不破は電話に出られなかった詫びを言い、ふたりは会話をしたのだが……

彼には心にかかることがある様子で、ふたりの間で交わされている言葉はどこか上の空という感じを受けた。それまで、愛美の言葉一つ一つを、大切なもののように聞いていてくれた不破だったから、なおさらそう思えたのだろう。

彼女は不破にとって、すでに価値のない存在となってしまったのではないか?

拭い去っても拭い去ってもその思いは湧きあがり、いまもずっと愛美を怖れさせている。胸の真ん中が、鉛が詰まってでもいるように重く、呼吸するのも苦しい感じがした。

愛美の前に藤堂家の黒塗りの車が停まった。運転手が降りてきて丁重なお辞儀をし、後部座席のドアを開けて愛美に乗るように促した。

「では、これから桂崎様をお迎えに参りますので」

「はい。お願いします」

運転手は愛美の返事を受けて車を発進させた。

桂崎家は愛美の家と藤堂家の間にあるため、車が迎えに来てくれるときはいつもこの順番なのだ。滑るように進んでゆく車の後部座席に座った愛美の目は、ずっと流れてゆく外の風景を追っていた。よく知っている道と町並み……不破の隠れ家から愛美の家へと辿った道と同じ……

彼の隠れ家まで後少しというところで、車は右へと折れた。少し進んだ左側に宅配ピザの店がある。ここから百代の家は、歩いてもそうかからない。

どうやら不破の隠れ家は、百代の家から歩いて五分ほどで行ける距離にあるようだった。

あの隠れ家に愛美が行くことは、もうないのかも……

昨夜の不破の心のこもってない声がいままた愛美の胸を突き、彼女は不破との繋がりの脆《もろ》さに胸が震えた。

桂崎家の玄関先に百代の姿を認めた愛美は、急いで涙を飲み込んだ。

藤堂家に到着した愛美をクラッカーの雨が待ち構えていた。

蘭子が屋敷で働いている全員にでも号令をかけたのか、かなりの数のクラッカーが一斉に破裂音を発し、車から降りたばかりだった愛美は腰が抜けそうになった。

「まったく派手なお出迎えだねぇ」

愛美の後から車を降りてきた百代は呆れたように言ったが、おかしそうにくすくす笑っている。

「一年に一度のバースディですからね。思い出に残るものにしなきゃ」

カラフルなテープを山ほど頭にくっつけて呆然としている愛美を見て、大笑いしながら蘭子が言った。

蘭子の笑顔の明るさに、虚しさに囚われていた心が少し温まるのを愛美は感じた。

彼女は不破のことを胸の底に押し込めた。せっかくの蘭子と百代のやさしさを無駄にしてはいけない。

蘭子の部屋に通された愛美は、さっそく蘭子からプレゼントを受け取ることになった。高そうな、見るからにブランドものとわかる箱の中には、紺色のドレスが入っていた。

「これ……」

「いつもわたしのドレスばかりじゃなんでしょ？　自分で持ってれば、返す手間もなくなるもの」

スカート丈はそんなに長くなく、落ち着いたデザインだ。凝った同色の刺繍が惜しげもなく施され、シックな雰囲気に豪華さを添えている。

「このドレスには、前にあげた薄桃色のパンプスとバッグが合うと思うから、クリスマスパーティーのときには、それを使いなさい」

「クリスマスパーティー？」

「そう。とっても楽しい催しいっぱいのパーティーよ。楽しみにしてらっしゃい」

どうやら蘭子の家のクリスマスパーティーに誘われたらしい。

「それって、いつなの？」

「クリスマスの前の週の日曜日。恒例になってるの」

それにはやはり不破も出るのだろうか？　そう考えたら途端に心臓が縮み上がった。

そうだとすれば参加したくない……

「あの……わたし……」

「さあ、ふたりともさっさと着替えてちょうだい。支度は整ってるし、ご招待したお客様も、すでに全員揃ってるのよ」

愛美は眉をひそめた。

招待……？

「お客様って、誰のこと？」

「だって三人だけじゃ、盛り上がりに欠けるでしょう。せっかくだから、彼らにも声をかけたのよ」

「彼らって……まさか」

「そ。保志宮さんと、蔵元さん、……それと、まあ……櫻井もね。あいつは予想以上に静穂をぎゃふんと言わせる役に立ってくれたし……」

そんな話、一言も聞いていない。愛美は百代に向き直った。

「百ちゃん、知ってたの？」

「ううん。いま聞いた」

「ふたりをびっくりさせてやろうと思って。それじゃわたしは会場に行ってるから、なるべく早いとこ着替えて来るのよ。場所は玄関の左側にある、小さいほうのパーティールームだから」

「わかった」

百代が返事をした。

パタンとドアが閉まり、蘭子はいなくなった。

「三人だけだと思ってたのに……」

「まあ、いいじゃないの」

くすくす笑いながら百代は着替えを始めた。

「保志宮さんと、蔵元さんは隠れ蓑なのよ」

着ていた上着を脱いでハンガーにかけながら、百代は意味ありげに言った。

「どういうこと？」

「愛美がどうして気づかないのか、わたしにはそのほうが不思議だよ」

「え？」

「蘭子は櫻井が気になるんだよ」

「う、うん」

彼女の頷きに百代はなぜかやれやれというように首を振った。

「わかってないね。異性としてということだよ」

愛美は目を見開いた。

「そっ、それじゃあ、蘭ちゃんは櫻井君を好きだって、百ちゃんは言うの？」

「蘭子の中で好きまで確定しているかはわかんないけどね。いまは気になる程度くらいなんじゃないの」

「それで蘭ちゃんは、ここに櫻井君を呼びたくて、保志宮さんたちまで招待したの？」

「そんなことはないよ。もちろんあくまで櫻井は蘭子の中でおまけだよ。今日の彼女の目的は愛美のお祝い。櫻井のこと、蘭子自身もまだはっきり自覚しているわけじゃないと思う。無意識に近い意識なんじゃない」

無意識に近い、意識？

戸惑っている愛美の顔を、百代は首を傾げて見つめてきた。そして鏡台の上に無造作に置いてある髪飾りの中からリボン型のものを手に取ると、愛美の後ろに回り後頭部の上あたりにパチンとつけた。

「これでいいわ」

百代は言葉と一緒に愛美の背をトントンと叩いた。

「蘭子も白黒はっきりつけられないんだよ。愛美もそういう気持ち、思い当たるでしょ？」

彼女は百代の言葉に頷いていた。

はっきりしない自分の心……もちろん充分に経験済みだ。

着替えを終えたふたりは、パーティー会場となる部屋に向かった。


部屋の前には顔見知りのお手伝いさんがいて、彼女たちの代わりにノックをしてドアを開けてくれた。

またクラッカーの音が出迎えるのではとビクビクしていたのだが、ここではクラッカー攻撃は食らわないですんだ。

大きな楕円形のテーブルは、花と様々な料理が山と載せられ、壁際にはぐるりとソファが置いてあった。

くつろいだ様子でソファに座っていた保志宮と蔵元が、スマートな仕草で立ち上がり、始めから立っていた櫻井が、ふたりより先につかつかと愛美に近づいてきた。

「誕生日なんだって、おめでと」

「ありがとう」

なぜかしかめた顔で櫻井はお祝いの言葉を言い、愛美の返事が終わらぬうちに、すぐに百代に向いた。

照れてでもいるのか、顔に少し赤みがさしているように見えた。

「俺は別に……その……まあいい」

櫻井は百代に曖昧な言葉をかけると、少し離れた場所まで移動していった。

いったい彼は百代に何を言おうとしたのだろう？

「早瀬さん」

櫻井の後ろで礼儀正しく待っていた蔵元が愛美の前に来た。保志宮のほうは百代に挨拶している。

これまでにない強い視線で蔵元から見つめられ、愛美は少し戸惑った。

「おめでとうございます。……早瀬さん」

「……ありがとうございます」

軽く頷いた蔵元は、すぐに後ろに下がり、保志宮と位置を替わった。

「お誕生日は二十二日だそうですね。少し早いがお祝いを言わせてください」

「はい。保志宮さん、ありがとうございます」

保志宮は手を差し出し、愛美に触れずに彼女を空いているソファのほうへと促した。

「座りませんか。蘭子さんが素敵な出し物を用意されているようですよ」

愛美は保志宮に促されるまま、彼の隣に座った。

部屋の半分の床には赤いマットが敷いてあり、広い空間にはぽつんとグランドピアノが置いてあった。もしかして橙子がピアノを弾いてくれるのだろうか？

「あの、蘭ちゃんは？」

藤堂家に仕えているひとがふたりほど、この場の世話をしていたが、蘭子の姿はない。

「お出迎えに行ってらっしゃるんですよ。すぐにおいでになるでしょう」

「まだ誰かいらっしゃるんですか?」

愛美と対角になるソファに蔵元と並んで座っている百代を見つめながら、愛美は予想より、どんどん規模が大きくなってゆくパーティーを懸念しつつ尋ねた。

「さあ、私も聞いてはいませんが……ところで……」

保志宮は、意味ありげに言葉を止めた。

「はい?」

「彼とは逢っていますか?」

「あ……はい」

「ということは、心を固めたということですね?」

「え?」

「婚約ですよ」

「こ……婚約?」

愛美の反応に保志宮が眉を寄せた。

「まだ、そういう話になっていないんですか?」

愛美はこくりと頷いた。

「……だが……」

保志宮は少し考え込んでから口を開いた。

「知っておいでですか? 彼はアメリカに行くそうですよ。少なくとも三ヶ月は帰ってこられないと私は聞いています」

「え？」

不破の語った言葉といまの情報の違いに愛美は驚き、思わず小さく叫んだ。

「わたし、ひと月って……聞きました」

「彼はそう言ったんですか？」

愛美は神経質に幾度も瞬きをしながら頷いた。

「彼がそう言ったなら、ひと月で帰るつもりなんでしょう」

保志宮はその自分の言葉に納得していないらしく、眉を寄せたままだ。

ざわざわとした人声が聞こえ、愛美はそちらに顔を向けた。両開きのドアが大きく開き、楽器を手にしたひとが五人ほど入ってきた。

いつの間にやらピアノの周囲に椅子が置かれていて、皆、楽器を手に椅子に収まった。

一緒にやってきた蘭子が中央に立ち、愛美達のほうへ向いた。

「それじゃ、誕生日を祝して、まず一曲弾いていただきましょう」

蘭子はそう言うと、一瞬、愛美のほうを向いて迷いを見せたが、櫻井の横に背筋を伸ばして座り込んだ。

楽器を持った人たちが一礼し、静かに演奏が始まった。

曲が終わると、愛美は感激して拍手をした。

パーティは、とんでもなく豪華なものになっていった。愛美の名前が入った大きなケーキが続いて運ばれてきて、みんなから楽しいからかいの言葉をもらいながら、彼女はろうそくを吹き消した。

そして、会話と音楽を楽しみながら、この日のために招いたというシェフの料理も堪能した。

さらに、みんなからのプレゼント……

ありえないほどの喜びを愛美はもらい、不破のことで脆《もろ》くなっていた彼女の瞳は、ずっと潤みっぱなしだった。

パーティーがお開きになり、愛美は流れで保志宮に送ってもらうことになってしまった。

櫻井があっさりした挨拶とともに先に帰り、次に百代と蔵元が一緒に帰ってゆき、愛美は蘭子に、それまでに何度も繰り返したお礼の言葉をまた繰り返し、やっと別れを告げて外に出た。

保志宮が贈り物のほとんどを持ってくれていた。この中には保志宮がくれた贈り物もある。彼からのプレゼントは、高額の商品券だった。保志宮は多分、ネックレスやバッグといった品物よりも愛美が受け取りやすいと考えたのだろう。

保志宮の車に乗り込んだところで、愛美は玄関のほうから大きな花束を抱えた蘭子が、こちらに向かって駆けてくるのに気づいた。

「愛美、ちょっと待って」

彼女は車から降り立った。

「蘭ちゃん、どうしたの？」

「これ渡すの忘れてたわ」

蘭子は愛美に、両親からだという豪華な花束と、橙子からだという贈り物の箱を差し出してきた。

箱の中にはかわいらしい髪飾りが入っていた。初めて不破と逢ったパーティーのときにつけてもらった髪飾りによく似ている。

「これ？　あのときの橙子さんの髪飾り？」

「ううん。あれじゃないわ。あのとき、とっても愛美に似合ってたからって、同じブランドのもので似たのを、姉様が取り寄せたんだそうよ」

「わたしのためにわざわざ？」

「ううん。姉様、これ以外にもいくつか注文してらしたから……。愛美が気に入ってくれれば橙子姉様も喜ぶわ」

「それはもちろんだわ。こんなに素敵なものいただいていいのかしら」

愛美は箱の中に入っている、花を模したミルク色の髪飾りを見つめた。

「そうだわ。保志宮さん」

「なんですか？　蘭子さん」

「髪飾り……あれを返してくださらないと……」

「もしかして、あれは橙子さんのものだったんですか？」

保志宮は驚きを見せて尋ねてきた。

愛美は眉をひそめた。そう言えば、彼は愛美がつけていた髪飾りを拾ったということだった。保志宮と会った記憶はないのだが、いったいいつどこで彼は髪飾りを拾ったのだろうか？

「ええ。返していただくのをすっかり忘れていたわ」

「……わかりました。お返しします」

この謎については、後で彼に尋ねてみよう。愛美はそう考えて保志宮を見つめた。

「お願いね」

「あの、蘭ちゃん。わたし、直接お礼を言いたいんだけど……皆様、どこかに出かけていらっしゃるの？」

家にいるのならば絶対に顔を見せてくれたはずだから、橙子も蘭子の両親も今日は屋敷にはいないのだろう。

「橙子姉様、昨日から両親と出かけてるの」

蘭子はなぜか潜めた笑いを洩らしながらそう言った。

愛美は昨日からという言葉に戸惑った。不破は昨日、橙子と会うことになっていると言っていたのに……

「実はね、不破家の別荘に招待されて出かけて行ったの」

蘭子が大きく微笑んだ。嬉しげで幸せそうな笑みだった。

「姉様、ついに婚約なさったみたい」

内緒話でもするように、蘭子は声を潜めてそう言った。

愛美は時を止めた。

その瞬間、愛美の背に彼女を支え守ろうとでもするように、保志宮の大きな手のひらが当てられた。

33　思いがけない提案

「泣かないんですね」

車を運転しながら保志宮が言った。

自分の世界に入り込んでいた愛美は、保志宮のその言葉に我に返って顔を上げた。

「はい？」

「あの場で倒れてしまいそうに見えたのに……大丈夫ですか？」

「あ、はい」

またしばらく会話は途切れた。次の赤信号で停まったところで保志宮は愛美に向いた。

「私には、不破がわからないな」

彼のその言葉に、愛美は問いかけるように保志宮を見つめた。

「あれほど貴方に執着しているのに……どうして早く手を打たなかったのか……」

手を打つ？

「あの、どういうことですか？」

「貴方の指に婚約指輪を嵌《は》めて、両親に会わせてしまえばいいんだ。私ならそうしますよ。他の女性と婚約させられる前に……」

愛美の胸はつぶれそうなほど痛んだ。

不破はこれまで、両親に会ってほしいと何度も何度も繰り返した。だが不破の両親に会うなど考えられず、怖気づいた愛美は、このことを曖昧なままにしてきた。

不破はこうなる不安を感じていたからこそ、あんなにも強く、両親と会ってほしいと繰り返し言い続けたのだ。

悪いのは不破ではない。愛美だ。悔いが鋭く突き刺さり、胸が痛くてならなかった。

彼は本当に婚約したのだろうか？

「だが……不破らしくない」

「わたし……言われたんです」

愛美は保志宮と視線を合わせた。

「会ってほしいって、ご両親に……何度も……」

「どうして会わなかったんです？」

彼女は何も言わずに顔を逸らした。

信号が青になり、車はまた走り出した。

「貴方の不破に対する気持ちは、その程度のものだったわけだ」

保志宮の言葉は、責めるとかいうのではなく、とても淡々としていた。

愛美は手にずっと握り締めている小さな丸い玉のぬくもりに意識を向けていた。百代が誕生日の贈り物にくれたのだ。包みもなくて、手に持っていたまま百代は愛美の手のひらに転がしてくれた。クリスタルの透明な輝きはとても暖かい光を発していて、愛美はそれをひと目見て気に入った。もらってからずっと、愛美はこうして手のひらに握り締めていた。百代はただの石ころだよと言ったけれど、触れていると心がとても和む。

「貴方が自分で潰したんですよ。不破との未来を……」

愛美は唇を噛んだ。手厳しいけれど保志宮の言うとおりだ。

「……どうして何も言わないんです？」

「言えないからです。何も……」

保志宮はもどかしげに大きく息をついた。

「それで？　これからどうするつもりです？」

「……何も」

愛美は繰り返した。

「諦める？」

彼女は小さく首を横に振った。

「諦めないんですか？」

彼のその声は少し意外そうだった。

「諦めるとか……そういうことではないので……」

「わからないな」

「未来が、見えないんです……」

愛美はそう言って保志宮を見つめた。

「なおさらわからない……」

保志宮は小さい笑みを浮かべた。

「わたし……優誠さんとの未来が見えないんです……けど……」

「けど？　なんです？」

「優誠さんは……あの……いるんです」

なんと言葉にすればいいのか愛美は迷い、口ごもったあげくそう言った。

「不破が……いる？」

愛美は頷くと、自分の胸を玉を握り締めた手で押さえた。

「ここに……」

彼女の手を見つめた保志宮の顔が強張った。

「……参ったな」

彼はそれきり黙りこんだ。

愛美の案内で、車は彼女の住むアパートの近所にある、小さな公園の側の空き地に停められた。

「ひとつ提案があるんですが……」

車から降りようとした愛美は保志宮のその言葉に動きを止めた。

「提案？」

「ええ。私にしませんか？」

意味がわからず愛美は眉を上げた。

「あの、……どういう？」

「不破などやめて私にしませんかとお聞きしているんですよ」

愛美は驚いて目を見開いた。

「あの……」

「私なら、不破のような騒ぎに貴方を巻き込んだりしないし、私のほうが貴方を幸せにできると断言できますよ」

「ほ、本気でおっしゃっているのでは、ないでしょう？」

「いえ。いたって本気ですよ」

その瞳に冗談はなかった。

「貴方と初めてお逢いしたときから、私は貴方を気に入っていたんです。だが……不破が。……貴方も彼を気に入ったようだし……だから、貴方がたの橋渡しを……。後悔することになったが」

保志宮は確かに愛美を気に入ったのかもしれないが……常に不破に感じる、愛美を無心に求めるような強烈な思いは伝わってこない。

「保志宮さんは……」

思いを伝えようとした愛美の言葉を、保志宮は押しとどめた。

「心に入れておいてくださればいい。すぐには無理でしょうからね。気長に待ちますよ」

「でもわたしは……」

「不破を忘れられないとおっしゃるんでしょう?」

愛美は保志宮の突然の言葉に困惑し、手のひらの玉をお守りのようにぎゅっと握り締めた。

「私の母は、保志宮の家に嫁いで、とても苦労したんですよ」

話が唐突に変わり愛美はひどく戸惑った。

「お母様が?」

「母は、一般家庭で育ったひとなんですよ」

愛美は納得して頷いた。保志宮の両親は、身分違いの結婚をしたということらしい。

「そうなんですか?」

「私の母なら貴方の気持ちを理解できるし、貴方をとても大切にするはずです」

「あの、でも」

「知っておいていただきたくて言ったまでです。今日は楽しかった。貴方とお逢いできて」

「わたしも、楽しかったです。今日はありがとうございました」

少し緊張した思いを抱えて愛美はお礼を言った。

保志宮の言葉をいまはまだ処理しきれない。

「……不破と、逢うつもりですか?」

彼女は保志宮の目を見て、正直に頷いた。

「逢います」

「彼の口から婚約したと聞いたら……貴方はどうするつもりですか？」

愛美は首を横に振った。

「いまはまだわかりません」

「不破が婚約などしていないと嘘をついたら？」

「婚約していないと優誠さんがおっしゃったら、それは本当だと思います」

保志宮は彼女のその言葉に対して、言葉を返してこなかった。

「荷物を家まで運びましょう」

そう言うと、保志宮は車を降り後部座席のドアを開けた。

「大丈夫です。これくらい持ってゆけます」

「そうはゆきませんよ」

保志宮はそう言いながら、後部座席の荷物を手に取った。

「ここは譲れません。私の紳士としてのプライドに傷がつきます」

冗談めかした表情で、保志宮は眉をくいっとあげてみせた。

「でも……」

「さあ、行きましょう」

彼は両手に紙袋を提《さ》げ愛美を促してきた。愛美は諦めて保志宮と並んで歩き出した。

玄関前で荷物を渡すと保志宮はすぐに帰っていった。

彼が階段を下りてゆくのを見送り、愛美は家の中に入った。

ひとりになった途端、彼女は身体から力が抜けてゆくような感覚に陥り、その場に座り込んだ。

気がつくと一時間近くも経っていた。夕方になった玄関先は薄暗く、立ち上がった彼女は、荷物を持って自分の部屋に入った。

父は夕食も食べて帰るそうで、夜遅くなると言っていたから、今日の夕食はひとりきりだ。それはありがたくもあり……やりきれなくも感じた。

何も食べずにお風呂に入ってすぐにも寝てしまいたい。……けれど、不破との約束の電話がある。

かけるべきだろうか……それとも……

どうしたらいいのだろう？

バッグを開けて不破の携帯を取り出そうとした愛美は手を止めた。チカチカと光が点滅している。

不破からの着信が二度、それにメールも入っていた。

愛美はメールを開いた。

（声が聞きたい。電話が欲しい、いますぐ！）

心が震えた……

メールは十五分前に届いたものだった。

電話……するべきだろうか？

愛美は畳に座り込み、机の脚におでこをコツンとぶつけた。

痛みに涙が出た。

声が聞きたい……いつでも一緒にいたい……

けれど未来は見えない……

そんなに多くを望むつもりはないのに……

愛美は手の甲で涙をごしごしと強めに拭き、心を立て直した。

彼女は不破に電話をかけた。三回、四回とコールが続く。

八回目の呼び出し音を聞き、愛美がもう諦めようかと思ったとき不破が出た。

「……まなさん」

「あの」

「すみません。どうしても声が聞きたくて……」

「いえ」

「まだ藤堂の家ですか？」

「いえ、いま帰って来たところです」

「楽しかったですか？」

「はい」

「それは良かった。あの……もしかして蘭子さんから聞かれましたか？」

「何を……ですか？」

愛美の返事を吟味するかのように、不破はしばし言葉を止めた。

「橙子さんと藤堂のご両親は、私と一緒だったのですよ。屋敷にいらっしゃらなかったでしょう？」

「はい。優誠さんと別荘にって……蘭子さんから聞きました」

「母の企みにまんまと嵌《はま》ってしまったんです。別荘行きのことはまったく知らされていなかったのですよ。私の名でご招待したのだから、家にいるようにと言われて……。別荘に行かなければならない羽目になったんです」

「そうだったんですか」

「母にいいようにあしらわれているような気がして……」

不破はひどく疲れを滲ませた息を吐いた。

「誕生日の日、何か希望はありませんか？　食べたいものとか行きたいところとかあれば……」

婚約のことについて尋ねてみたかった。橙子との婚約は、本当のことなのか……

けれど、怖ろしくてとても口にできなかった。

「わたし……優誠さんの隠れ家に行きたいです」

「あそこで……いいんですか？」

「はい。場所はわかりますから、わたし自分で行きます」

「そんなことは……もちろん迎えに行きますよ」

「自分で行きたいんです。駄目ですか？」

「駄目ということは……ですが……」

「それなら、十時に……またピザが食べたいです」

愛美は思わずそう口にしていた。

初めて不破の隠れ家に行った日、不破と宅配ピザを食べた時の幸せな思いが、愛美にその言葉を言わせたのかもしれない。あの時と同じほどの幸せなひとときを、不破がアメリカへと発ってしまう前に、ともに味わいたいと……

「貴方の誕生日なのですよ。なのに、そんなものでは……」

「あのピザが好きなんです。あの部屋で、もう一度、優誠さんと一緒に食べたいんです」

不破は本心では納得しなかったようだが、愛美の望みを受け入れてくれた。

「では、また今宵九時に……」

「はい。九時に」

その言葉を最後に愛美は電話を切った。

愛美の心は、なにか言葉にならない、やりきれない重い思いに囚われていた。そのせいなのか、不破の声を聞いていても……彼はとても遠く感じた。

彼女は不破の携帯を頬にくっつけて目を閉じた。

不破を感じたかった。彼の笑顔とぬくもりが欲しかった。

34　玉の祝福

お風呂に入り、台所に立ったものの、愛美はどうにも食欲がなくて何を作る気にもなれなかった。

パーティーで色々口にしたし、夕食を抜いたからといってどうということもない。愛美はそう思いなおして、居間のいつもの場所に座り込んだ。

棚の上の大きな花瓶に活けた蘭子の両親から贈られた見事な花を、愛美はじっと見つめた。

彼女は藤堂家の皆を裏切っているのだろうか？

橙子は不破との縁談をどう思っているのだろう？

彼らからは過ぎるほどやさしさをもらっているというのに……

愛美は許されるのだろうか？

いくら考えても答えは出そうもなかった。

だからといって、考え思い悩むことをやめることもできない。

いっそ不破と逢わないことにすれば……

胸の痛みに、愛美はちぎれそうなほど唇を噛んだ。

恋愛というのは、ふたりだけのことにとどまらない。周りも大きく関わってくるのだ。

家の電話が鳴り、愛美はゆるい動作で立ち上がった。

「はい。早瀬川です」

「わたし」

蘭子だった。愛美は思わずハッとして息を呑んだ。

「ら、蘭ちゃん。あ、あの、今日はどうもありがとう」

「もうお礼はいいわ。……それより、あれ間違いだったから。訂正しておこうと思って」

「間違い？」

「姉様の婚約のことよ」

「え……」

「間違いないって話だったから、愛美と保志宮さんに話したのに……。違うって聞いた以上、すぐに訂正しないと気がすまなくて。これから保志宮さんにも電話しなくちゃならないし……まったく……」

不機嫌に言葉を並べた蘭子は、用件を終えるとすぐに電話を切った。

受話器を耳に当てたまま、しばらくぼうっとしていた愛美は、我に返って受話器を元に戻した。

愛美はその場にへたりこんだ。

していなかった……婚約……していなかったのだ……

安堵の涙を頬にこぼせばこぼすほど、愛美の心の重みは少しずつ軽くなっていった。

「じゃ、また明日」

すっきりと手を振って、迎えの車へと歩いてゆく蘭子の後姿を見つめ、愛美はすでに校門に向かって歩き出そうとしている百代に視線を向けた。

ずっと胸に抱え込んでいる頼みごとを、いま、なんとしても百代に告げなければならない。

「あのっ、百ちゃん」

「うん？」

百代が足を止めて問うような瞳を向けてきた。

言い出し辛い言葉が口の中で嫌な味に変わり、愛美は思わず顔が引きつった。

「なに、変な顔して」

そう言いつつ愛美の顔真似をしているらしい百代に突っ込む余裕など、いまの愛美にはなかった。

「お、お願いがあって……」

愛美は無意識に両手を揉み合わせた。

「ふーん、なあに？」

百代の視線が自分の手に注がれているのに気づいて、愛美は両手を慌てて離した。

「明日っ、なんだ、けどっ」

固く張り詰めた声は、まるでぶつ切りにでもしたような言葉になった。

「明日？」

「う、うん。や、休む……から。だ、だから先生に……」

「うん。わかった」

あっさりと承諾の答えをもらい、愛美は唖然となった。

「あ、あの。理由とか……き……」

「知ってるのに、聞く必要ないでしょ」

愛美はぎょっとした。

「し、知ってる？」

「誕生日のお祝いしてもらうんでしょう？」

「……あ。ど、どうしてわかるの？」

目を丸くしている愛美を見て、百代はにやにやしている。

「一目瞭然だよ。楽しんでおいでね」

一目瞭然？

そんなに顔に出ているのか？

「う、うん。あの、百ちゃん、丸い玉。ありがとう」

愛美はブレザーのポケットに入っている石を、手の中で転がしながら言った。

百代がにこっと笑った。

「あれはいい石だよ。いい振動をくれる」

「振動？」

「うん。愛美を愛美らしく保ってくれるから、いつも持ってるといいよ」

百代の言うことはわかるようでわからない。

それでも、愛美は百代の不思議さに心の安らぎを感じた。

「自分の心に正直でいなきゃダメだよ」

「え？」

「それと拒まないこと」

「拒まない？」

それは何に対しての言葉なのだろう？　不破との恋？

「うん」

百代はこくりと頷いた。

「いまにわかるよ」

愛美には窺《うかが》い知れない不思議な瞳で愛美を見つめ、百代は大きく微笑んだ。


翌朝、愛美は父親を見送り、後ろめたさを引きずりながら自分の部屋の押入れを開けた。そして、ひとつの段ボール箱を引き出して開けた。中には、いまの愛美が着れそうな、母の服が数枚入っている。

場所は不破の隠れ家なのだから、いつもと同じジーンズでもいいのだが……

今日は女らしい服を着て不破に逢いたかった。

これから一ヶ月……もしかすると数ヶ月もの間……逢えなくなるかもしれないのだ。

愛美は込み上げる切なさを、どうにか飲み下した。

彼女はクリーム色のワンピースを取り出して袖を通した。昨夜も出し、すでに試着していた。着るたびに、母の香りがするような気がした。

シンプルなデザインだけれど、仕立てが良くて着心地が良かった。愛美はその上に、アイボリーの薄地のコートを羽織った。これも母のものだ。

黒のパンプスを履いて、少し大きめの黒いバッグを持ち、愛美は家を出た。

駅まで向かう間、後ろめたさはずんずんと大きくなりながら、愛美についてきた。

平日の、みなが授業を受けている時間だ。

母の服を着て出歩いているせいなのか、特に父に対して強い罪悪感を感じる。

駅の構内に入った愛美は、落ち着かない気分に囚われ、駅のトイレに入って手を洗った。緊張からか、手のひらがひどく汗ばんで気持ちが悪かった。

愛美は鏡に映る自分の姿を見つめた。こうして見ると、少し母に似ている気がする。

たおやかでやさしい微笑を浮かべていた母……

愛美は自分に向けて無理に笑いかけた。作った笑いだけれど、そこに母の笑みを見て、愛美は不思議なくらい安堵を感じた。

「お母さん、わたしは間違っていないわよね？」

少し心配そうな顔をした母が鏡の中で頷いた。

「自分でもどうしていいかわからないの。でも……どうしても逢いたいの。ほんの少しでもいいから一緒にいたいの。わかってくれる？」

右の頬に涙がつーっと伝い落ち、愛美は慌ててバッグからハンカチを取り出そうとした。

そのときひとが入ってきて、鏡越しに目が合った。愛美は焦って視線を外し、ハンカチで目を拭った。

電車を降りた愛美は、百代の家を迂回して不破の隠れ家に向かって歩いた。

隠れ家のあるマンションは、そのあたりでは目立つのっぽな建物で、愛美は迷わずマンションの入り口に辿り着いた。

人がいると思った瞬間、愛美はそれが不破であることに気づいた。

「優誠さん」

「歩いてくるのが見えたので」

目の前に立った不破は少し息を切らせながら言い、さっと手を伸ばしてきて愛美の空いている手を握り締めた。

ふたりの手のひらの間にある異物に、不破は眉を上げて愛美を見つめてきた。

「あ……石です。クリスタルの……友達が……」

愛美は手のひらを開いて不破に玉を見せた。

「きれいですね」

「はいとても……友達に言わせるといい振動を発するそうなんです」

百代の受け売り……変な説明だと思いながら、愛美は不破に語った。

不破が小首を傾げた。

思わずにこりと微笑んでしまいそうな、少年っぽい表情と仕草だった。

「触れていると、とても心が和むんです。触ってみます？」

愛美は不破の手のひらに玉を載せた。彼は手を握り締めたり開いたりして、玉の感触を味わっている。

「ほんとうだ。貴方のぬくもりをいっぱい含んでる」

不破は玉を手のひらに持ったまま、愛美の手を握り締めてきた。そして彼女を導き、エレベーターに乗り込んだ。

ぐんと上昇してゆくエレベーターの中、不破と愛美の手のひらの間で、玉は本当に振動しているかのようだった。ジンジンと痺れるような感覚が、はっきりと手のひらに伝わってくる。いままではこれほど感じたりしなかった。愛美はその不思議に目を丸くした。

不破も感じているのだろうか？

愛美は問うように、不破の顔を見上げた。

「不思議な……石ですね。手のひらが、ひどくくすぐったい」

愛美は同じ感覚を分け合っている事実に、胸の底にジンとした嬉しさを覚えた。

玉が祝福してくれている。そう思えた。

35　ピザと屁理屈

不破の隠れ家は、前回に来たときのままだった。そのせいだろう、この部屋は時を止めている、愛美はそんな思いに囚われた。

立ち尽くしたままだった彼女は、不破もまた部屋の入り口に立ったままなのに気づき、彼に問うような視線を向けた。

愛美と目を合わせた不破は、焦ったように顔を逸らした。

いつもと様子の違う不破を、愛美は戸惑いながら見つめた。

「どうぞ。どこでも、好きなところに座ってください」

ぎこちない仕種で、愛美を促すように手を振りながら不破は言った。

彼の身体が緊張を発しているのを愛美は強く感じた。その影響を受けて、この部屋の空気は、身動きをしづらいぎこちないものになっているように思えた。

戸惑いを深めながら、愛美はソファに腰かけ不破のことを見つめた。彼は迷いを見せたあと、床に座ろうとした。

「あの」

思わず口にしてしまった愛美の声に、不破は奇妙に見えるほどピタリと動きを止め、彼女を見つめてきた。

「あ、あの……優誠さんも、ここに一緒に座りませんか？」

彼がひどく気まずそうな笑みを浮かべたのを見て、彼女は困惑した。

いったい彼は、どうしたというのだろう？

「えっと……あの？」

「貴方は……」

不破は何か言葉にしようとして口を閉じてしまった。そして結局、彼は愛美と距離を置いたまま床に座り込んだ。

彼女はわけがわからず、それでも自分が口にした言葉を思い返して顔が熱くなった。

ひどい恥ずかしさに襲われた。

何を考えて不破がそうしたのか理由はわからない。だが、結果的に愛美の誘いは、彼に拒否されたのだ。

「まなさん？」

愛美は赤らんだ顔を不破に見られたくなくて、俯いたまま返事もしなかった。

「どうしたんですか？　何か貴方が不愉快になるようなことを、私は言うかするかしましたか？」

戸惑ったような不破の言葉に、愛美は泣きたくなると同時に腹立ちが湧いた。不明瞭な不破の行動がもどかしくてならず、愛美は無言のまま左右に強く首を振った。

「でも……。ならどうして、何も言ってくださらないんです？」

不破の戸惑いの声には、焦りとそして微かな憤りが加味された。彼の憤りに呼応し、愛美の腹立ちは膨れ上がった。

「わからないから！」

「え？」

「わからないから！　優誠さんが」

部屋がシンと静まり返った。

俯いたままだった愛美は沈黙に耐え切れず、強張った顔をぎこちなく上げた。

不破が愛美の前に静かに近づき、彼女の前に片膝を折って座り込んだ。そして彼女の顔を覗き込んできた。愛美は目を閉じて、不破の視線を避けた。

「私が何を考えているかを知ったら……」

彼の手が愛美の頬にそっと触れ、愛美はピクリと肩を揺らして目を開けた。

不破は愛美の顔を見つめ、味わうように彼女の頬を撫でてくる。愛撫という表現のままに……

愛美の頬は熱く火照った。

不破の手は、瞳の奥の思考とは別に、無意識に動いているように思えた。

「貴方は私を恐れるでしょう」

「お、恐れる？　優誠さんを？」

「ええ」

自分のしていることにいま気づいたかのように不破は手の動きを止め、おずおずと手を引いていった。

「すみません」

その謝罪の言葉は、ふたりの間にまた新たな隔たりを作った気がして、愛美は胸が詰まった。

「謝って欲しくないです」

「まなさん。……すみ……ああ、参ったな……」

ひとり言のように呟いた不破の表情が、何かを思い出したように一変した。

「そうだ。貴方の……私の頭は……」

不破は唇を舐め、大きく肩を上下させて息を吐き出した。

「貴方の誕生日なのに……お逢いしてすぐに、お祝いの言葉を言うべきなのに……それすら私は失念している……」

不破は愛美の手を取って自分の頬に当てた。

「余裕がないんです。心に……。そのうえ、自分が信用置けない」

愛美はどう言葉をかけていいかわからず、彼の頬に触れている自分の手のひらを感じていた。

「貴方に心を奪われて以来、私の頭はまともに動いたことがあるのかどうかも怪しい……」

彼は静かにそう言うと、苦みのある笑みを浮かべて彼女を見上げてきた。

「貴方は私を、どうするつもりだろう？」

その質問は、愛美に直接向けられてはいないように思えた。

不破は頬にある愛美の手をぎゅっと握り締めた。

「わたし……どうすれば？」

愛美の途方に暮れたような問いに、不破がふっと笑みを浮かべた。

「そうですね。頭から冷たい水でもかけていただくかな」

とんでもない言葉に戸惑った愛美に、不破はおかしそうな笑みを浮かべた。

「少しは冷静さを取り戻せるかもしれない」

彼は独り言のようにそう言うと、掴んでいる愛美の手のひらに唇を押し当てた。

不破の唇が手のひらに触れた感触に、愛美はぴくりと震えた。

「ゆ、優誠さん」

「この部屋に、貴方とふたりきりになることで、私がどれほど自制しているか、貴方はわかっていない。私は男です。そして貴方を……たぶん貴方が想像できないほど……求めてる。私の意志に反して、自制心が切れるのではないかと……怖いんですよ」

彼がそれを語るのに、どれだけためらいを感じているかが、愛美にストレートに伝わってくる。

「だがもちろん、貴方の望まないことをしでかして、貴方を失いたくない……」

不破の瞳がまっすぐに愛美に向けられた。

「私を軽蔑しますか？」

彼女は否定して首を振った。

だが、だからといって、不破の口にした思いにいますぐには応えられそうもない。彼女なりの心の準備がどうしても必要だ。それを彼はわかってくれるだろうか？

「あの……もう少し待ってもらえますか？」

なぜかその愛美の返事に、不破が笑った。

一世一代の言葉だというくらい、勇気を振り絞って口にした言葉を笑われたことに、愛美はいささかむっとした。

「どうして笑うんですか？」

「どうしてかな？」

そう口にしつつも、不破はくすくすと笑い続けるばかりで、ちっとも笑いやまない。

「優誠さん」

愛美は責めるように彼の名を呼んだ。

「きっと嬉しかったんです。一方的ではないとわかって……」

なぜか、彼は突然に心に余裕をもてたようだった。不破は愛美の手を握り締めたまま、彼女の隣に腰かけ、やさしく抱き締めてきた。

愛美は不破の胸に頬をつけて彼のぬくもりを味わった。

彼は愛美を放そうとせず、ふたりはそのまま、長い時間、沈黙も楽しみながら話をした。

昼近くにピザを頼み、一時間後に届いたピザを床において、ふたりはランチを始めた。

「これはちょっと、あまりいただけない味ですね」

ピザのひとつを口にした不破は、そう言って顔をしかめた。彼がいま食べたのは、三種類頼んだうちのひとつ。百代の家で愛美は一度食べたことがあって、まったく口にあわなかったのだ。これは駄目だと彼に言ったのに、不破はどうしても頼むと言って聞かずに注文してしまったのだ。

愛美は不破に眉を上げて見せ、彼と彼の不評を買ったピザをわざと交互に見つめた。

「だから、そのピザはあまりいけてませんよって言ったのに、優誠さんったら、どうしてもって言うんですもの。優誠さん、それ……最後まで責任持って食べてくださいね」

愛美の言葉に、不破は顔をしかめて彼女を睨んできた。唇を不服そうに前に突き出している。

彼の子どもっぽい表情と態度に、愛美は必死で笑いを隠した。

「食べてみたかったんですよ。貴方がこれは駄目だとあまりに否定するから……なんというか、逆に興味をかき立てられてしまったんです」

不破はそう言うと、いただけないピザを一切れ愛美に差し出してきた。

「つまり、これを頼んでしまったのは貴方のせいでもあるということになるんですよ。だから半分は貴方が食べるべきでしょう？」

愛美は不破の言葉に呆れつつ、不破が差し出しているピザを仕方なく受け取った。

「優誠さん、そういうの屁理屈っていうんですよ」

「屁理屈は好きですよ」

不破はすぐに切り返してきた。

「相手を口で負かすのも」

真面目な顔を取り繕いながらも楽しげな不破の表情に見とれながら、愛美は微笑んだ。

彼の表情の変化は、いくら見ても飽きない。

36　受け取れない贈り物

「今日は、何時までいられますか？」

三時を過ぎたところで不破が尋ねてきた。

ソファにぴったり身を寄せて座り、不破は会話をしながら愛美の指を愛しげに撫でている。

「五時くらいには帰らないと……」

「そうですか……」

二時間という言葉が、不破の頭の中にも浮かんだに違いなかった。

「帰ってくる日程はまだはっきりしていませんが、クリスマスの前には必ず戻ってきます」

愛美は機械的に頷いていた。

ひと月……

保志宮は数ヶ月と言ったが、不破はひと月で帰るつもりのようだ。

少しほっとしたが、それでもひと月は……長い。

「長いな。耐えられそうもない……」

同じ気持ちを抱いていた愛美は、不破の言葉に嬉しさがこみ上げ、知らず頷いていた。

不破はすでにありもしないふたりの隙間を失くそうとでもするように、彼女の身体をぎゅっと抱き締めてきた。

「帰ってきたら、両親に会ってもらえますね？」

彼はそう問いかけ、少し身体をずらして愛美の顔を見つめてきた。

彼の瞳を見返し、愛美は心を決めた。もう話さないわけにはゆかない。

「あの。わたし……優誠さんに、言わなければならないことがあるんです」

「私に？　何を？」

「あの……」

言葉を口にしようとするものの、なかなか切りだせず、愛美は口ごもった。

「まなさん？」

「あの……わたし……」

「まなさん」

不破は愛美の言葉を押しやるように彼女の名を呼んだ。

「は……はい」

「誕生日の記念に、これを……」

ポケットに手を入れた不破が手を差し出してきて、愛美の手のひらの上にそっと何かを置いた。

「お誕生日おめでとうございます」

「あ、ありがとうございます」

銀色の鎖だった。

チェーンには、小さな薔薇の花がついていた。

「覚えていますか？　この色の薔薇？」

愛美はその薔薇に目を釘づけにして頷いた。

心臓がドキドキと高鳴り始めた。

強烈に記憶に残っている一輪の薔薇と、この薔薇は本当によく似ている。

「気に入っていただけましたか？」

ひどく遠慮がちに不破が尋ねてきて、愛美はぎこちなく頷いた。

胸がいっぱいで、言葉が出てこない。

首飾りを手に取った不破は、黙ったまま愛美につけてくれた。

「よく似合う」

彼の言葉に嬉しさが大きく膨らんだ。

愛美は笑みを浮かべ、喉元にある薔薇の花に指先でそっと触れた。

「……実は、もうひとつ、受け取っていただきたいものがあるんです」

愛美は驚いて顔を上げた。

「えっ？　これだけで充分です」

「誕生日の贈り物ではないのです」

「はい？」

不破はどこから取り出したのか、白いビロードの小さなケースを差し出してきた。

愛美はごくりと唾を飲みこんだ。それは指輪の箱としか思えなかった。

「えっと……」

「開けて」

その言葉には、命じるような力がこもっていた。

愛美は震える指で、恐る恐るふたを開けた。

ぎょっとするほど大きな石が目に飛び込んできて、彼女は固まったまま目を見開いてその石を凝視した。

ダイヤモンド……だ。たぶん……

「こ……これ……」

「受け取って……いただけませんか？」

愛美は驚きのまま不破の瞳を見つめた。彼の表情は痛々しいほど緊張している。

彼女は身を縮め、知らぬ間に力一杯両手で指輪の箱を握り締めていた。

「受け取っていただけませんか？」

まるで救いを求めるように不破は繰り返した。その声は痛いほど張りつめ、ひどく掠れていた。

「受け取ってください。……お願いです」

愛美は思わず目を閉じた。

どうすればいいのだ？　まだ、真実すら告げていないのに……

「優誠さん、わたしほんとうは高校生なんです」

愛美は一気にその言葉を口にし、顔を強張らせて目を開けた。

当惑した不破の表情に、愛美は泣きたくなった。

「……今日で十八に……二十一なんかじゃないんです」

愛美は、固い声で言葉を足した。

「蘭子さんと……同級生ということですか？」

「……そうです」

「そうでしたか……」

愛美は不破の変化を目にしたくなくて、伏せた顔を上げられなかった。

「学校というのは、高校のことだったんですね」

「ごめんなさい」

「だが、どうしてそんなことを？」

愛美は正直に、静穂たちと遊園地で会った経緯から話した。

「蘭ちゃんは、どうしても見返さないと気がすまないって……それで」

「それで貴方は、あのパーティーにいらしたのですね？」

「はい」

「それで貴方の彼氏には保志宮が選ばれたというわけだ。彼を選んだのは、蘭子さんですか？」

「そうです。もうひとりの友達の彼も蘭ちゃんが決めて……相手の方は社会人で、歳が離れすぎていると相手にされないからって、わたしたちの歳は二十一だってことにしたんです」

「それで蘭子さんは、ご自分のその野望を成し遂げたのですか？　それとも……まだ継続中なのですか？」

彼の言葉に憤りが混じっているのに気づいて、愛美は急いで言葉を続けた。

「も、もう終わりました。あのとき……あの、お芝居に行ったときに……」

「なら、あれ以来、貴方は保志宮と会っていないのですね？」

愛美は思わず気まずい顔をした。不破はすぐに悟った。

「……会ったんですね？」

仕方なく愛美は頷いた。

「蘭ちゃんが誕生日のお祝いをしてくれたときに……あの方をお呼びしてて……」

不破は考え込むように黙り込み、しばらくしてからまた尋ねてきた。

「蘭子さんは、貴方と保志宮を結びつけようとでも考えているんでしょうか？」

愛美は首を横に振った。

「そんなことはないと思います」

不破はまた黙り込んだ。

彼が何を考えているのかわからず、愛美の心は不安に揺れた。

愛美の手には、指輪の箱が握られたままだ。その指輪の重みが愛美を緊張させ、どんどん両腕が強張ってくるようだった。

そんな中、不破の指が愛美の頬に触れ、彼女の顔を上げさせた。

彼の顔が近づいてきて、彼女が驚く間もなくふたりの唇は重なっていた。

愛美は当惑しつつも、安堵を感じた。

不破は、愛美の嘘を赦してくれたと思っていいのだろうか？

彼は少しずつくちづけを深めた。混ざり合うふたりの息を感じて、愛美の頭の芯が熱を増してゆく。その反面、心臓は耐えられないほどに鼓動を速め、胸から飛び出そうなほど激しく打ちつけている。

唇が……ゆっくりと離れた。

不破はこれ以上ないくらい強い視線で愛美の瞳を捉えた。彼の青い瞳が発する強い力に、彼女は瞬きひとつできなかった。

「まなさん、貴方を愛しています。私とともに、これからの人生を生きてくれますね？」

不破の低い声は彼女の胸の底に直接響いた。愛美は魔法にかかったように、知らぬ間に頷いていた。

彼女の頷きに不破は安堵したような微笑を浮かべ、約束の印のようにまた唇を重ねてきた。

キスの余韻に意識が霞んでいる愛美の指を、不破は手に取った。

愛美はハッとして、不破が持っている指輪を見つめ、それから彼の顔を見つめた。

さきほどよりもっと、その石は大きく見えた。

彼は愛美の指にそれを嵌《は》めようとしている。そうわかって愛美はおじけづいた。

「お、大きすぎます。とてもいただけません」

畏《おそ》れに囚われて首を振りながら手を引こうとしたが、不破はそれを許さなかった。

いったいこの指輪はいくらするのだろう？　想像もつかない。だが、愛美が受け入れられる範疇《はんちゅう》を、大きく超えているだろうことは容易に想像できた。

「大きさが問題なのですか？　ならば、これがもっと小さな石だったら受け取ってもらえるということですか？」

「え？」

愛美はわけがわからなくなってきた。

石が大きいとか小さいとか、そんなことではない。これを受け取るということは……

彼女は息を止めて、ごくりと喉を鳴らした。

「これって……こ、婚約指輪って……ことですよね？」

「ええ、もちろんそうです」

不破はこともなげに肯定した。

「と、突然すぎます」

「明日からひと月逢えなくなるんです。だから発つ前に、どうしても！」

「い、いただけません」

首を振り続ける愛美を見つめる不破の表情は、怖いほど真剣みを帯びた。

「貴方はすでに私のプロポーズを受け入れてくださった。なのに、どうして指輪を受け取ってくださらないんです」

「だって……わたしには似合わないです。……も、もっと質素なっていうか……でないと……」

「受け取る意志はあるということですね」

「え……ええ……も、もっと……」

愛美の言葉は、尻すぼみに小さくなった。いま口にしている言葉は、ひどく重いものなのだということに、途中で気づいたからだ。

彼を深く愛している。けれど彼と愛美の世界は、そう思いたくなくても、現実に大きな隔たりがある。

彼は、本来愛美などには手の届かないひとだ。そんなひとと、本当に結ばれることなどできるのだろうか？

彼の両親は、橙子を息子の嫁にと望んでいるのだ。愛美が彼の両親の元に挨拶に行ったとしても、歓迎などされるはずがない。

彼女自身、愛美より橙子のほうが、不破には相応しいと思うのだから、不破の両親が、橙子をと望むのは……当然の……

愛美は自分の考えに胸をえぐられ、生じた痛みに心の中で悲鳴を上げた。

彼の隣に愛美ではない女性がいるだなんて、そんなこと考えるだけでも……

い、嫌だ！

不破と一緒にいたい。けして離れたくない。けど……

愛美は不破に抱かれながら、身を震わせた。

それでも、不破の世界に入ることに、強烈な恐れが湧く。

「帰ってきたら両親に会ってください。貴方の父上にもできるだけ早くお会いしたい」

不破はそう口にしながら、迷いに大きく心を揺らがせている愛美の薬指に、するりと指輪を嵌《は》めてしまった。

愛美は自分の指に嵌《はま》った指輪を、驚愕の面持ちで見つめた。

父に話す？

父に……

眩暈がした。

父は、自分の娘が男性と付き合っているなんて、思いもしていない。

なのに、婚約指輪まで受け取ってしまって……

それもこんなに大きな……

恐れに囚われ、指輪が嵌められた手が小刻みに震えた。まるで他人の指のように感じる。

不破は愛美の指の震えを消し去ろうとでもするように、強く握り締めてきた。

「この石の大きさは、貴方の好みではないようですが、これは祖母が私にくれたものなのです。妻となるひとに贈るようにと……」

その説明で、指輪の重みがドンと増した気がした。

「これで貴方は私のものだ。……そして、私は貴方のものだ」

呆然としている愛美をかき抱いた不破は、強い口調で宣言するように言った。

37　甘きくちづけ

彼は無理をしている。愛美にはそう思えた。

突然の結婚の申し込みも、婚約指輪も……

だから彼の言葉は胸が痛むほど真剣で強烈で……それでいて、哀しいほどに脆《もろ》く感じる。

求める気持ちが互いに強すぎて、結びつこうと必死になっている。

そんな風に思えた。

だからこそ、愛美の心は切な過ぎ……苦し過ぎた……

こうして不破の胸に抱かれて、彼の体温を充分すぎるほど感じているのに、胸が張り裂けそうに痛い。

未来が見えない。不破との未来が……

目の前には越えられない壁がそびえたったまま、そして明日から、不破は遠く離れた場所に行ってしまう。

頭の中は混乱したまま整理できず、哀しみと不安が胸に渦巻く。

愛美の目に涙が盛り上がった。

「まなさん」

彼女の頬に流れ落ちている涙に、不破は指先で触れた。

「まな」

「怖くて……」

その言葉は、ほとんど声にならなかった。けれど、ひどく悲痛な叫びだった。

愛美を抱き締める不破の腕にさらに力がこもった。

「私も怖い……。こうして貴方を抱き締めているのに……どうしてなのでしょうね」

しばらく黙り込んだ不破がまた言葉を続けた。

「きっと……明日から遠く離れてしまわなければならないからでしょう。その事実が不安をかき立てる……」

不破の胸の鼓動に耳を傾けながら、愛美は口元を強張らせて目を閉じた。

別れのときは、こうしている間にも、止まることなく近づいているのだ。

時など止まってしまえばいいのに……

「必ず毎日、電話をします」

耳元に囁《ささや》かれた言葉に、愛美は瞼《まぶた》を開け、目を大きく見開いた。

いま、彼はなんと……？

「で、電話？」

愛美は急くように聞き返した。

「ええ。もちろんそのつもりです。せめて貴方の声だけでも聞きたい。だが、貴方の都合の良い時間にかけられるか……」

国際電話ということなのだ。愛美は遅れて納得した。

「携帯、海外とでも通話できるんですか？」

嬉しさがこみ上げ、心が軽くなった。

だって、声が聞けるのだ。それも、毎日？

「微笑んでくださった」

彼の声にも安堵があった。

顔を上げて不破の顔を見ると、やさしげな笑みが浮かんでいた。愛美は不破の笑みに込められている彼の思いを感じ取り、同じように微笑み返した。

不破は苦悩しながらふたりに与えられた残り少ない貴重な時を紡ぎたくないのだ。それは愛美も同じだ。

愛美の顔を覗き込み、不破は人差し指で彼女の口の端をやさしく押さえた。

「貴方からでもかけられますが……時差がありますから。いまと同じ時間では、私は出られないかもしれない。ともかく私から電話をします。貴方は出られるときにだけ出てくださればいい」

愛美はこくこくと頷いた。

もちろん胸に抱えている切なさや苦しみのすべてが消えたわけではなかったが……

「いいものがあるんですよ」

彼はこの場の雰囲気を変えようとしてか、明るい声でそう言うと、愛美の背中を愛しげに撫でてから立ち上がった。

彼の行動を問うように見つめている愛美に向かって、不破は少し悪戯《いたずら》な笑みを浮かべてみせ、隣の部屋へと続くドアを開けた。

部屋の中に姿を消した不破は、左手に何かを持ち、すぐに出てきた。

「食べますか？」

「え？　それ……」

そのパッケージは見間違えようもない……華の樹堂のプリンだった。

「お好きだと、言っておいでだったから……」

愛美は胸が熱くなった。電話で一度、このプリンの話をしたことがあった。不破はそれをちゃんと覚えていてくれたのだ。

華の樹堂のプリンは、いつも夢のように美味しかったが、今日のプリンはこれまでとは違う特別な味がした。

ひとくち味わった愛美は、疼く胸で精一杯笑みを浮かべた。不破は愛美の嬉しげな笑みが見たいに違いないのだから。

「美味しいですか？」

「はい。……とても」

唇が震え、声が震えた。

愛美はまた涙を零しそうになり､急いでプリンを頬張り、こみ上げてくる涙と一緒に飲み込んだ。

顔を上げると、不破は愛美の唇にじっと視線を注いでいた。

「唇に……」

囁《ささや》くように呟いた不破は、すっと顔を近づけ、愛美の唇を舌先で舐めた。

与えられた刺激のせいで、愛美は唇に表現しようのない感覚を覚えた。

いたたまれないほどの甘い疼きに、愛美は指先で唇を押さえた。

「……甘い」

愛美の瞳を覗き込んで口にされた彼のその声には、ひどくなまめかしい響きがあり、彼女の心臓は狂ったように鼓動を速めた。

不破の青い瞳はいまや妖しい光を帯び、否定できないほど官能的な色に染まっている。

愛美は目を見開き、ごくりと唾を飲み込んだ。

不破は愛美の膝の上のプリンを手に取り、プリンが入っていた入れ物に戻すと、ふたりの唇を合わせ、じっくりとキスを深めていった。

「まな……まな……」

ぼうっとかすんだ意識に、不破の声が入り込んできた。不破の胸にもたれたまま顔を上げると、彼は愛美の唇を指先でなぞってきた。

「貴方の口から……愛の言葉を聞きたい」

懇願すら感じる言葉だった。

彼の思いに同調したかのように、愛美の胸が痛いほど疼いた。

愛美は手を伸ばして不破の手を握り締めた。愛美のその手を包み込むように、不破はもう片方の手を重ねてきた。

彼女が不破を求めると同じだけ、彼も愛美を求めてくれている。離れ離れになっても、毎日声を聞けるのだ。不破はけして……そう、けして約束をたがえたりしない。

初めて逢った日からこれまで、不破は愛美との約束をたがえたことなどなかった。それどころか彼女が戸惑うほどに、彼女を無心に求め続けてくれた。

愛美は不破の手を頬に当てて彼を感じながら、これまでのことを思い返した。

パーティーでの夢のような時。初めてのキス。そして至福を感じさせる抱擁。

逢ったばかりの男性との、普通ではありえないあのひとときを、愛美は自然に受け入れていた。

それは……それが、彼だったから……

ベンチに座っている愛美の前に、突然現れた不破。あのときの彼はサングラスをかけていて、とんでもなく近づき難い風貌だった。

だけど彼は、泥だらけの愛美をためらいなく抱きしめてくれ、どうしても見つけ出せなかった眼鏡だって見つけてくれた。

途方もないほどの深い愛を、出会ってからずっと、不破は愛美に与え続けてくれている。

込み上げてくる涙を、愛美は必死に押し戻した。

馬鹿みたいに泣いてばかりいる自分がもどかしくてたまらない。もうすぐ別れなければならないというのに、こんな泣き顔ばかり、彼に見せたくないのに……

愛美は百代がくれた玉のことを思い出し、ポケットから取り出した玉を不破に差し出した。

「まな？」

「持っていてください」

「ですが、……これは、誕生日にご友人から贈られたもの……」

愛美は不破の言葉をさえぎるように、彼の手のひらの上に玉を置いた。

この玉は、きっときっと不破を守ってくれる。だって、不思議な力を秘めている百代がくれたものなのだ。それに、彼がこれを持つ事で、愛美は彼の側にいられる気がする。

愛美は玉の上から手を重ね、不破を見つめ返した。

百代の言葉が頭に浮かんだ。

自分の心に正直に、そして拒まないこと。

「愛して……ます」

その愛の言葉は自然に口からこぼれ出た。口にした途端、涙が湧きあがり、止めようもなく頬にこぼれ落ちた。

「まな」

不破は愛美の名を愛しむように口にした。その声の響きに、彼女の胸は耐え切れないほど疼いた。

ふたりの住む世界は確かに違う。立ちふさがる壁は、そう簡単に乗り越えられはしないだろうし、壁を前にした彼女は、足が竦《すく》んで動けなくなったり、立ち向かえずに怯えて逃げ出そうとするかもしれない。

それでも……それでも……

不破のいない世界など、もう彼女には考えられない。

逢えない時がどれほど長く続いても、愛美と不破の魂は、深いところで繋がっている。

いまは、はっきりとそう感じられる。

「優誠さんが帰ってきたら……ま、またここで、ピ、ピザ……食べたいです」

精一杯明るく言うつもりだったのに、胸と唇が震えるせいで、ちっともうまく言えなかった。

時間はもう残されていない。長い別れの時はすぐにやってくる。

「ええ、必ず……」

強張った声で口にされた不破の言葉は、切ないほどの震えを帯びていた。

不破の頬に涙が零れ落ちた。

彼女は不破の頬を両手で包み、伝い落ちる涙に唇で触れ、彼の青い瞳を一心に見つめた。

「まな、貴方に出会えたこの奇跡に、感謝したい」

その言葉は、愛美の心の深い部分へ沁み込んでいった。

切なさに胸を切り裂かれそうになりながら、彼女はありったけの愛を込め、不破の唇にそっと唇を重ねた。

キスは涙の味がした。

そして……とろけるほど熱く甘かった。

特別番外編

ただ、彼女に向かって……

1　複数の敵

「パーティー？」

優誠のその言葉には、蔑みの響きがあった。

聡い父親は、その微かな響きを敏感に感じ取ったようだった。彼より齢を重ねた顔に含んだ笑みが浮かんだ。

「お前の不服などどうでもいい。すでに決定事項だ。お前は行くことになっている」

命令としか思えない父の言葉に、優誠は顔から表情を消した。

苛立ちが湧いてならない。不破の生まれであることが、彼には疎ましかった。特に、いまのような状況の時は……

自分の感情など度外視されたうえ、意志を貫けないもどかしさが、彼の心から熱を奪ってゆく。

「そんな顔をするな。お前の気持ちはわかるつもりだ……」

書斎の椅子にくつろいで座り込んでいた父親は、そう言いながら立ち上がった。

「そうですか？」

優誠は声に皮肉を込めた。

重厚な造りの机を、実継《さねつぐ》は回り込んできた。

「ああ。お前が思うよりもな。それに、たかがパーティーに出席するだけのことじゃないか」

実継は応接セットのひとり掛けのソファに座り込むと、机の前に立っている優誠にも、身振りで座るように促してきた。

抗いたい思いも湧いたが、優誠は気持ちを切り替えて、三人掛けのソファの肘掛に寄りかかる形で腰かけた。

「で、心にもないお世辞を聞き、媚《こび》を受け取ってくればよいというわけですか？」

「そうだ」

即座に切り返してきた父親に憤りが湧いた。そしていつもと同じように、憤りの大きさだけ彼の心は冷えてゆく。

「そんなことに何の価値がありますか？」

憤りを胸の内に押さえ込み、優誠は固い言葉で問いかけた。実継はそんな彼に推し量るような眼差しを向けてくる。

「優誠、必要なのは先を見ることだ」

「人間関係を良好に保つのは、確かに事業にとって大切だと思います。だが……その必要を感じる人物は稀《まれ》ですよ」

「そうかな？」

「ええ」

しばし沈黙が続いた。

父の目は深い思慮を秘めているように見え、彼は落ち着かない気分にさせられた。

「皆無ではないと思うなら……行くべきだろう？」

諭すように言われ、反感が湧く。

「ならば、貴方がお行きになれば良いでしょう？」

貴方の呼びかけに、父親の眉がぴくりと反応した。が、それだけだった。

歯痒かった。どうやってもこの父に太刀打ちできない、自分の青さが浮き彫りになったようで……。

「知っているだろ。今週末、私は、君の……母親の計画に乗らなければならない」

「君」の呼びかけは、もちろん彼が父を貴方と口にしたことへの、あからさまな当て付けだ。わざわざもったいぶったような表情をしている父を見て、優誠は苦い笑みを浮かべた。

母親の計画とは海外旅行のはずだ。お土産は何がいいかと、先ほど聞かれたところだった。たぶん、いつものように母親が映画で観た素晴らしい景色の場所でも、直接眺めに出かけてゆくのだろう。

「羨ましいことですね」

さしたる感情も交えず優誠は言った。

「難点はゼロではないが、羨ましがられることではある。一人身のお前には特にな」

優誠は鼻白んだ。羨ましくもなんともない。

「この気楽さは、けして捨てたくないもののひとつですよ」

「それもよかろう。だが、わずらわしい連中が、お前のために山ほどの縁談話を持ちかけてきている」

父の言葉に彼は顔をしかめた。まったく迷惑な話だ。

「優誠」

「なんです、父上」

「そろそろ真面目に探し始めないと、そのうちのひとりを強制的にあてがわれる羽目になるかもしれんぞ」

「馬鹿馬鹿しい」

そんな真似は誰にもさせるつもりはない。それに、恋という感情を彼に抱かせる女になど、いまだかつて会ったことがない。

「それが馬鹿馬鹿しいとも言えない」

優誠は眉をきゅっと寄せた。

「どういうことです？」

眉を竦《すく》めた実継が、少し面《おもて》を改めた。

「断れなくなるように、巧みに縁談をまとめてゆく罠に嵌《はま》ってから気づいても、すでに遅いということだ」

彼は眉をひそめた。その声には、実体験したような真剣味があった。

「まさか、ご自分がとはおっしゃいませんよね」

実継は愉快そうに笑い声を上げた。

「もちろん、私はそんな愚かではない……が……」

「が？」

「その罠に陥りかけた経験がある」

「それはまた」

「女を相手にする時は、どんな時でも気をつけろ」

実継の声はこれまでになく強い警告を帯びていて、優誠は思わず気を引き締めた。

「もしかしてそれは、今回のパーティーに対しての忠告ですか？」

実継は極端に声を潜めた。

「成島の奥方に気をつけろ」

成島？

成島の奥方とは、藤堂家の遠縁の老婦人だ。優誠も懇意にしている。

「いったい……？」

「詳しいことはわからない。ただ、今回の藤堂家のパーティーで、何か企んでいるらしいとの話が耳に入った。お前が困った立場に陥っては、パーティーに無理やり送り込んだ私も、気分が悪いからな」

「ご忠告、ありがたいですよ」

優誠は礼を述べ、父親の書斎を後にした。

自分のテリトリーへと引き上げた優誠は、広々とした書斎の気に入りの椅子に腰かけた。ここに座るとゆったりと気分が落ち着くのだが、今夜は、父親のさきほどの警告のような内容が気になり、リラックスなどできなかった。

あの老婦人、いったい何を企んでいるというのか？

どこにでもしゃしゃりでてくる厚かましさはあるが、悪い人物ではない。優誠も彼女を嫌ってはいないし、身近な者に愛されている婦人だ。男女の縁を結んで仲人の記録を更新してゆくのが、彼女の唯一の生きがい。とはいえ、嫌がる相手に結婚相手を押し付けるようなことはしていないようで、周囲の評判は悪くない。見る目が確かで、これぞという縁談を持ちかけてくる……らしい。

その成島に気をつけろとは……縁談しかない。もちろん彼に誰をあてがおうとしているのか、その予想もつく。

今年二十七になる彼を、周りは結婚適齢期と決め付けているようだった。縁談の話は尽きないし、仕事と思って出かけた先に、見合い相手がいたということもあった。

本人の優誠を蚊帳《かや》の外において、我こそが彼にぴったりの女性をめあわせると意気込んでいるようなのだ。彼にしてみれば、迷惑以外のなにものでもない。

携帯が鳴り出し、相手を確認したうえで彼は耳に当てた。

「優兄様、ごきげんよう」

ハキハキした声に優誠は微笑んだ。藤堂家の次女、蘭子だ。

蘭子の話は、いま父との会話で出たパーティーのことだった。彼も参加するのかと尋ねられて、彼は行くと答えた。

「久しぶりにお顔が見られますのね。優兄様ったら、仕事仕事でちっとも遊びにきてくださらないんだもの」

「本当に忙しいのですよ。今回も参加するつもりはなかったのですが……」

「今回のパーティーには、どうしても来てくださらなきゃ駄目よ」

優誠は眉をあげた。成島の婦人の企みが頭に浮かぶ。

「どうしてですか？」

「あのね……」

なぜか蘭子の声のトーンが変化した。椅子に腰かけなおした優誠は、背もたれに身体をあずけてくつろいだ姿勢を取った。

「姉様、素敵なラベンダー色のドレスを新調したの。わがまま言って、着て見せてもらったのだけど、そりゃあもう、素敵なの」

「そうですか。それは私も目にしたいものですね」

彼の言葉に混ぜるように、蘭子は満足そうな相槌を打った。

「橙子姉様ほど、女らしくて魅力的な女性は他にいないわ。優兄様もそう思わない？」

これは少しばかり用心したほうが良さそうな内容だった。

「ええ、そうですね」

優誠はことさら軽い口調で答えた。

「ええ。ほんとうにそうなの。それでね、パーティーの最後くらいに、姉様がピアノを弾くことになっているの」

橙子は音大に通っていて、ピアノの腕はプロにも劣らない。

「それは楽しみですね」

もちろんそれはお愛想などではなく、彼の本心だった。が……

「ふふ。それでね、優兄様がピアノを弾く姉の傍らにいてくださったら、きっと橙子姉様、緊張せずにすむと思うの」

益々不用意に発言できない話になってきた。ピアノの演奏前には、会場を後にしたほうがよさそうだ。

橙子のことが嫌いなわけではないが、妻という話となれば別だ。

「それでね」

考え込んでいた優誠は、蘭子の言葉に意識を向けた。

「なんですか？」

「パーティーに、わたし、親しい友達をふたり連れてゆくのだけど……優兄様、保志宮さんの電話番号を教えていただけない？」

「保志宮ですか？」

「ええ。どうしてもあの方と連絡を取りたいの。別に悪いことをしようというのではないのよ。優兄様、教えてくださるでしょう？」

優誠は苦笑した。

どうやら蘭子は、優誠と橙子の仲を取り持つだけでは飽き足りないらしかった。

2　おかしな感覚

藤堂家の別邸は、予想以上に人でごった返していた。だだっ広い通路を会場となる広間へと向かっていた優誠は、知らず立ち止まっていた。

成島の婦人の企みが、ここに来て気にかかってならなかった。意に染まぬ結婚など絶対に拒否するつもりだが、父親の言葉がその自信を揺らがせる。

このまま、帰ったほうがいいのかもしれない。

彼は少し後ろを窺《うかが》い、壁際ぎりぎりのところまで移動した。さっさと帰りたいが、このまま人波に逆らって出口へと進むのでは、人目を引き過ぎる。のちのち不参加の理由を取り繕うためにも、目撃者は少ないほどいい。

知っている人物と目が合い会釈《えしゃく》した彼は、蘭子の姿を捉えた。話に聞いていたとおり、友達らしい女性を連れている。だがひとりだけだ。ふたりは何か揉めているようだった。

優誠は蘭子とやりあっている彼女が気の毒になったが、笑いが込み上げて仕方なかった。蘭子の友達でいるというのは、なかなか大変なことに違いない。

彼は身体ごと壁に向き、蘭子が通り過ぎるのを待つことにした。

少し離れたところから「百代はどこ？」という蘭子の声が聞こえた。間を置いて「いたわ」という声も聞こえた。

声がした方向に視線を向けてみると、苛立たしい気持ちを体現するような歩みで、蘭子が後方へと引き返してゆく。

連れの女性はその場に残ったが、あまりに心細そうな風情で、優誠の笑いを誘った。

蘭子の友人という奇特な人物に興味が湧き、少しばかり話をしてみたかったが、もちろん行動には移さなかった。今日はもう帰るのだ。

もう一度蘭子の様子を目で追いかけ、顔を戻した優誠はきゅっと眉を寄せた。

蘭子の連れの女性が、少しずつこちらへと移動してきていた。

ひとにぶつからないようにという配慮か、一歩一歩確かめるように足を踏み出している彼女の表情はひどく不安そうで、その眼差しはなんとも捉えどころが無い。

彼女の顔をまともに目にした優誠は、知らず息を止めていた。

まるで引き寄せられるように優誠のほうへ歩いてくる彼女を、彼はただ待ち受けた。

あと一歩というところまで近づいていた彼女が、人にぶつかり大きくよろめいた。驚いた彼はさっと手を差し出したが、彼の手が彼女を支えるより先に彼女の手が優誠の胸に触れた。彼はそのまま彼女を支えようとしたが、驚いた彼女が手を引き、そのせいでバランスを崩し、彼女は優誠の胸に倒れ込んできた。その瞬間、なんともいえない甘い匂いが香った。心臓がおかしな具合に反応し、彼は眉を寄せた。

目を眇《すが》めつつ、無意識にもう一度匂いを確認しようとしたが、ぶつかってきた女性は慌てたように彼から身を引いた。

「ご、ごめんなさい」

ひどくうろたえた様子の彼女は、ゆっくりと顔を上げてきたが、優誠と視線を合わせぬまま、また俯いてしまった。もどかしくてならなかった。

「いえ……」

なぜか強烈な苛立ちに駆られていた。彼女の視線を捉え、彼女に彼の存在をはっきりと認識させたかった。

そんな、自分でも理解し難いおかしな感覚に囚われ、理性的な部分が困惑しているところで、彼の視線は彼女の胸のふくらみに釘付けになった。胸の谷間がほんの少し見えているだけで、はしたないほど露出しているわけではないのに、そのふくらみは彼の身体に、こんな場にはあってはならない男の反応を与えた。優誠は急激に喉の渇きを覚えた。

「不破。お前も来たのか？」

その声に優誠はさっと顔を向けた。友人というほどではないが、学生の時から付き合いがある浅田《あさだ》だった。

優誠のすぐ側に佇んでいる彼女に、浅田は興味深そうな視線を向け、彼は内心舌打ちした。自分以外の男に、彼女を見て欲しくないという、独りよがりな独占欲が湧いてくる。

「来ないわけにいかなくなってね」

彼は嫌々そう答えると、その存在を見失わないように彼女に視線を向けた。彼女はどこか宙に視線を向け、小首を傾げて微笑んでいた。

何が彼女の微笑みを誘ったのだろう？　その問いの答えが欲しくて堪《たま》らない。

「珍しいな。ひとりじゃないなんて……ご両親もおいでなのか？」

その言葉には、いただけないからかいが含まれていた。

「海外だ。それで私が……来ることになった」

「なんだ？　君の連れではなかったのか？」

浅田の言葉に、優誠はさっと彼女を振り返った。が、そこにいたはずの彼女はすでにいなかった。

優誠はあたりにすばやく視線を向けて彼女を探した。

「いまの彼女なら、あそこにいるぞ」

優誠は返事をせずに、浅田が指している方向に視線を向けて確認した。後姿の彼女はすぐに見つかった。彼女は優誠のほうを一度振り返ったが、すぐに顔を背けてしまった。

「君が女性を連れてるかと……違ったのか？」

「浅田。彼女に興味を持つな」

自分の髪に指を絡めて、頼りなさげな表情をしている彼女を視界に入れていた優誠の口から、その言葉は思わず転がり出ていた。

優誠はハッとし、不味い気分で口元を引き締めた。

浅田は、強い興味の色を浮かべて彼を見つめてくる。

「そう言われると、益々興味をそそられるな」

優誠は内心唸《うな》った。自分の喉を絞めてやりたい気分だった。

「彼女は駄目だ」

「どうして？」

浅田の当然の問いに、もちろん優誠は答えられなかった。答えはあからさまで、ふたりの間に転がっていたが……

「蘭子さん、か……」

浅田が呟くように言い、顔を向けてみると、確かに蘭子が彼女の側に戻っていた。

蘭子の側には連れに違いない女性がもうひとりいて、三人はすぐに並んで歩き出した。

「ふぅん」

浅田が意味深な呟きを洩らした。

「今日のパーティーは楽しいことになりそうだ」

「どういう意味だ？」

優誠は鋭い口調で浅田に問いかけた。

「彼女を手に入れたいなら、すばやく行動したほうがいいぞ、不破」

「浅田？」

「とにかく行こう、そろそろ始まる時間だ」

浅田に背中を押された優誠は、彼の口にした言葉がひどく気になりながらも、しぶしぶ歩き出した。

3　巧妙な罠

主催者のスピーチに続き、退屈な話が延々と続く中、優誠は彼らしくなく落ち着きをなくして会場を見回していた。

彼女はどこだろう？　見渡せる範囲にはいないようだ。

すぐにも探しに行きたかったが、彼の姿を見つけた藤堂夫妻に、最前列まで連れてこられ、こんなに目立つ場にいては、スピーチも終わらないうちに動き回るわけにはゆかない。

胃のあたりが妙な感じだった。ひどく落ち着かない。

これまで経験したことのない感覚に囚われ、彼の心は不安定に揺らいでいた。

蘭子の連れて来た友達のひとりである彼女が気になってならない。すでに蘭子は、友人の女性ふたりに保志宮を紹介したかもしれない。

「彼女はいいのか？」

いつ隣にやって来たのか、浅田のその言葉に優誠は振り返った。

「悪いことは言わない、彼女が気になるなら、早く行動したほうがいいぞ」

浅田は愉快そうに先ほどと同じ忠告をし、さっさと優誠から離れていった。

すぐにも彼女を探し出さなければ不味いことになるのではと、強烈な不安が胸に渦巻き始めた。

会場に音楽が流れ始め、一気にパーティーらしい華やかな雰囲気になった。

ほっとして彼女を探しに行こうとした彼は、周囲にいた者たちに囲まれて動けなくなった。礼儀にかなうだけの会話をし、立ち去ろうとするがすぐにまた側にいる人物に掴まる。

じりじりと身体の芯で苛立ちがくすぶり、許容量を超えて喚《わめ》きたい気分を抑えられそうもなくなったとき、目の前に橙子が現れた。

「優兄様」

彼に向いてやさしい笑みを浮かべ、橙子は彼の周りにいる者達に視線を向けた。

「お話が弾んでいらっしゃるようですけれど……よろしいかしら？」

橙子の微笑みをもらった招待客達が笑顔で頷くと、彼女は優誠の腕に軽く触れ、その場から彼を連れ出した。

「助かりましたよ」

彼の礼の言葉に、橙子はくすくす笑い出した。

「優兄様のお顔、まるで般若のようでしたわ。このままでは不味いと思って駆けつけてきましたの」

「そんなに表情にでていましたか？」

「それはもう」

ゆっくりと歩調を合わせて歩きながら、橙子は優誠の顔を覗き込むようにして首を傾げた。

「お仕事は相変わらず大変ですの？　仕事ばかりなさっていたら、身体を壊しますわ」

橙子の表情は声と同じにひどく心配そうだ。

ひと言ふた言言葉を交わしながら、いつ橙子から離れようかと思案しているところに、女性がふたり唐突に割り込んできた。

「不破様、いらしてたんですのね」

ひとりの女性がそう言いながら、優誠の腕に手をかけてこようとした。あまりの馴れ馴れしい態度に、彼は呆気に取られたが、すっと身をかわしてその手を避けた。

「何か用でもおありですか？」

彼は冷めた声でそっけなく尋ねた。けれど、そんなことなどお構いなしに、避ける余裕もなく彼の肩に手を置くと、女性は彼の耳元に唇を寄せて囁《ささや》いてきた。

「不破様も、お気の毒だわ。こんなお子様のお相手をさせられて……」

あまりにもぶしつけな態度と言葉に唖然とした彼のもう片方の耳に、今度はもうひとりの女性が囁いてきた。

「退屈なだけでしょう？」

毒のある言葉は潜められていたが、はっきりと橙子の耳にも届いたはずだ。

頬を赤く染めた橙子は、傷ついた様子で俯いている。もちろん優誠は怒りが湧いた。

「退屈だなんて、とんでもない。私は気の毒ではないし、彼女もお子様などではないですよ」

それを聞いたふたりは、驚きの表情で目を見張った。

「あら、不破様、まさか彼女と付き合っていらっしゃるなんて、おっしゃいませんわよねぇ」

軽蔑したような眼差しを橙子に向けられ、優誠はカッとなった。

「私たちが付き合っていようと、貴方がたには関係ない！」

彼は憤りとともに怒鳴りつけていた。

「まさか、本当に付き合っていらっしゃるっていうの？」

狼狽したように驚いている失礼な女性たちを見て、優誠はいくぶん気分がすっきりした。

彼は橙子の手を過ぎるほどやさしい仕草で取ると、彼の腕に絡ませ、その場から離れた。

「誤解を植えつけてしまったかもしれませんわ」

ホール内をかなり移動したあたりで、橙子は優誠の腕から手を抜きながら言った。

「あんな失礼な女性に誤解されたとしても、別に構わないでしょう？」

橙子は優誠を見上げてきた。その表情はひどく気がかりそうだ。

「でも、周りの目がありました。私たちが付き合っていると、その方達は信じてしまわれたかも……」

橙子の言葉に優誠は眉を寄せた。

何か……不味いことをしでかしたような後悔が、じわじわと胸の中に生じてくる……。

「おふたり、仲がよろしいこと」

楽しげな声に、優誠ははっとして振り返った。彼がもっとも注意を怠《おこた》ってはならない成島の婦人。口の中に、嫌な味が広がった。いま橙子と腕を組んでいる姿を見たのだろう。だが、それだけだろうか？

父親が口にした忠告がいま、強烈に蘇った。

成島の奥方に気をつけろ！

疑念が湧いた。それが真実に思えてくる。

先ほどの女達、何もかもがわざとらしくなかったか？

悪意のまったくない老婦人の楽しげな笑顔を見て、優誠は急激に気分が悪くなった。

嵌《は》められたのか？　この老婦人に……まさか？

「貴方がたおふたりは、ほんとうにお似合いだわ。まるで絵の中から飛び出てきたような素敵なカップルなのですもの」

「小母様《おばさま》」

橙子は困ったように成島に声をかけた。

「成島さん、私と橙子さんは……」

「わかっておりますよ。まだまだ内緒にしていたいのね。若い人の気持ちは重々承知してますよ。ほほほ」

成島は優誠の否定を聞く気が無いのだ。これ以上橙子とともにいたら、いま以上に不味いことになりそうだった。この人当たりのいい、皆に愛される老婦人を見くびりすぎていた自分に、優誠は腹が立ってならなかった。これ以上ここにいて、まだ用意されているかもしれない巧妙な罠に嵌《はま》るわけにはゆかない。

「失礼しますよ」

そうきっぱり言うと、彼はふたりの返事も待たずにその場から急いで離れた。

4　膨らみ続けるもどかしさ

橙子と腕を組んで歩いていたのを、あの女性に見られなかっただろうかとの不安を抱えながら、優誠は彼女を探し回った。だが人の多さに、なかなか見つけられない。

ここで見つけられなかったら、どうすればいいのだ?

そう考えた彼の脳裏に、蘭子が浮かんだ。

そうだった。彼女は蘭子と一緒にここに来たのだ。

ほっとした優誠だったが、ことはそんなに簡単ではないと気づいた。蘭子は、姉の橙子と彼を結び付けようとしているのだ。彼が別の女性のことを聞いて、素直に紹介してくれるはずはない。

橙子がはっきりと、優誠に対して恋心など持っていないと、蘭子に告げてくれればいいのだが……

「やあ。さっきはずいぶん仲が良かったじゃないか？」

彼の前にひょっこり現れたのは、保志宮だった。ずいぶん楽しげだ。

「保志宮。来ていたのか？」

「ああ、いま来たところだが……」

保志宮はそこまで言って意味ありげににやりとした。

いま来たという言葉に優誠は安堵していた。ということは、蘭子はまだ、彼女に保志宮を紹介していないということになる。

「楽しい芝居は、最初から最後まで観覧させてもらった」

優誠はぎゅっと眉を寄せた。

「悪趣味だな」

「楽しいことは逃さないことにしてる。……ところで、この危機から、どうやって脱出するつもりだい？」

「……そう思うか？」

「ああ。蘭子さんの電話に感謝しなければな」

保志宮はそう言い、苦笑した。

「彼女は何を言ってきた？」

「楽しい話をずいぶん聞かされた。今日は他に予定があって、来るつもりはなかったんだが。その私をここまで引っ張り出すくらいの威力はあったな」

　したり顔で保志宮は言う。

「これ以上何がある？」

　繰り返し問いを向けた優誠の顔を、笑みを消した保志宮はじっと見つめてきた。

「橙子さんはよすぎるくらいのいいお嬢さんだ。彼女を手に入れたいなら早いほうがいい。いまの君は結婚を考えていないとしても、他の男にさらわれてから気持ちに気づいても遅いぞ」

　優誠は保志宮の忠告に対し、否定を込めて首を横に振った。

「そんな心配は無用だ」

「ふむ。ならば……これ以上の罠に陥りたくなければ、いますぐ帰れと忠告させてもらおう」

　優誠はぐっと顔をしかめた。罠があるとしても、このままあの女性を見つけ出さずに帰りたくない。なにがなんでもいまこの場で彼女を探し出し、繋がりを得ておきたい。

　いや、それは違うかもしれない……

　彼は、ただ、あの女性と一緒の時を過ごしたいのだ。そして言葉を交わしたい。

「不破？」

「忠告、感謝する」

　彼はそれだけ言って踵《きびす》を返した。

　浅田の姿を捉えた優誠は、光を見た気分でまっすぐに彼に近づいていった。

「浅田」

「やあ。不破」

「さっきの彼女、見なかったか?」

優誠の言葉に、なぜか浅田が笑った。

「なんだ?」

「実は、しっかり声をかけたところだ」

浅田の言葉に、優誠は思わずむっとした顔を向けていた。

「どこにいる?」

「向こうの部屋だ。男なんかにゃわき目も振らず、うまい料理を楽しそうに堪能してる」

浅田の指し示した方向へ視線を向けた優誠は、すぐさま駆け出してゆきたい気持ちを抑えて浅田に顔を戻した。

「彼女と話をしたのか?」

「ああ。人目を引く美しさだからな。独身の男達はすでにほとんど声をかけたんじゃないか? 遠巻きにして順番待ちしてるのがあからさまで笑えたよ。白いドレスを着てるんで、白薔薇の君なんて呼び名まで、すでに定着してたぞ」

愉快そうに笑いながらそう口にし、浅田は楽しむように優誠を見つめてきた。もちろん、そんな話は気に入らない。

「君が興味を引かれるほどだからな。……が、さすがの彼女も、君にならなびくかもしれないぞ」

「浅田、彼女について、何を知っている？」

「彼女について……？」

優誠の質問に、浅田は眉を寄せた。

「いま語ったくらいで……他には特別、何も」

「そうか？　彼女について、何か知っているんだろう？」

優誠自身は、あの女性とはこれまで一度も会ったことがない。

彼の繰り返しの問いに、浅田は何か思いついたかのように眉を上げた。

「あ……ああ……。実はたまたま昨夜、保志宮と電話で話していたときに、彼が今日のパーティーのことを話題に……」

「保志宮？」

「依頼を受けたから、どうしても行かねばならなくなったと笑いながら言うんで、興味を惹かれて……」

依頼？

「不破さん、おいでだったんですか？」

新たな声に、優誠は振り返った。

彼は優誠に急いで頭を下げると、浅田に向いた。

「実は、さっきの胸の大きな……あの、白薔薇の君だけど……芝下さんが、ちょっかいかけ始めて」

「芝下か。そんなにしつこく絡んでるのか？」

「話しかけたのを見て、すぐに飛んで来たんで……。助けに行ってあげてくれませんか。僕では芝下さんには……」

やりとりの途中だったが、優誠はふたりに声もかけずその場から立ち去ろうとした。芝下と聞いては、いてもたってもいられない。性格は粗暴で女性関係については低俗な噂ばかり。しかも、優誠はその芝下から目の敵にされているのだ。

だが、優誠は肩を掴まれ、浅田に引き止められた。

「なんだ？」

優誠は浅田の手を振りほどこうと肩を引いたが、浅田はひどく顔をしかめ、優誠に顔を寄せて口を開いた。

「白薔薇の傍で俺達が話していたとき、君は白薔薇にばかり気を取られて気づいていなかったんだろうが、芝下のやつがすぐ近くにいたんだ。あいつ、もしかするとあのとき、耳をそばだてて俺達の会話を聞いてたかもしれないぞ」

優誠は顔をしかめて頷き、彼女がいるらしい方向へすぐに足を向けた。

「不破、頑張れよ。戦果、聞かせてくれ」

すでに浅田の声を耳に入れる余裕もなかった。あの会話を芝下が盗み聞きしていたとすれば……

優誠の足はさらに速まった。

ホールから隣の部屋に入るところで、ホールの一ヶ所がずいぶんと賑《にぎ》やかに沸いた。映画監督の久野《くの》と彼の妻、それに俳優の藤城《ふじしろ》トウキらが招かれているとの話だったから、きっと彼らが遅れていま到着したのだろうと思えた。

特別ゲストを迎えたホールは、一気に人の波をホールへと吸い込んでいった。おかげで優誠を気にする人物もいなくなってくれたようで、彼はこのタイミングを喜んだ。

人が少なくなり彼の探していた人物達はすぐに見つかり、彼は足早に近づいていった。

5　悪漢との対決

芝下は、彼女の顔と肌があらわな胸に、物欲しげでいやらしい視線を向けていた。

優誠は芝下の顔を拳で殴りたい衝動に駆られた。そして、スーツの上着を脱いで、彼女の胸元を隠したい思いに囚われた。

「遠慮はいらないよ。どこに行きたいんだい？」

芝下はそう言うと、さっと手を伸ばし、彼女の手首を掴んだ。

「いや」

彼女の恐怖に駆られた小さな悲鳴を聞き、強烈な怒りが突き上げた。

「芝下」

怒りを押さえ込んでいるせいで、彼の声はひどく低かった。

彼女が優誠の声に振り向いた。その目にはこれ以上ないほどの恐怖が浮かんでいた。救いを求めるような彼女の瞳を目にした優誠の胸に、熱いものが急激に込み上げた。

「その手を、放せ」

芝下はすぐに掴んでいた彼女の手首を放した。

「不破の坊ちゃん、ずいぶんと忙しそうだったが、もうやってきたのか。残念」

坊ちゃんという呼び名に、彼はむらむらと怒りが湧いた。

本気で肩を怒らせた優誠に、芝下は気後れしたように、あっさりとその場から立ち去った。

芝下がどこに向かってゆくかをしっかり見届けてから、彼は焦る気持ちを抑えてゆっくりと彼女に向いた。

「大丈夫ですか?」

彼女はほっとしたように息をつくと頭を下げてきた。

「ありがとうございました」

「……いえ」

気のきいた言葉が何一つ思い浮かばない。優誠は自分にがっかりした。

「先ほども……あの、ぶつかってしまってすみませんでした」

彼女のその言葉に、優誠の気持ちは高揚した。彼女はぶつかった彼のことを覚えていてくれたのだ。

「気づいてもらえていたのですね」

「あ、はい。いまの方が、不破っておっしゃったので、そうかなと思って……お詫びも言わないまま で、ほんとにすみませんでした」

「でも、ぶつかったというほどではない。私の身体にちょっと触れた程度で……」

気まずそうな表情で頬を染めた彼女は、唇を噛み、あたりを見回した。

「どなたか……探していらっしゃるのですか？」

「ええ、友達が……そろそろ戻ってくるはずなんです」

友達とは……まさか男？

一瞬そう考えたが、別の人物が思い浮かび、優誠は顔をしかめた。

蘭子か？　ここで彼女と顔を合わせるのは不味い。

そういえば、もうひとり女性が一緒だった……

「百ちゃんったら、どうして戻ってこないのかしら……」

優誠は、その名を聞いて安堵した。

「お友達が戻っていらっしゃるまで、ご一緒させていただいてよろしいですか？」

「え？」

彼女の驚きの表情には困っている響きがあり、優誠は少々落ち込んだ。

「ご迷惑ですか？」

戸惑っているのか、それとも本当に迷惑なのか、彼女はなかなか返事をしてくれない。

優誠は息を詰めて、彼女の返事を待った。

「で、でも、わたしといても……た、退屈だと思いますし……」

それは言い訳の言葉なのだろうか？　それとも、本当にそう思っているのだろうか？

彼女の表情は後者だと思えた。優誠はほっとして笑みを浮かべた。

「では、退屈だと感じたら、お互いに好きなときに別れるということでどうでしょう？」

彼女が瞬きしながら彼を見上げてきた。ひどく恥ずかしげな表情に、優誠は胸が苦しくなり、知らず息を止めていた。

大きな瞳が、睫毛《まつげ》に縁取られて儚《はかな》げに揺れている。

彼女の頬の朱色が増した。彼がじっと見つめてしまったからだろうか？

落ち着かない風情で、彼女は手にしていたグラスを急いで口元に運び、彼に忠告も止める暇も与えず飲み干してしまった。

グラスの中身は酒に違いない。

優誠が眉をひそめていると、彼女はぎょっとしたように目を見張った。

やはり、それが酒だと意識せず、彼女は口にしたらしかった。

「あ、はぁー。こ、これ何？」

ずいぶん艶のある声が彼女の唇から零れ、その声の響きは優誠の胸を甘く満たした。

彼女が持っているすでに空になったグラスを彼はそっと取り上げ、匂いを嗅いでみた。

やはりだ……

「ブランデーのようですね。大丈夫ですか？」

「な、なんか、すっごく、……い、異常に、あ、暑いです」

どうやら、アルコールは凄い勢いで彼女の全身に回ったようだった。

彼女の焦りぶりに、優誠は笑いを堪《こら》えきれなかった。

彼の笑いのせいか、彼女は萎《しお》れた花のように顔を曇らせた。

「少し、外の風に当たりに行きますか？」

彼は努めてやわらかに誘った。

「あ、えっと……」

彼を見上げてきた彼女の大きな目の焦点は、酒のせいだろうか、少しばかり曖昧になってきたようだった。

思考回路も同じように鈍っているのが、彼女の安定しない表情でよくわかる。

ますますこんな場においてはおけない。それに彼女の口にしていた友達とやらが、いますぐにでも戻ってきてしまうかもしれない。その前に、この場から連れ去ってしまわなければ。

優誠は彼女の返事を辛抱強く待った。

先ほどまで表情に絶えずあった緊張が消え去り、彼女の顔は感情のままにくるくると移り変わり始めた。

「はい。そうします」

その返事に、優誠は胸の内で会心の笑みを浮かべ、拳を固めた。

彼のさりげない促しに彼女は歩き出し、酔いのためだろう、少しよろめいた。さっと差し出した優誠の腕に、彼女は抗うことなく寄りかかってきた。

彼女に酒のグラスを手渡したに違いない芝下に、彼はいまだけ感謝した。

優誠は腕にもたれている彼女を導きながら、庭園に向かって歩き出した。

6　甘い時と輝きの消滅

庭を見回して、優誠はひどく驚いた。この屋敷の庭は、こんなにも綺麗な庭だったろうか……？

なぜなのか……見るものすべてがありえないほど輝いて見える。

優誠は彼の腕にすがってゆっくりと歩いている女性に視線を向け、その横顔の美しさに、我を忘れて見惚れた。

庭を歩いている途中で、彼女が突然立ち止まった。どうしてか眉を寄せている。

優誠は彼女の眉間によった小さな皺に指先で触れたかったが、そんな行為で彼女を怖がらせるべきではないと思いとどまった。

「どうしました？」

優誠はやさしく問いかけた。

不思議なことに、触れ合っているふたりの間に、初対面の垣根など感じない。彼女が酔っている

ただ、彼女に向かって……

せいなのかもしれないが、それだけではないはずだ。

彼女の眉間がゆるみ、顔を上げて彼に向けて微笑んできて、心臓が経験したこともないほど鼓動を速めた。

「なんでも」

「そう」

優誠は彼女の笑みに笑みを返した。

彼女は彼の顔をつぶさに見つめ、何度も瞳を覗き込んできては、混じりけの無い純粋な笑みを浮かべる。その笑みは幾度も優誠の息を止めた。

優誠は彼女を抱くようにしながら、庭園の中をゆっくりと歩き回った。ありがたいことに、人影はまったくなかった。何もかもが、彼の味方をしてくれているような気がした。

理性的に考えたら、ありえないことかもしれないが、彼は出会うべき女性と巡りあい、ふたりの心を結ぶだけの充分なときを、無条件に与えられたのだと思えた。


彼女はよく本を読んでいるようだった。酔っているはずなのに、好きな本のタイトルがぽんぽん飛び出し、ふたりはお互いの感想を口にしあった。

意見の食い違いに強く反論してくることもない。彼の意見はすんなりと受け入れ、そういう捉え方もありかもしれないと考え込みながら頷いたりする。

楽しくてならなかった。時が止まればいいと思うほどに……

彼女のすべては彼のためにあり、彼のすべてが彼女のためにある。そう理屈抜きに思えた。

パーティーに来ることを、あんなにも嫌がったのに……

そしてまた、結婚のことなど考えたくもない、そう思っていたのに……

いま彼の隣には、彼の心を捕らえて放さない女性がいる。

優誠は、眉をひそめた。

そう言えば……

「まだ、お名前を聞いていませんでしたね」

彼の問いに彼女は首を傾けた。

「なまえ？」

問うように見上げてくる彼女に向けて優誠は頷いた。

純粋であどけないとまで思える表情に、無条件に愛しさが湧きあがる。

いままで、彼女の名を聞かずにいたなんて、彼はなんと愚かなのだろう。最もと言っていいほど、重要なことだというのに……

優誠は自分も改まっては名乗っていないということに気づいて口を開いた。

「私の名は不破優誠です」

「ふわゆうせい？」

彼女の口から零れた自分の名を耳にして胸がくすぐられるようだった。

優誠は甘く微笑んでいた。

「ええ、名は、優しいに誠と書くんです。それで、貴方の名は？」

「えっと……名前？」

彼は強く求めるように頷きを返していた。

彼女は黙ったまま、そんな優誠の表情をまじまじと見つめてくる。そして、ついには黙りこくって考え込んでしまった。

彼に名前を告げるのをためらっているのだろうか？

苛立ちが湧いた。彼女は彼とのこの出会いを特別と感じていないのだろうか？

このあからさまなほどふたりの間に流れている特別なものや、強い繋がりを信じきれないのだろうか？

彼は急に不安になった。熱をあげているのは彼のほうだけ……？

もどかしさを抱えつつ、優誠は俯いたまま歩いている彼女の表情を覗き込んだ。

ふたりの運命は、ふたりが出会ったことで、すでに動き出したのだ。彼女にも、それは容易にわかるはず……

「は……早瀬……」

そう彼女が口にした瞬間、顔に何かぶつかり、彼女は驚いて立ち止まった。

薔薇だ……

優誠は、彼の邪魔をした花を鋭く睨んだ。

「綺麗……」

彼とは正反対に、彼女はその薔薇に向かって感嘆の声を上げた。そして華奢な細い指で花びらに触れ、薔薇に顔を近づけた。

その一瞬一瞬の映像は、優誠の脳裏にコマ送りのように届いた。ただでさえ均衡を崩していた優誠の精神が、大きくよろめいた。

説明のしようがない急激な愛しさが胸に湧き、手に負えないほど膨れ上がっていく。

彼の指は主人の壊れた思考に関係なく動き、彼女の頬に触れた。そして彼女の肌を味わいながら顎に移動すると、そっと顔を上げさせた。

確かに、驚きで目を見張っている彼女を確認してもいたし、自分のしていることに警告を発してうろたえている自分もいた。だが、何もかもが意味をなさず、彼の唇は自然な流れで彼女の唇に重ねられていた。

こうなることは、あらかじめ定められていたのだ。

彼が生まれる前から、そして彼女が生まれる前から……もしかすると、この宇宙が存在を始めた時から……

くちづけを終わらせるのは、ひどく難しかった。優誠は欠片ほどの理性で、ようやく唇を離した。

彼女をこのまま連れて帰りたい思いに支配されたが、それは許されないことだ。

優誠は彼女を胸に抱き締めて身動きを止めた。

それまで優誠のなすがままだった彼女が、彼の胸からそっと顔を離した。

「あの、わたし……」

「何？」

もっともっと彼女を味わいたい。その欲望に負けそうになりながら、彼は問いかけた。

「……け、化粧室に……」

彼女の顔に、それまでなかった戸惑いが浮かんでいるのを見て、優誠の胸が疼いた。

手の中の小鳥が、背中にある翼の存在を思い出したかのようなイメージが浮かび、彼は失望を感じつつ、ゆっくりと腕をゆるめた。

その腕を放すなと警告する叫びが頭の中に鳴り響いた。が、彼の意識は彼の欲求より彼女の求めを取った。

彼女を捕らえていた鎖はなくなり、自由を得た彼女は、何も言わずそのまま彼に背を向けた。

焦りを感じた優誠は思わず彼女の肩に手を置き、その耳元に唇を近づけた。

「ここで待っていますから」

そう約束するように言うと、優誠は彼女の前に回りこみ、両頬を手のひらで包んでもう一度くちづけた。


館のほうへと、少しよろめきながら小走りに駆けてゆく彼女の後姿を見送る優誠の胸には、後悔が渦巻いていた。

手を放してしまってはいけなかったのではないだろうか？

彼女が視界から消えると、彼の中に言い知れぬ不安が湧き上がった。

優誠は周りをゆっくりと見回した。

庭の様子に何の変化もなかったが、輝きはすべて失せていた。

7　捜索

彼女が戻って来るのを辛抱強く待っていた優誠だが、我慢が切れた。

もう彼女は戻ってはこない。その事実を、彼女を手放した瞬間から、彼の深い部分はわかっていたのかもしれない。

館へ向かって走り出そうとした彼は、数メートル先の地面に、何か白いものが落ちているのに気づいた。

髪飾り……？

拾い上げてみると、確かに彼女の髪を飾っていたものと同じ……。彼女のものに間違いなかった。

口元を引き結んだ優誠は、髪飾りをきつく握り締め、館へと駆け出した。

彼女を探して回る間、彼に向けられる視線に何か含みがあるように感じられてならず、優誠は眉をひそめた。彼がいない間に、何かあったのか？

「不破」

後方から飛んできたその声に、優誠はさっと振り返った。保志宮が近づいてくる。

「まだいたとはな」

眉を上げた保志宮の目は、愉快そうに笑っている。嫌な予感がした。

「婚約おめでとうと、言わせてもらうかな」

「いったい、なんの冗談だ」

保志宮は彼の様子を窺《うかが》うように見つめてきたが、その視線がすっと動き、優誠の右手に注がれた。

優誠は手にしたままだった髪飾りを、急いで上着の内ポケットにしまい込んだ。

「予定どおりの爆弾投下だ。……君も聞いたんだろう？」

「何があった？」

彼の問いかけに、保志宮は眉を寄せた。

「知らないのか？」

「だから、何のことを言っている？」

「成島の老婦人は、君と橙子さんの婚約は間近だと皆に知らしめた」

優誠は表情を強張らせた。

「そんなこと……私は同意していない」

「だが、聞いた全員、その情報を鵜呑《うの》みにしたと思えるが……」

優誠はハッとし、思わず目を見開いた。

全員が……ということは……彼女も……

「不破？」

「保志宮、早瀬という女性を知っているか？　藤堂家の蘭子さんの知り合いらしいんだが」

「早瀬？」

保志宮はきゅっと眉を寄せ、納得したように表情をゆるめた。

「あ、ああ……早瀬まな……か」

まな？　彼女はまなというのか。

「彼女だ。知っているのか？　いまどこにいる？」

彼女との繋がりが見つかった安堵に、優誠は急くように聞いていた。

「さあ」

曖昧な返事に優誠は苛立った。

彼女がまだこの館のどこかにいるかもしれないのなら、こんなところでぐずぐずしていられない。いてもたってもいられず、優誠は彼女の姿を求め、その場から駆け出した。

あちこち探し回ったが、結局彼女は見つからないまま、優誠は藤堂夫妻と橙子と鉢合わせした。おまけに成島まで一緒だ。

「優誠さん、やはり帰ってはいらっしゃらなかったのね。もう、お探ししていたのよ。どこにいらっしゃったの？」

橙子の母からそう声をかけられ、優誠は口ごもった。

「橙子のピアノ、もちろん、聴いていてくださったのでしょう?」

「私は……」

「ほんと、こうして並んでいると、惚れ惚れしてしまいましてよ。おふたり、お似合いだわ」

両手を胸の前で握り締めながら優誠と橙子を眺め、成島は感嘆したように言う。

「成島さん」

眉をひそめて優誠は声をかけたが、成島はくすくす笑いながら手を横に振った。

「照れるようなことを言ってしまって悪かったわ。ごめんなさいね。あっ、そうそう」

優誠が口を挟もうとしたのを、成島は巧みに阻《はば》んだ。

一緒にいて聞いているのに、戸惑い気味ながらもまったく反論してくれない橙子に、優誠は苛立ちが湧いた。彼女がひと言、優誠との縁談などありえないと言ってくれれば……

このままでは藤堂夫妻はますますその気になってしまうだろう。

小さなバッグを開けた成島は、中からなにやら取り出し、橙子に差し出した。チケットのようだった。

「これ。橙子さん、素敵なピアノの調べを聴かせていただいた御礼」

「御礼など……」

「いいの、いいの」

成島は軽く言いつつ、橙子の手に無理やりそれを握らせた。

「貴方のお母様から、このお芝居がお好きだとお聞きしたの」

橙子は手にした芝居のチケットを確かめ、嬉しげな笑みを浮かべた。

「ええ。とても好きなんです。ほんとうにいただいてもよろしいんですか？」

「もちろんよ。優誠さんとご一緒に行くとよいわ。ね、優誠さん？」

成島から声をかけられ、優誠は顔をしかめた。

「私は……」

「行ってくださいますわよね？　女性からの誘いを断るようなこと、優誠さんなさいませんわよね？」

成島の当然というような表情、そして藤堂夫妻の期待する表情に反感が湧く。

もちろん断るつもりだった優誠だが、橙子のすまなげな眼差しを見てしまい、断れなくなった。

芝居に付き合うだけのこと……

それに、考えれば二人きりで話ができるチャンスだ。橙子と話し、彼女のほうからこの縁談話をはっきりと断ってくれるように頼むとしよう。


自分の部屋の書斎にあるくつろげる椅子に座り、携帯を耳に当てた優誠は、連続して鳴り続けるだけのコール音に苛立ちを感じていた。

ふいに音が途切れ、優誠は小さく息を吐いた。

「保志宮」

「やあ。元気かい？」

笑い混じりの言葉に、優誠は口元を引き締めた。

「会ったばかりだろ」

「ああ。そういえばそうだったか？」

そう言って苦笑する。

「ふざけるのはやめて、話を聞いてくれ」

「わかった。それで？　成島の婦人は追い払えたのか？」

「そのことはいまはいい。それより、早瀬まな、彼女のことだが、連絡先を知っているなら教えて欲しい」

「彼女の？　どうして？」

「連絡を取りたいからだ」

「不破……お前……。彼女と会ってどうするつもりだ？」

その問いに、優誠は即答できなかった。

「まだわからない。ともかく彼女と……」

「ふむ。そんなに好みだったのか？　それはそれは、興味が湧くな」

「保志宮！」

「君をそこまで必死にさせるとは……」

「保志宮！　教えてくれる気があるのか？」

何を考え込んでいるのか、保志宮はなかなか返事をしない。苛立ってならなかったが、もちろん通話を打ち切るわけにはゆかない。なにがあっても彼女を探し出したい。

それにしても、保志宮にとんだ弱みを握られたか……

「まあ、朗報を待て」

「信じていいのか？　本当に、頼めるんだな？」

優誠は確かな約束を取り付けるように言った。

「君にひとつ聞きたいことがあるんだが……。あの時、君が手にしていたものは髪飾りだろう？あれは、いま君が求めてやまない姫君のものかい？」

優誠は迷った末に、正直に「そうだ」と答えた。

「出会った記念に、彼女からもらったのか？」

どう考えても保志宮は楽しがっている。だが……

「いや……彼女の髪から落ちた。……それを拾った」

「そうか。……確約はできないが、なんとかしてみよう」

「恩にきる」

通話を終えて椅子にもたれ、額に手を当てた優誠は、保志宮以外に彼女を探し出す手立てがないものか考え込んだ。

8　ふいにできないチャンス

「優誠様、そろそろお時間です」

身支度をしていた優誠は、ドア向こうから聞こえた声に、「わかっている」と返事をした。

今日は土曜日だが、午後からの仕事が入っていた。

前々からコンタクトを取っていた国外の要人との会談。父がいれば父が行くところなのだが……

本当は昨日帰国するはずだったのに、母がもう一ヶ所行きたいところがあると言い出したとかで、両親の帰国は明後日に延びたのだ。

今日は成島から押し付けられた橙子との約束があったが、そちらにはすでに断りの連絡を入れておいた。橙子と話すのは、またの機会を作るしかない。

部屋の外には、優誠を時間どおりに出かけさせることを責務と考えているらしい上島《うえしま》がいた。初老の上島はこの不破の屋敷の執事だ。

この屋敷にいる不破家の者はいま彼ひとり、仕えている者の意識全てが優誠に向けられているようで、正直窮屈《きゅうくつ》でならない。

今夜は隠れ家にでも行くか……

「優誠様、お気をつけて」

深々と頭を下げている上島に短い返事をし、一歩外に出た優誠は、いつもの習慣で無意識にサングラスをかけ、外で待っていた運転手付きの車に乗り込んだ。

滑るように走り出した車の後部座席に身を預け、優誠は外の見慣れた景色に視線を向けた。

早瀬まなという女性との出会いから、なんの手がかりも掴めないまま、一週間が過ぎてしまった。

彼女のことを知っていそうだった浅田にも連絡をしてみたのだが、こちらはまったくの期待外れに終わった。浅田は彼女について何の情報も持っていなかった。

なんとかしてみようと言ってくれた保志宮からは、あれきりなんの連絡もない。催促の電話をしたいところだったが、保志宮のことはわかりすぎるほどわかっている。なんとかできたならば、必ず連絡をしてくる男だ。

いまや馴染みとなった、これまで味わったことの無い種類の胸の疼きをどうあっても払えず、もどかしさにきつく目をつぶっていると、携帯が振動し始めた。

「やあ、元気か、不破」

「保志宮」

保志宮の電話の内容はどんなものなのか……期待が勝手に膨らんでゆく。

「二十分だ、いや十五分か」

「保志宮？」

「ぐずぐずするなよ」

保志宮は楽しんでいる。だから最も必要な主語をわざとなかなか口にしないのだ。だがそのせいで、この内容が彼女に関するものだと断定できた。

「彼女と連絡が取れたのか？」

保志宮は彼の問いに答えず、早口に住所を口にした。優誠はスケジュール帳を取り出しながら、その場所を記憶に刻みつけた。

「花屋がある。名前は、なんだったか？　フラワーリザだったはずだ」

「そこに行けばいいのか？」

手帳の空白を見つけて、急いで書き込みながら聞き返した優誠は、顔をしかめた。保志宮は始めに時間を口にした。

「いや、その店の隣に小さな公園がある。……そこのベンチに、彼女はいる」

彼女はいる！

一瞬、血が沸き立った。鼓動が速まる。

「いま、そこにいるのか？」

「十五分後だ。それより前に来てもいないし、後に来ても彼女はいない」

謎かけのような言葉に、優誠は顔をしかめた。

「どういうことだ？」

「言ったとおりだ。それでは、十五分後」

電話は切れた。優誠は運転手に向けてぐっと身体を乗り出した。

「行かなければならないところができた！」

彼は場所を告げ、すぐに向かえと命じたが、運転手からは困惑の返事が返ってきた。

「優誠様、それはできません。それでは約束の時間に間に合わなくなります」

もちろん運転手がそう言うだろうことはわかっていたし、要人との約束に遅れるわけにはゆかない。……だが……

「行けと命じた。二度とは言わない、すぐに向かえ！」

厳しく重い言葉に、運転手は思案し、進路を変更した。優誠は座席にもたれ、硬い表情で腕を組んだ。

与えられたチャンスを、ふいにするわけにはゆかない。

「十五分でつけるか？」

「そ、それはどうか……」

口ごもりながらの運転手の返事に、優誠は落ち着かなくなった。

十五分、それより後に来ても彼女はいないと保志宮は言った。

「頼む。間に合わせて欲しい」

優誠の懇願するような口調に、運転手は驚きを見せた。

「わかりました」

ためらいは含んでいるものの律儀な運転手の返事に、優誠は感謝を込めて「ありがとう」と言った。

時間は確かに無い。彼女と無事逢えたとしても、その場で話し込んではいられない。彼女にわけを話し、車に乗ってもらって、車中で話をするのが一番だろう。

連絡を取れるようにさえできれば、この車で彼女を自宅まで送らせて……そうすれば彼女の家を知ることもできる。

時計の針にこんなに注目したのは、これが初めてかもしれない。十五分が過ぎても目的地には着けなかった。胸の中は苛立ちでいっぱいだったが、その苛立ちをなんとか時間内にと頑張っている運転手に悟られないよう、優誠は無表情で流れる景色を見つめていた。

「優誠様。ありました。きっとあの花屋です」

優誠は思わず身を起こし、前方に視線を向けた。

確かに、フラワーリザの看板がある。そしてその隣には……

時間は二十分近く過ぎていた。

彼女はまだいるのか？

公園に横付けして車が停まったと同時に、優誠は祈るような気持ちで車を降りた。

彼女はいた！

ベンチに腰かけて、彼を見つめ返している。

服装も髪型も一週間前の彼女とはまったく違ったし、眼鏡をかけていたが、彼が求めてやまない彼女に間違いなかった。

「優誠様、時間を……」

ドアを閉める直前、運転手の声が聞こえたが、答えることも振り向くこともせず、彼は歩き出した。

ただ、彼女に向かって……

風（fuu）
岐阜県在住。
2005 年 6 月、web サイト「やさしい風」
（http://yasashiikazefuu.web.fc2.com/）にて、恋愛小説の
掲載を始める。インターネット上で爆発的な人気を誇り、
本作「PURE」の書籍化に至る。

PURE（ピュア）

風（ふう）

2009年 3月26日初版発行
2010年 6月18日 3 刷発行

編集－塙綾子
発行者－梶本雄介
発行所－株式会社アルファポリス
〒150-0022東京都渋谷区恵比寿南2-1-8恵比寿OTビル7F
TEL 03-6303-1388
URL http://www.alphapolis.co.jp/
発売元－株式会社星雲社
〒112-0012東京都文京区大塚3-21-10
TEL 03-3947-1021
装丁デザイン－ansyyq design
印刷－シナノ書籍印刷株式会社

価格はカバーに表示されてあります。
落丁乱丁の場合はアルファポリスまでご連絡ください。
送料は小社負担でお取り替えします。

ISBN978-4-434-12953-7 C0093